Catherine Miller

99 Tage mit dir

Roman

Aus dem Englischen von
Angelika Naujokat

DIANA

MIX
Papier aus verantwortungsvollen Quellen
FSC® C014496

Penguin Random House Verlagsgruppe FSC® N001967

Deutsche Erstausgabe 09/2021

Die Originalausgabe erschien 2019 unter dem Titel
99 Days With You bei Bookouture, London.

Redaktion: Antje Steinhäuser
Umschlaggestaltung: Favoritbuero, München
Umschlagmotive: © Maquiladora/shutterstock (Vögel),
Antun Hirsman/shutterstock (Wolken), Nata Kuprova/shutterstock (Goldfolie)
Herstellung: Helga Schörnig
Satz: Leingärtner, Nabburg
Druck und Bindung: GGP Media GmbH, Pößneck
Printed in Germany

ISBN 978-3-453-36099-0

www.diana-verlag.de
Dieses Buch ist auch als E-Book lieferbar.

In Erinnerung an meinen guten Freund, Tim Galea.
Möge er für immer siebenundzwanzig sein.

Nathans Tagebuch

Ich bin schon immer siebenundzwanzig gewesen. Seit ich denken kann, musste ich mich jedes Mal, wenn sich in der Vergangenheit jemand nach meinem Alter erkundigt hat, beherrschen, um nicht unwillkürlich »siebenundzwanzig« zu antworten. Der Grund dafür ist dieser Traum, in dem ich gefangen bin und der mich auf dieses Alter festnagelt. Doch erst jetzt, am Vorabend meines Geburtstages, trifft es beinahe zu.

Siebenundzwanzig mag einem wie ein nichtssagendes Alter erscheinen. Es fällt in keine besondere Phase des Erwachsenwerdens. Ist keine runde Zahl. Und dennoch ist dies das Jahr, auf das ich mein ganzes Leben gewartet habe. Das Jahr, in dem ich sterbe.

Es ist schon seltsam, in der Lage zu sein, mit allergrößter Gewissheit das eigene Verfallsdatum benennen zu können. Insbesondere, wenn der Grund für diese Überzeugung ein immer wiederkehrender, alberner Traum ist. Aber ich habe ihn schon so oft geträumt und zweifele inzwischen nicht mehr daran, dass er sich bewahrheiten wird. Ich befinde mich am Vorabend meines letzten Lebensjahres, und es bleibt mir nur noch, jeden Tag so zu leben, als wenn es mein letzter wäre.

1

Emma

Emma Green begann ihre Tage für gewöhnlich nicht auf diese Weise. Eigentlich war ihr morgendlicher Ablauf wie in Stein gemeißelt, der Wecker so gestellt, dass sie ihrer Mutter mit der täglichen Medikation helfen konnte, weshalb ihr weniger Zeit blieb, sich selbst zurechtzumachen. Heute verharrte sie dennoch splitternackt vor dem bodentiefen Wandspiegel im Flur. Ihr langes, dunkelbraunes Haar bedeckte ihre Schultern, der Rest ihres Körpers war nackt.

Aber das war okay. Die eingeschränkte Mobilität ihrer Mutter würde verhindern, dass sie zufällig über ihre nackte Tochter stolperte. Dabei war es genau genommen das Stolpern, das ihre Mutter davon abhielt, eine Menge Dinge zu tun. Vor allem zu leben.

Emma drehte sich, um sich im Profil zu betrachten. So, wie sie nun dastand, ihre linke Seite dem Spiegel zugewandt, war nichts zu sehen. Sie sah normal aus, eine junge Frau in den Zwanzigern, deren Körper zugegebenermaßen hier und da ein paar Rundungen aufwies. Aber der einzige Sport, den sie dieser Tage betrieb, bestand darin, abends die Beine ihrer Mutter ins Bett zu heben.

Die Uhr in ihrem Kopf, die auf die vielen Dinge eingestellt

war, die ihre Zeit beanspruchten, wenn sie sich morgens für die Arbeit fertig machte, mahnte sie, nicht zu trödeln. Sie drehte sich ein weiteres Mal – weg von ihrem Spiegelbild, um eine weitere Frontalansicht zu vermeiden. Emma benötigte eigentlich keinen zweiten Blick aus diesem Winkel, um zu erkennen, dass etwas nicht stimmte. Es kostete sie Überwindung, ihre rechte Seite im Profil zu betrachten. Sie strich mit einem Finger über ihre Haut, zeichnete die Rundung ihrer Brust nach. Sie erinnerte sie an den Kopf der antiken Puppe im Schlafzimmer ihrer Mutter, deren Augen nie blinzelten und immer wachsam auf sie gerichtet zu sein schienen.

Emma strich jetzt in entgegengesetzter Richtung über ihre Brust. Ohne jede Unterbrechung. Der Unterschied zur linken Seite war offenkundig. Sie starrte blinzelnd auf den Leberfleck nahe am Warzenhof. Auf die eingesunkene Brustwarze. Die, die sich seit drei Tagen nicht mehr aufgerichtet hatte.

Emma ignorierte ausnahmsweise einmal ihren Grundsatz, für jedes Wetter gerüstet zu sein. Nach der Konfrontation mit ihrem nackten Spiegelbild hatte sie ihr Haar zu einem lockeren Knoten zusammengesteckt und sich angezogen, wobei ihre Wahl auf eine dünne – bei diesem Regen denkbar ungeeignete – Bluse gefallen war. Dennoch machte sie sich finster entschlossen auf den Fußweg zur Bushaltestelle, ohne sich dabei um den Wind zu scheren, dessen Kälte sich in ihre Glieder fraß.

Denn heute wollte sie die Kälte spüren. Wirklich spüren. Sich nicht in all die Schichten hüllen, die sie normalerweise trug, wenn der Wind so eisig war, dass er den Regen jeden Moment in Graupel oder Schnee zu verwandeln drohte.

Auf dem kurzen Stück den Timberley Drive hinauf begrüßte

sie diese Empfindung. All die Schichten hatten sie offenbar davon abgehalten, wirklich zu leben, wenn sie erst jetzt zum ersten Mal eine so bittere Kälte am eigenen Leib spürte. Die Härchen auf ihren Armen – herrjeh, davon hatte sie wirklich reichlich, wie sie nun sah – hatten sich aufgerichtet, und ihr klapperten die Zähne, aber trotzdem dachte sie: Hätte ich das hier doch bloß schon früher einmal getan!

Doch es funktionierte nicht. Und je mehr sie fror, umso klarer wurde ihr, dass nicht einmal der eiskalte Wind und der Regen ausreichten, um ihre Brustwarze zum Knospen zu bringen.

Als sie endlich um die Ecke zur Hauptstraße bog und das Wartehäuschen an der Bushaltestelle erreichte, hatte sie sich nie zuvor lebendiger gefühlt. Nun verstand sie diese verrückten Leute, die Shorts trugen, auch wenn es in Strömen goss, ein wenig besser.

Sie blickte an sich herab, betrachtete die durchnässte Bluse, die an ihrem Büstenhalter klebte: die linke Brust mit ihrer ausgeprägten Reaktion auf die Kälte, die rechte, die unerschütterlich an ihrer Entscheidung festhielt, nicht zu reagieren.

»Ist alles in Ordnung bei Ihnen, Liebes?« Eine alte Dame mit einem Einkaufstrolley im Schlepptau trotzte dem Regen in einem wettergegerbten Mantel. Wenn bereits die Inhaber von Seniorenkarten unterwegs waren, musste es fast neun sein. Das bedeutete, dass sie zu spät zur Arbeit kommen würde. Dabei kam sie nie zu spät zur Arbeit!

Normalerweise hatte sie nichts gegen eine höfliche Unterhaltung einzuwenden, aber heute brachte sie keine Antwort zustande.

»Sie sehen aus, als hätten Sie eine aufregende Nacht hinter sich.« Die alte Dame kicherte. »Ich hoffe, er war es wert. Sie sollten bei diesem Wetter nicht so herumlaufen. Sehen Sie zu, dass Sie endlich nach Hause kommen, sonst erkälten Sie sich noch, Kindchen.«

Nun schossen Emma die Tränen in die Augen, und sie weinte einen ganzen Wasserfall davon. Vermochte gar nicht mehr aufzuhören, schnappte immer wieder nach Luft. Und mit einem Mal füllten sich ihre Lungen mit einem so eiskalten Strom, dass sie ein Jaulen von sich gab wie ein verwundetes Tier.

»Du meine Güte, Herzchen. Tut mir leid. Das wollte ich nicht. Kein Mann ist solche Tränen wert«, sagte die alte Dame, bemüht, Trost zu spenden, aber leider lag sie damit völlig daneben.

Emma nahm sich zusammen. »Vielen Dank«, brachte sie heraus, auch wenn sie sich nicht ganz sicher war, wofür eigentlich, doch sie wollte irgendetwas Höfliches sagen, bevor sie flüchtete.

Es half nichts. Sie war heute einfach nicht in der Lage zu arbeiten. Sie musste endlich diese Sache erledigen, die sie vor sich herschob. Musste ihren Hausarzt anrufen. Und aufhören, den Kopf in den Sand zu stecken.

Sie rannte mit dem Gesicht zum Himmel gereckt davon, scherte sich nicht darum, ob sie stolperte oder irgendjemand sie sah. Sie wollte, dass der Regen auf ihre Haut trommelte. Sie wollte die Elemente spüren.

Wenn sie doch nur eine aufregende Nacht mit einem Mann hinter sich hätte! Heute Morgen neben ihm aufgewacht und unter einer kuscheligen Doppelbettdecke hervorgeschlüpft wäre. Einen Zettel mit ihrer Telefonnummer hinterlassen hätte, ohne dabei wirklich auf irgendeine Fortsetzung zu hoffen. Wenn sie doch nur so schamlos gewesen wäre, mit verschmiertem Make-up, schwach nachwehenden Parfüm und kaum einen Gedanken an ihren One-Night-Stand verschwendend auf die Straße zu gehen.

Stattdessen war sie sich ziemlich sicher, dass sie ihre rechte Brust noch vor ihrer Jungfräulichkeit verlieren würde.

2

Nathan

Nathan Foxdales Motto lautete: Lebe intensiv, lebe schnell, lebe furchtlos. Dabei liebte er insgeheim die Furcht. Er verdankte seinen Adrenalinschub, den er jedes Mal verspürte, wenn er aus einem Flugzeug sprang, nicht etwa dem Rausch, am Leben zu sein, sondern der allgegenwärtigen Angst vor dem Ende. Dem Verlangen, keinen Tag zu verschwenden. Wenn er das Leben nicht voll auskostete, bestand die Gefahr, gar nicht zu leben – und das war seine größte Angst. Die hatte ihn dazu getrieben, jahrelang die Welt zu bereisen. Und ihn schließlich dazu bewogen, wieder in Großbritannien sesshaft zu werden, um dort seine große Leidenschaft – das Fallschirmspringen – zum Beruf zu machen.

Es war schon eine Weile her, seit er einen Solo-Sprung gemacht hatte. Für gewöhnlich gehörte es zu seinem Job, dass jemand an seine Brust geschnallt war, der einen unglaublichen Adrenalinkick erlebte. Und egal, um wen es sich auch handelte, die Furcht dieses Menschen war immer spürbar, auch wenn einige weniger Zuspruch benötigten als andere.

Heute Morgen hatte AirFly nur drei Kunden bei vier Fallschirmlehrern, daher bekam Nathan die seltene Gelegenheit zu springen, ohne dabei jemanden durch diese Furcht einflößenden Momente während des Flugs zu lotsen und ihn viertausendfünfhundert Meter über der Erde in Richtung der offenen Tür zu bugsieren.

Derek war heute an der Reihe, die Einweisung vor dem Sprung zu geben. Ab diesem Zeitpunkt waren die Teilnehmer schon gefordert, denn während sie versuchten, den wichtigen Erklärungen des Fallschirmlehrers zu folgen, um nach dem Sprung sicher zu landen, wurden sie gleichzeitig von seinen Kollegen umkreist, die die Sicherheits-Checks vornahmen, dafür sorgten, dass Schutzbrillen und Lederhelme korrekt saßen und die Gurte richtig angelegt waren.

Nathan spürte jedes Mal die Anspannung, die in der Luft lag, und obwohl er diese Prozedur schon Hunderte Male hinter sich gebracht hatte, war er sich jedes Mal des überwältigenden Vorhandenseins dieser Empfindung bewusst. Sie war Teil des Reizes, der diesen Job ausmachte. Er kam nicht nur in den Genuss des eigenen Adrenalinkicks, sondern vermochte zudem die statische Energie in sich aufzunehmen, die durch diese ängstliche Erwartung erzeugt wurde.

Er kannte die Worte auswendig. Hatte die Einweisung selbst schon unzählige Male gegeben. Heute konzentrierte er sich darauf, das Erlebnis zu genießen, ließ sich ausnahmsweise einmal Zeit dabei, sich fertig zu machen.

Er zog sich die Springerkombi an und nahm selbst den Sicherheits-Check an seinem Fallschirm vor. Die anderen Fallschirmlehrer, Tim und Antonio, waren beide enge Freunde von ihm. Sie bewegten sich alle schon lange in Springerkreisen und bildeten eine eng miteinander verbundene Gemeinschaft. Hinter ihnen am Empfangstresen saß Leanne, Tims Freundin, die den Laden am Laufen hielt. Sie hatte alles fest im Griff, aber das musste sie auch angesichts der Branche, in der sie arbeiteten.

Nachdem Nathan festgestellt hatte, dass bei seinem Fallschirm alles war, wie es sein sollte, hievte er ihn sich auf den Rücken und sicherte die Verschlüsse.

Dabei entschlüpfte ihm unwillkürlich ein so lautes »Autsch«, dass Lehrer und Kunden ihre Aufmerksamkeit auf ihn richteten. Sogar Leanne sah sich veranlasst, ihren gewohnten Platz am Empfangstresen zu verlassen.

»Alles okay bei dir?«, fragte sie mit besorgter Miene. »Alles bestens. Bloß zu fest gezogen.« Nathan rieb sich die Brust.

»Soll ich den Erste-Hilfe-Kasten holen?«

»Nein, es ist wirklich alles in Ordnung.« Er war sich zwar nicht ganz sicher, aber er wollte deshalb kein Theater machen.

Derek, der Eigentümer der Firma und der Älteste der Fallschirmlehrer, kam herüber, um zu sehen, was los war. Leanne kehrte zum Empfangstresen zurück.

»Alles klar bei dir? Du bist doch keiner, der schnell Aua schreit.«

Nathan rieb sich die Brust. Der Schmerz war immer noch da. »Nippelhaare«, log er.

Derek grinste breit. »Und ich dachte, ihr Jungs wärt heutzutage alle gewachst und poliert. Tu etwas Eis drauf, wenn's wehtut. Du kannst aussetzen, wenn du willst.«

»Nicht nötig, mir geht's gut. Ich hatte bloß nicht damit gerechnet.«

»Ganz sicher?« Derek musterte ihn streng mit zusammengezogenen Augenbrauen, bevor er zu seinem Kunden zurückkehrte, der den Eindruck erweckte, als würde er sich jeden Moment in die Hose machen.

Nathan war sich zwar ganz und gar nicht sicher, hatte aber dennoch genickt.

Jetzt, wo er ein bisschen mehr Platz hatte, lockerte er die Gurte und rieb sich weiter über den Brustmuskel. Doch je mehr er rieb, desto bewusster wurde ihm, dass die Ursache offenbar ein Knoten auf seiner Brust zu sein schien. Er war klein. Kaum spürbar. Aber als er die Gurte strammgezogen hatte, da war ein Schmerz durch seine Brust geschossen, wie er ihn noch niemals zuvor verspürt hatte.

»Bereit, Nathan? Es geht los!«, rief Derek, der den letzten Teil der Einweisung beendet hatte.

»Klar«, erwiderte er und zog die Gurte wieder fest – allerdings etwas vorsichtiger als zuvor, um nicht wieder diesen furchtbaren Schmerz auszulösen.

Auch wenn er schon öfter gesprungen war, als das Jahr Tage hatte, zählte er immer noch mit. Dies war heute Sprung sechshundertsechsundsechzig. Vielleicht würde es bei dieser Unglückszahl ja sein letzter sein.

Die Elemente beim Fallschirmspringen waren immer die gleichen: der Steigflug, die Sicherheits-Checks, die Anspannung in der Luft, die Reihenfolge, in der sie aus dem Flugzeug sprangen, die Dinge, die sie ihren Kunden sagten. Es war alles normal, der Himmel außergewöhnlich klar und blau für einen Januartag.

Nathan war als Letzter dran, ohne Kunden an seine Brust geschnallt, der sich in die Hose schiss – was kein Scherz war, sondern hin und wieder tatsächlich vorkam. Heute war er ohnehin froh, niemanden bei sich zu haben. Das Gewicht dieses kleinen Knotens, der sich gegen seine Brust presste, reichte ihm schon.

Vielleicht war es ja nur ein Pickel, der sich entzündet hatte. Aber er spürte, dass es mehr war. Er musste nicht erst seine Klamotten ausziehen und nachzusehen, er wusste auch so, dass etwas nicht stimmte. Schließlich wartete er schon sein ganzes Leben auf diesen Moment. Es war immer nur um die Frage gegangen, wie es enden würde. Und hier hatte er nun seine Antwort in Form eines deutlich wahrnehmbaren Knubbels, der nicht größer war als eine Erbse.

Als er mit seinem Sprung an der Reihe war, zögerte er an der offenen Tür, wie er es immer tat. Der plötzliche Luftstrom reichte aus, um jeden daran zu erinnern, was es bedeutete, am Leben zu sein. Und genau diese Bestätigung brauchte er. Deshalb war dieser Moment der Grund, warum er den Job überhaupt machte.

Während das Flugzeug ruckelnd durch die Wolken flog – das scheinbar Unmögliche schaffte, nämlich sich als eine Maschine aus Metall über den Himmel zu bewegen –, zählte er im Stillen bis drei und sprang wie immer bei zwei. Es war vielleicht ein bisschen grausam, wenn er dies mit seinen Kunden machte, sie dazu brachte zu springen, bevor sie bereit waren. Aber er war der Ansicht, dass einem eine Menge im Leben entging, wenn man immer erst darauf wartete, dass man bereit war.

Für einen kurzen Moment wurde er wie ein Steppenroller durch die Luft getrieben und der Wind, der gegen seine Gliedmaßen drückte, drohte ihm die Orientierung zu rauben.

Es war dieser herrliche Klang der Luft, die an ihm vorbeijagte, den Nathan so liebte. Alles daran schrie förmlich danach, dass ein Fallschirmsprung zur Erde nicht das war, was sich ein Mensch antun sollte. Dass es eigentlich die menschlichen Fähigkeiten überstieg. Es war ein Klang, der sich von allen anderen Klängen unterschied, und erst als er sich aufs Neue mit ihm vertraut machte, wurde offensichtlich, wo sich die Erde befand.

Im Bruchteil einer Sekunde würden sich die Wolken teilen und den Blick freigeben auf die Landschaft dort unten, einem Gemälde gleich, an dem er sich erfreuen konnte. Es gab für ihn auf dieser Welt nichts anderes, was einer solchen Einsamkeit gleichkam und zugleich doch so berauschend war. Er war ganz allein, wie er da vom Himmel herabschoss, und er schloss für einen Moment die Augen, um das Gefühl zu genießen. Bevor der Sprung außer Kontrolle geriet, breitete er Arme und Beine aus, um seinen Körper in dem Wind, der mit solch einer gewaltigen Kraft gegen ihn drängte, zu stabilisieren.

Selbst jetzt, im freien Fall, strömte dieser Schmerz aus seiner Brust. Dieser kleine unbedeutende Knoten, von dessen Existenz er vor einer Stunde noch nichts geahnt hatte, verursachte mehr Unruhe als der Wind, in dem er segelte.

Jetzt war der Zeitpunkt gekommen, ab dem er zählen sollte.

Der Sinkflug.

Wissen, wann es so weit war.

Der richtige Moment.

Die Augen zu öffnen.

Die Reißleine zu ziehen.

Sich vom Schwall des öffnenden Fallschirms himmelwärts ziehen lassen.

Die Entscheidung, die ihn rettete.

Jedes Mal.

3

Jedes Mal.

Während er sich näher auf die Erde zubewegte, fragte er sich, ob er überleben wollte. Ob es, wenn dies wirklich sein letztes Lebensjahr sein sollte, nicht humaner wäre, auf diese Weise zu enden. War es denkbar, dass dieser seltsame sechste Sinn, den er sein ganzes Leben lang gehabt hatte, wirklich recht behalten sollte? Oder war er dabei durchzudrehen und sein Leben womöglich wegen einer vereiterten Pore wegzuwerfen?

Unter ihm erinnerte die Landschaft Salisburys an eine Patchworkdecke aus Grüntönen: Jedes Feld trug eine etwas andere Farbe als sein Nachbar, und alle waren mit Hilfe von dunklen Buschreihen miteinander verbunden. Die einzigen Gebäude unter ihm waren wahllos verstreut und wirkten wie Kreidemarkierungen. Als sich Nathan diesem Anblick näherte, war er kein bisschen williger, die Reißleine zu ziehen.

Wenn man sein Leben bei hundertsechzig Kilometern pro Stunde verbrachte, war es nicht leicht, ruhige Momente zu finden, und zurzeit kam ihm das Vergessen verlockend vor. Dann müsste er sich niemals aus dieser ganzen Ausrüstung schälen, sich ausziehen und dem winzigen Knoten weitere Aufmerksamkeit schenken. Er müsste niemals erfahren, was mit ihm los war, sich niemals auf einen Kampf einlassen, den er verlieren könnte. Und er müsste sich nie mehr fragen, wie es wohl wäre, eines Tages …

Zebras in der freien Wildbahn zu beobachten.

In gebackenen Bohnen zu baden.

Den Londoner Marathon zu laufen.

An einem Krimi-Wochenende teilzunehmen.

Eine ganze Nacht am Strand zu verbringen und unter den Sternen zu schlafen.

Und plötzlich war es der richtige Moment, die Reißleine zu ziehen. Denn wenn er es nicht tat, dann hätte er niemals die Chance herauszufinden, was die Zukunft bringen würde.

Es war an der Zeit zu leben.

Zu kämpfen.

Sein Leben nicht von dem Traum bestimmen zu lassen, der ihm den Schlaf raubte.

4

Erster Tag

Emma

In dem Schreiben des Krankenhauses hatte gestanden, dass Emma jemanden mitbringen sollte. In Anbetracht dessen, was ihr bevorstand, leuchtete ihr das ein. Allerdings gab es keinen weiteren Hinweis, auf wen man ersatzweise zurückgreifen sollte, wenn man niemanden hatte, der diese Rolle übernehmen konnte. Sie war bislang immer diejenige gewesen, die sich um andere gekümmert hatte, nicht umgekehrt.

Natürlich wäre ihre Mutter für sie da gewesen, wenn Emma ihr von dem Termin erzählt hätte, aber das war im Augenblick eine unnötige Sorge, und Carole in ihrem Rollstuhl zum Krankenhaus zu bekommen, hätte einen ohnehin schon stressigen Tag nur noch stressiger gemacht. Außerdem bestand immer noch die Möglichkeit, dass es gar nichts Ernstes war.

Außer ihrer Mutter gab es niemanden, den sie bei der Ultraschalluntersuchung ihrer Brüste gern dabeigehabt hätte. Ihre engste Freundin wäre noch in Frage gekommen. Aber die pflegte ihren Vater und versuchte ihre jüngere Schwester im Zaum zu halten, da wollte sie ihr zu diesem frühen Zeitpunkt nicht noch mehr aufbürden. Also blieb nur sie ganz allein. Sie betrachtete es als Opfer für die Gemeinschaft, auch wenn es ihr vorkam, als hätte sie nicht nur ein Flattern im Bauch, sondern auch an Stellen, wo sie noch niemals zuvor eins gespürt hatte. Im Moment war sich jeder Millimeter ihres Oberkörpers bewusst, wie ihr Herz hämmerte, in dieser fremden Umgebung bis an seine Grenzen ging. Es wäre schön gewesen, jemanden an ihrer Seite zu haben, aber manche Dinge erledigte man besser allein. Sie glaubte ohnehin nicht, dass sie die Ruhe finden würde, die sie sich erhofft hatte – ob mit oder ohne Begleitung.

Sie wählte eine zerlesene Frauenzeitschrift aus dem bescheidenen Angebot auf dem Tisch im Wartebereich, um sich abzulenken. Sie durfte gar nicht daran denken, wie viele Patienten schon darin geblättert hatten, aber sie war nun einmal verzweifelt. Die Uhr an der Wand machte sie mit ihrem beharrlichen Ticken verrückt. Eine ständige Erinnerung daran, wie lange sie hier wohl noch rumsitzen und sich fragen musste, was mit ihr los war.

Der Einzige, der noch mit ihr im Wartebereich saß, war ein Mann in ihrem Alter. Sein zerzaustes, dunkles Haar und eine Art von Mechanikeroverall, den er trug, ließen vermuten, dass er direkt von der Arbeit hergekommen war. Er sah auf eine raue, ungeschliffene Art gut aus und schien in dem sterilen Wartebereich seltsam fehl am Platz. Vermutlich unterstützte er seine Partnerin oder Mutter oder Schwester in diesem Augenblick der Not bei ihrem Termin in der Brustsprechstunde. Wenigstens gab es also eine Frau hier, die offenbar keine Probleme gehabt hatte, Unterstützung mitzubringen. Wenn ihr das doch nur auch gelungen wäre!

»Weit und breit keine Ausgabe von *Robot Wars Monthly*. Es ist nie die richtige Zeitschrift da, wenn man mal eine braucht, stimmt's?«

Er sprach offenbar mit ihr. Emma versuchte gewöhnlich, Unterhaltungen mit Fremden zu vermeiden. Das hatte zum Teil mit ihrer Arbeit in der Bibliothek zu tun. Dort *musste* sie mit Fremden reden, es war Teil ihres Jobs. Und mit den Jahren war ihr klar geworden, dass die meisten Fremden Spinner waren. Aber vielleicht war es auch nur dort so, wo sie arbeitete.

»Ich würde sagen, das ist ein bisschen sehr speziell. Vielleicht solltest du deine Erwartungen runterschrauben und darauf hoffen, dass sie die *Sun* haben.«

Der potenzielle Spinner lachte. Über das ganze Gesicht, als ob sie tatsächlich etwas Witziges gesagt hatte. »Man sollte doch meinen, dass sie auch ein bisschen an die Männer denken würden, oder?«

»Hmmm …« Sie hatte die Qualität des Leseangebots gar nicht in Betracht gezogen und auch nicht, ob es die Gleichstellungstandards erfüllte.

»Vermutlich rechnen sie bei den Terminen hier gar nicht mit unsereins.«

Emma war ziemlich verblüfft, dass sie sich in der Brustsprechstunde der Klinik mit einem gut aussehenden Mann über die Qualität des Zeitschriftenangebots unterhielt. Dass so etwas bei ihrem Besuch hier geschehen könnte, hatte sie überhaupt nicht in Betracht gezogen. »Es gibt doch bestimmt jede Menge Männer, die als Unterstützung mitkommen. Vielleicht solltest du mal einen Stapel *Robot Wars Monthly* mitbringen. Sie scheinen hier offensichtlich dringend auf Spenden angewiesen zu sein.« Während sie dies sagte, fächerte sie die Seiten der Illustrierten auf, die auseinanderzufallen drohte.

»Ich glaube, da hast du recht. Kommt ganz oben auf meine To-do-Liste.« Er sagte es ohne jeden Sarkasmus, und der Gedanke brachte sie zum Lächeln, auch wenn sie sich ziemlich sicher war, dass er diese Zeitschrift erfunden hatte.

Er blickte sich im Wartebereich um, erweckte dabei den Eindruck, als sei er ebenso ratlos wie sie. »Welche Zeitschriften wirst du denn spenden? Wir benötigen einen kleinen Ausgleich, wenn die Männer tolles neues Lesefutter bekommen.«

Sie hätte irgendeinen Titel erfinden können. Irgendetwas Ausgefallenes, Interessantes. Etwas Gewagtes. Etwas Glamouröses. Doch anstatt ihr Leben zu beschönigen, sagte sie die Wahrheit und nannte den Namen des einzigen Abos, das sie bezog. »*Angehörige pflegen.*«

»Dann hast du also jemanden herbegleitet?«

»Schön wär's.«

»Oh. Ich dachte bloß ... Die Sache mit der Pflege ... Na ja ... ich finde, dass du einfach zu jung bist, um wegen eines Termins hier zu sitzen.«

»Offenbar nicht. Aber hoffentlich ist es gar nichts Ernstes.« Auch wenn man sich hier nicht auf Krebs spezialisiert hatte, wussten sie beide nur zu gut, was man hinter diesen Türen entdecken könnte. »Und mit wem bist du hier?« Sie wollte nicht weiter darüber nachdenken, was auf sie zukam.

»Mit dir.«

Oh Gott. Definitiv ein Spinner. »Ich meine, mit wem bist du hergekommen?«

»Mit mir.«

»Ich fürchte, ich kann dir nicht ganz folgen.« Sie hatte schon von ungebetenen Hochzeitsgästen gehört, die sich einen Spaß daraus machten, die Feier zu stören. Sogar von ungebetenen Trauergästen bei Beerdigungen. Aber dass sich jemand nur so zum Spaß hierhinhockte, ohne einen Termin zu haben, kam ihr schon sehr abgedreht vor. Es gab ja nicht einmal ein Büffet, an dem man sich umsonst satt essen konnte.

»Ich bin der Patient.«

»Oh.«

»Offenbar haben auch Männer Brüste.«

»Und du bist allein hier?« Emma hatte keine Ahnung, warum sie so erstaunt klang, wo sie doch selbst in dieser misslichen Lage war.

»Ja. Ist irgendwie ziemlich peinlich, wenn man seinen Freunden eingestehen soll, dass man jemanden benötigt, der einen zu einer Brustsprechstunde begleitet. Ich habe mir gedacht, dass ich schon allein mit einer Ultraschalluntersuchung klarkomme.«

»Und was ist, wenn es schlechte Neuigkeiten sind?«

»Ich bin mir sogar ziemlich sicher, dass sie schlecht sein werden. Und was ist mit dir? Warum bist du allein hier?«

Emma fiel die ungelesene Zeitschrift aus der Hand, weshalb sie die Antwort für einen Moment aufzuschieben vermochte, um sich zu bücken. Sie war sich nicht sicher, ob sie in der Lage wäre, zu antworten, wenn sie ihm dabei geradewegs in seine strahlend grünen Augen blickte. Er war ein Fremder. Sie redete nicht mit Zufallsbekanntschaften in Wartezimmern über ihre Privatangelegenheiten. Auch wenn sie ausgesprochen schöne Augen hatten. Aber andererseits ... Spielte es wirklich eine Rolle, wenn sie darüber redete? Es war wichtig, dass sie sich in Zeiten wie diesen nicht vor der Welt verschloss.

»Na ja, die Sache mit der Pflege«, begann sie. »Also, meine Mutter stirbt schon ihr ganzes Leben langsam vor sich hin. Sie muss nicht unbedingt erfahren, dass ihr ihre Tochter zuvorkommen könnte.«

»Shit. Und ich sitze da und versinke in Selbstmitleid. Ich schätze mal, dass du auch schon damit rechnest, schlechte Nachrichten zu erhalten.«

»Alles andere wäre illusorisch.«

Eine Flügeltür schwang auf. Schritte näherten sich dem Wartebereich. Papier raschelte, als jemand einen Blick in die Patientenakte warf.

»Emma Green«, sagte die uniformierte Frau.

»Dann ist jetzt wohl der Zeitpunkt gekommen, es herauszufinden.« Sie legte die Zeitschrift viel zu sorgsam auf den Tisch, als wäre sie mit ihrem Zögern in der Lage, das Unvermeidliche abzuwenden.

»Begleitet Sie jemand?«, erkundigte sich die uniformierte Frau mit einem höflichen Blick in Richtung des sonderbaren Fremden.

Emma blickte in dieselbe Richtung und sah, dass er aufstand, als wäre er an der Reihe hineinzugehen.

»Ich bin für dich da«, sagte er und wischte sich dabei unsichtbaren Staub vom Overall. »Wenn du es willst«, fügte er hinzu und sah sie dieses Mal dabei direkt an.

»Hier entlang, bitte.« Die Frau hielt ihnen beiden die Tür auf. »Sie dürfen gern dabei sein, wenn Unterstützung gewünscht ist.«

Eigentlich wehrte sich alles in Emma bei dem Gedanken daran, einen Fremden im Raum zu haben. Sie kam nicht gut mit Intimität klar, nicht einmal bei den Menschen, die ihr am nächsten standen. Sie war immer diejenige, die im Umkleideraum unter ihrem Oberteil in den BH schlüpfte, niemals selbstbewusst genug, um schamlos zu sein. Wenn sie also nun diesen Mann hineinließe, den die Klinikmitarbeiterin für ihre Begleitung hielt, der aber ein Fremder für Emma war, würde sie gegen ihren Instinkt handeln.

Andererseits war diese Frau genau wie all die Ärzte und

Schwestern und die anderen Krankenhausmitarbeiter, denen sie in den kommenden Monaten begegnen würde, ebenfalls ein fremder Mensch für sie. Und deshalb – auch wenn es ganz und gar nicht ihrer Natur entsprach – erwiderte sie den Blick des Fremden und nickte. »Okay.«

Die Frau führte sie zu einem Raum ein Stück weiter den Flur hinauf. Unter besseren Umständen hätte sich Emma vorgaukeln können, dass sie wegen einer Schwangerschaft zur Ultraschalluntersuchung hier war und ihr Partner sie begleitete, um ihre Hand zu halten, während sie beide zum ersten Mal ihr Kind sahen.

»Ziehen Sie bitte Ihr Oberteil und Ihren BH aus. Dort ist ein Tuch, mit dem Sie sich bedecken können, während Sie warten. Ich werde in ein paar Minuten anklopfen, um nachzusehen, ob Sie bereit sind.«

Als sich die Tür schloss, erstarrte Emma.

»Es ist eine Frechheit, das als Tuch zu bezeichnen«, sagte der Fremde. »Das ist die blaue Rolle, die die Reinigungskräfte benutzen, mehr nicht.«

Sie musste unwillkürlich lächeln, obwohl dies in einem Moment wie diesem doch eigentlich eine Unmöglichkeit war. Als ob sie mit dem, was ihr bevorstand, nicht schon genug zu bewältigen hatte, war es ihr auch noch irgendwie gelungen, sich nun vor einem Mann ausziehen zu müssen, den sie gerade erst kennengelernt hatte. »Wie heißt du eigentlich?«, fragte sie.

»Nathan. Freut mich, dich kennenzulernen, Emma Green.«

Er streckte ihr die Hand entgegen und sie ergriff sie, um sie zu schütteln. Er hatte einen kräftigen, verlässlichen Händedruck und mit einem Mal waren sie keine Fremden mehr. »Und da ich ein Gentleman bin, werde ich die ganze Zeit wegschauen. Ich bin bloß hier, wenn du eine Hand zum Festhalten brauchst oder jemanden zum Reden.«

»Ich werde das Gleiche für dich tun, klar?«, erwiderte Emma. In dem Moment, als die Worte aus ihrem Mund heraus waren, wurde ihr bewusst, dass Nathan genau darauf aus war. Ganz offenbar benötigten sie beide etwas Unterstützung.

»Das will ich schwer hoffen. Ich mache das hier schließlich nur, damit ich nachher, falls nötig, wie ein Baby an deiner Schulter weinen kann.« Sein Lächeln geriet für einen Augenblick ins Wanken. »Ehrlich gesagt, habe ich eine Scheißangst.«

»Dann schau mal weg«, erwiderte sie. Sie zog ihren Pullover aus und nahm anschließend ihren BH in Angriff, bevor sie unter die völlig ungeeignete, blaue Papierdecke schlüpfte. »Es ist in Ordnung, Angst zu haben. Ich habe auch totalen Schiss.«

So, nun hatte sie es ausgesprochen. Hatte einem anderen Menschen gegenüber zugegeben, dass sie völlig neben der Spur war, seitdem sie begriffen hatte, dass es ein Problem gab. Und irgendwie machte es das Ganze ein kleines bisschen leichter zu ertragen, weil ihr sonderbarer neuer Freund bei ihr war.

Nathans Tagebuch

Das Leben besteht aus Kontrasten: Farben, Texturen, Aromen. Die Art und Weise, wie Menschen etwas erleben, ist völlig unterschiedlich. Daher machen zwei Menschen niemals die gleichen Erfahrungen beim Fallschirmspringen. Es handelt sich zwar um dieselbe Aktivität, dieselben Sicherheitsvorkehrungen, und dennoch gibt es so viele Unterschiede. Selbst für mich. Manchmal genieße ich den Blick von oben. Wie leicht es doch ist, den Wechsel der Jahreszeiten zu bemerken, wenn man ihn aus einer Höhe von viertausendfünfhundert Metern erlebt! Und manchmal konzentriere ich mich voll und ganz auf das Gefühl, zu fallen.

Deshalb schreibe ich in dieses Traumtagebuch … denn es gibt Dinge, die ich an meinem Traum nicht verstehe. Es fehlt ihm an Vielschichtigkeit. Und dennoch habe ich nicht den geringsten Zweifel, dass er sich bewahrheiten wird. Wie sollte ich auch, wo es doch der einzige Traum ist, den ich jemals gehabt habe? Was könnte überzeugender sein als etwas, das sich in den meisten Nächten in einer exakten Kopie wiederholt? Eine unumstößliche Darlegung dessen, was kommen wird.

In meinem immer wiederkehrenden Traum liege ich in einem Krankenhausbett und ringe um Atem. Ich höre mein eigenes Röcheln und bin mir bewusst, dass Menschen im Zimmer sind, aber ich habe keine Ahnung, wer sie sind. Ich verspüre dieses Bedürfnis, dass sich meine Mutter unter ihnen befindet, aber sie ist bereits verstorben und wird erst in Erscheinung treten, wenn das Röcheln endgültig aufgehört hat.

Also lausche ich und frage mich bei jedem gequälten Atemzug immer wieder, ob es womöglich mein letzter sein wird, bis Stille eintritt und ich plötzlich erwache. Und ich atme tief ein, sauge die Luft in meine Lungen. Das ist der Moment, in dem mir bewusst wird, dass ich der Frage, wer dort mit mir im Zimmer ist, keinen Schritt näher bin. Ich immer noch keine Ahnung habe, ob es einen Menschen gibt, der mich so sehr liebt, dass er mir die Hand hält, wenn meine Zeit schließlich gekommen ist. Ich weiß nur, dass es zu früh ist. Und ich kann nichts anderes dagegen tun, als weiteratmen.

5

Sechster Tag

Emma

Emma hatte die Bibliothek, in der sie arbeitete, immer als ein Tor zur Welt betrachtet. Ob sie etwas über mögliche Karrierewege, zukünftige Reiseländer oder berühmte Persönlichkeiten erfahren wollte, die sie gern einmal getroffen hätte – all dies fand sie hier, in diesem Gebäude, in diesen Regalen, versteckt auf den Seiten unzähliger Bücher.

Aber während sie sich einer ihrer alltäglichen Aufgaben widmete, die darin bestand, sicherzustellen, dass jedes einzelne Buch vorschriftsmäßig in das Computersystem eingegeben und an seinen angestammten Platz zurückgekehrt war, spürte sie, wie sich das Tor schloss.

Diese Regale dienten ihr nicht mehr länger als Portale in andere Welten, sondern sie waren vielmehr Belege für all die Dinge, die sie in ihrem Leben nie getan hatte.

Sie hielt einen *Lonely-Planet*-Reiseführer von Italien in der Hand. Sie könnte dieses Buch mit nach Hause nehmen und es von vorne bis hinten durchlesen, sich an den Sehenswürdigkeiten, den Klängen und Gerüchen des Landes erfreuen, aber sie würde womöglich nicht mehr die Gelegenheit haben, dorthin zu reisen. Es würde für sie womöglich immer nur in ihrer Fantasie existieren.

Und sie würde auch niemals wie geplant all die Rezepte aus *Französisch kochen* ausprobieren, als ob sie die Hauptrolle in *Julie und Julia* spielte. Niemals ihr ehrenamtliches Engagement auf ein anderes Land, wie zum Beispiel Namibia, ausdehnen. All die Dinge, die sie irgendwann einmal hatte verwirklichen wollen, waren über Nacht unmöglich geworden.

Nach nur wenigen Tagen schienen die Mauern des Bibliotheksgebäudes sie nun zu erdrücken, hatten jegliches Gefühl von Sinnhaftigkeit aus ihr herausgequetscht. Ein ganzes Leben gefüllt mit »Niemals« stapelte sich um sie herum, und es stand fest, sie würde wirklich *niemals* dazu kommen, irgendetwas davon zu verwirklichen.

Sie griff nach dem nächsten Buch auf ihrem Rollwagen und bedauerte es sogleich. Das Gewicht der gesammelten Werke Shakespeares ließ sie zusammenzucken und der dicke Wälzer fiel ihr aus der Hand, landete mit einem dumpfen Geräusch auf ihrem Zeh, und nun kam zu dem Schmerz in ihrer Brust auch noch dieser hinzu.

Emma schloss die Augen, versuchte, sich nicht unterkriegen zu lassen. Es gab im Moment so viele schmerzliche Dinge und sie wollte auf keinen Fall, dass alles wegen eines kaputten Zehs aus den Fugen geriet. Anstatt einen Schmerzensschrei auszustoßen, fluchte sie nur leise und atmete tief ein, bevor sie sich auf den Weg in den Pausenraum für die Angestellten machte. Sie hatte nicht vor, hier draußen, wo ihre Kollegen und die Bibliotheksnutzer sie sehen konnten, in Tränen auszubrechen.

Aber ich weiß doch noch gar nichts, mahnte sie sich. Es bestand immer noch die Chance, dass der Knoten gutartig war. Zwar nur eine sehr kleine Chance, aber immerhin eine Chance.

»Alles in Ordnung, Emma?«

Trevor, ihr Chef, versperrte ihr den Weg zum Pausenraum. Und die Frage, die ihm über die Lippen kam, war nicht wirklich die, die er ihr stellte. Die Frage, auf die er tatsächlich eine Antwort hören wollte, lautete: Wieso machen Sie nicht mit Ihrer Arbeit weiter?

»Mir ist ein Buch auf den Zeh gefallen«, sagte Emma leise, ganz so, als wolle sie vermeiden, dass jemand etwas von ihrer Entschuldigung mitbekam.

Trevor lachte. »Berufsrisiko, würde ich sagen. Solange Sie sich nichts gebrochen haben, sollten Sie das Buch zumindest aufheben. Wir wollen doch nicht, dass jemand darüber fällt, nicht wahr? Sie wissen doch, Sicherheit geht vor!«

Emma warf einen Blick zurück auf ihren verlassen dastehenden Rollwagen. Sie war sich gar nicht bewusst gewesen, dass sie das Buch tatsächlich auf dem Boden zurückgelassen hatte, die Seiten auf eine unschöne Art und Weise gespreizt und der Rücken so stark eingeknickt, dass sie normalerweise davon Ausschlag bekam. Aber heute war ihr das egal. Bücher ließen sich ersetzen. Chefs mussten keine Arschlöcher sein.

»Na los.« Angesichts Trevors eindeutiger Kopfbewegung und der Art, wie er sie wütend anfunkelte, hätte man meinen können, sie sei ein ungehorsamer Hund, der das Stöckchen noch nicht apportiert hatte.

»Heben Sie das verdammte Buch doch selbst auf.« Emmas Stimme war nicht mehr leise. Sie war laut und deutlich und brachte jeden Bibliotheksbesucher dazu, sich umzudrehen und zu ihnen hinüberzustarren.

Bevor sich Trevor von seinem Schock wegen ihres Ausrasters

erholt hatte, machte Emma auf dem Absatz kehrt, marschierte am Pausenraum vorbei und nahm Kurs Richtung Automatiktüren in die Freiheit.

Zum Teufel mit *niemals*.

6

Emma

Zweihundert Meter reichten aus, um Emma den Wind aus den Segeln zu nehmen. Was war nur in sie gefahren? Es war derart untypisch für sie, ihren Chef zu beleidigen und von ihrem Arbeitsplatz zu verschwinden, dass sie halb damit rechnete, bei ihrer Heimkehr jemanden vom psychiatrischen Dienst vor ihrer Haustür anzutreffen.

Nachdem sie mit einem ungeheuren Schwung aus der Bibliothek hinausmarschiert war, ließ dieser nun schlagartig nach, was sie veranlasste, stehen zu bleiben und nach einer Bank Ausschau zu halten, um sich und ihren Sorgen eine Verschnaufpause zu gönnen.

Ihr Zeh pochte. Ihre Brust pochte. Ihr Herz pochte. Nun, dass ihr Herz pochte, war zweifellos ein gutes Zeichen, aber wie lange würde das gelten, wenn sich herausstellte, dass der Knoten, den sie gefunden hatten, bösartig war? Die Brustkrebsschwester hatte gesagt, dass es höchstwahrscheinlich der Fall sei, daher hatte sie keine allzu große Hoffnung, dass die endgültige Diagnose anders ausfallen würde. Angesichts dessen würde sie die Schmerzen in ihrem Zeh und ihrer Brust ertragen, so lange ihr Herz noch pochte. Das war schließlich von nicht unerheblicher Bedeutung.

Und da es immer noch schlug, musste sie an ihrem »Zum Teufel mit niemals« arbeiten. Was gar nicht so leicht war, wenn man in Betracht zog, dass sie wegen ihrer Mutter spätestens um fünf wieder zu Hause sein musste. Ein paar Wochen nach Italien zu verschwinden, Sightseeing in Rom und echte italienische Pizza und cremiges, süßes Gelato essen, wäre hilfreich, um die Wartezeit bis zum Eintreffen der gefürchteten Ergebnisse herumzubekommen – vorausgesetzt man konnte es sich erlauben, einfach loszudüsen und seinen Sorgen zu entfliehen. Obwohl dies den meisten Frauen ihres Alters vermutlich möglich war ... Aber sie hatte Verpflichtungen, die sie nicht einfach ignorieren konnte. Also, außer die Arbeit zu schmeißen (was sie vermutlich noch bitter bereuen würde) hatte sie in den verbleibenden zwei Stunden, bevor sie unbedingt den Bus nach Hause neben musste, nicht wirklich viele Möglichkeiten, um sich ins pralle Leben zu stürzen.

Emma warf einen Blick zurück in Richtung Bibliothek und fragte sich, ob das, was sie getan hatte, vernünftig gewesen war. Der Teil von ihr, der praktisch veranlagt war, sagte ihr, dass sie zurückgehen und sich entschuldigen sollte. Doch dann entdeckte sie draußen vor den Automatiktüren Trevor, der sich suchend in den Menschenmassen auf der Hauptstraße umblickte. Er war auf der Suche nach ihr. Wenn sie wirklich bald sterben musste, würde sie sich so einen Mist nicht mehr antun.

Trevors Anblick brachte sie dazu, mit neuem Schwung weiterzumarschieren. *Zum. Teufel. Zum. Teufel.* Ihre Füße hämmerten den Rhythmus förmlich in das Pflaster. Zum Teufel mit diesem Job. Zum Teufel mit Biopsien, die zwei Wochen für endgültige Ergebnisse benötigen. Zum Teufel mit dem Leben. Nein, Kommando zurück, das wollte sie natürlich nicht zum

Teufel schicken. Sie mochte das Leben eigentlich. Zum Teufel mit dem, was dir das Leben antut. Das war besser.

Sie war derartig in ihren persönlichen kleinen Kreuzzug vertieft, dass sie den Werbeaufsteller auf dem Gehweg überhaupt nicht bemerkte, bis sie darüber stolperte und auf dem Hintern landete (was in ihrem angeschlagenen Zustand nach der Biopsie nicht so gut war).

Sie blickte sich kurz um, ob es irgendjemand bemerkt hatte, hielt sich am Schild fest, um sich aufzurappeln, klopfte sich ab und kam zu der Erkenntnis, dass es keine Lösung war, wutschnaubend durch die Gegend zu stampfen.

Aber der Werbeaufsteller hatte eine parat. Sie lautete: »Champagner-Imbiss am Nachmittag«.

Zum Teufel damit, dass sie bisher nachmittags noch nie einen typisch britischen Teatime-Imbiss zu sich genommen hatte. Zum Teufel damit, dass sie noch niemals den Geschmack von prickelndem Champagner gekostet hatte. Zum Teufel damit, dass sie nicht einmal wusste, wie Sahnetörtchen und Gurken-Sandwiches schmeckten.

Als sie von dem Schild aufblickte, sah sie das Hotel vor sich, das dafür warb und marschierte geradewegs hinein.

»Tisch für eine Person?«, erkundigte sich der Kellner, als sie das Restaurant betrat.

Emmas selbstbewusstes Nicken entsprach nicht ganz ihrem Empfinden. Sie trug ihre Arbeitskleidung, die aus einer schwarzen Hose und einer zartrosa Bluse bestand. Sie war für ein Lokal wie dieses, in dem sie mit einem schicken Kleid besser dran gewesen wäre, nicht passend angezogen. Aber das spielte keine Rolle. Endlich war sie einmal spontan – tat etwas, das sie schon immer einmal hatte tun wollen, aber nie geschafft hatte. Es war schon komisch, wie ihr das Leben bisher immer in die Quere gekommen war.

Der Kellner führte sie zu einem Tisch in einem sonnendurchfluteten Wintergarten, von dem aus man auf einen eleganten Teich in einem Innenhof blickte, von dessen Existenz sie bis zu diesem Zeitpunkt nichts gewusst hatte.

Die weißen Leinendecken auf den Tischen strahlten vor Sauberkeit und waren perfekt gestärkt und angesichts des glänzenden Bestecks und der funkelnden Gläser, die so präzise platziert waren, traute sich Emma kaum, sich zu bewegen.

Aber sie brachte zumindest ein Lächeln zustande, als der Kellner zurückkam, um ihre Bestellung aufzunehmen. Mit gespieltem Selbstvertrauen bestellte sie den Champagner-Imbiss am Nachmittag. Sie tat so, als wäre es etwas, das sie an einem freien Nachmittag häufig machte, anstatt in einem Affenzahn mit dem Einkaufswagen durch den Supermarkt zu flitzen, um anschließend nach ihrer Mutter zu sehen.

Als die Bestellung an ihrem Tisch eintraf, sah alles einfach köstlich aus. Zierlich zugeschnittene Sandwiches mit Lachs, andere mit Mayonnaise und Ei, wieder andere mit einem mysteriösen Aufstrich, den sie erst kosten musste, um festzustellen, worum es sich handelte. Dann dreierlei Sorten Kuchen: Ein prächtiges, mit Buttercreme und Marmelade gefülltes Stück Biskuitkuchen, ein Stück Zitronenkuchen, bei dem einem das Wasser im Mund zusammenlief und ein Stück Schokoladentarte, das den Eindruck erweckte, als würde ein einziger Bissen ausreichen, um sich im Paradies zu wähnen. Und schließlich – allein schon durch ihre Größe auftrumpfend – die Scones, diese himmlisch luftigen Gebäckstücke. Es machte beinahe den Eindruck, als hätte man hier alles eigens verkleinert, um die Scones wie die prachtvollsten wirken zu lassen, die ihr jemals unter die Augen gekommen waren. Mit einem Mal fühlte sie sich gleich ein bisschen mehr zu Hause und ließ es sich schmecken, doch nach nur wenigen Bissen von einem Sandwich mit Lachs und Frischkäse verging ihr der Appetit.

Ja, es war lecker. Und ja, alles war wunderbar angerichtet. Aber irgendwie kam es ihr nicht richtig vor, es allein zu genießen. Sie wünschte, ihre Mutter wäre hier. Könnte es mit ihr teilen. Wenn ihr nur die Multiple Sklerose nicht so zusetzen und alles von Jahr zu Jahr nur noch unmöglicher machen würde. Die Krankheit griff die Ummantelung der Nervenfasern, und mit jedem neuen Schub nahm sie Carole wieder ein Stück mehr von ihren Fähigkeiten. Sie konnte ihre Mutter nicht anrufen und sich mit ihr in der Stadt treffen, wie sie es als Teenager hätte tun können.

Da ihre Mutter nicht bei ihr sein konnte, hätte sie gern jemand anderen zum Reden gehabt. Vorzugsweise ihre beste Freundin, Alice, aber die war bei der Arbeit, und außerdem wollte sie sie genauso wenig wie ihre Mutter unnötig beunruhigen.

Trotz des aufwendig gestalteten Raums und der schönen Aussicht fehlte es an Gästen. Außer ihr gab es nur noch ein älteres Ehepaar, das zu weit entfernt saß, um ein Gespräch mit ihm zu beginnen. Auch wenn es egoistisch von ihr war, sie wollte mit jemandem über ihre Ängste reden, ohne sich dabei mit den emotionalen Auswirkungen auseinandersetzen zu müssen, die dies auf andere Menschen haben würde. Sie war nicht bereit, sich darüber Gedanken zu machen. Zumindest im Moment noch nicht. Sie hatte Alice nicht einmal von ihrem Termin erzählt. Sie wollte niemanden mit ihren Sorgen belasten, die sich am Ende als unbegründet erweisen könnten. Auch wenn sie sich gerade auf nichts anderes zu konzentrieren vermochte.

Stattdessen nahm sie einen Schluck von dem Champagner und genoss es, wie die Bläschen auf ihrer Zunge kribbelten. Es war wie ein köstlicher Honig mit einem zusätzlichen Prickeln, der sich über ihre Geschmacksknospen ergoss. Die Flüssigkeit verursachte ein Gefühl der Wärme bis hinunter in ihren Magen und sie begriff sogleich, warum die Leute so gern Champagner tranken. Daran könnte sie sich auch gewöhnen!

Nach ein paar weiteren Schlucken kehrte ihr Appetit zurück, und sie wagte sich an ein Sandwich mit Mayonnaise und Ei und frischer Kresse. Als sie sich dann über die himmlisch aussehende Tarte hermachte, wurde sie nicht enttäuscht. Der vollmundige Schokoladengeschmack überlagerte alle anderen Sinne, während sie genüsslich kaute. Nach einem weiteren Schluck Champagner fühlte sie sich noch mutiger.

Da sie niemanden zum Reden hatte, holte sie ihr Smartphone hervor und las ihre Nachrichten. Es war ein merkwürdiges Gefühl, wenn sie daran dachte, dass Nathan der einzige Mensch auf dieser Welt war, der von ihrem Knoten wusste. Seit dem Tag in der Brustsprechstunde waren sie in Verbindung geblieben. Sie hatte so ein Gefühl, als würden sie einander durch eine Vielzahl der kommenden Tage hindurchhelfen.

Ich habe meinen Chef beschimpft und bin mitten in der Arbeit aus der Bibliothek gerannt, tippte sie in ihr Handy. Für einen Moment zog sie in Erwägung ein »Daumen-hoch«-Emoji dranzuhängen, verzichtete dann aber darauf, da sie langsam daran zweifelte, ob das, was sie getan hatte, wirklich so klug gewesen war.

Sie drückte auf »Senden« und schaute dann nach, wann Nathan das letzte Mal online gewesen war. Sie hatte keine Ahnung, wann er antworten würde. Vielleicht befand er sich gerade hoch oben in der Luft, um aus einem Flugzeug zu springen. Sie hatte viel über seinen Job als Fallschirmlehrer erfahren, während sie in der Klinik darauf gewartet hatten, dass er an der Reihe war. Aus seinen Erzählungen wusste sie, dass er auf seinen Reisen um die Welt sämtliche Abenteuersportarten ausprobiert hatte und ihm sein Wunsch, mit dem, was er so liebte, Geld zu verdienen, diesen Job eingebracht hatte. Er zog den Himmel jederzeit dem Meer vor, sprang lieber in dünne Luft als in den Ozean. Sein Leben war so viel spannender als ihr Teilzeitjob als Bibliotheksassistentin, bei dem sie sich immer nur kopfüber in Bücher stürzen würde.

Nach wenigen Augenblicken war ihr klar, dass er ihre Nachricht nicht gelesen hatte, daher wandte sie sich wieder dem Essen zu und entschied sich für ein Scone, das sie mit Streichrahm und Marmelade krönte.

Höchstwahrscheinlich sprang Nathan gerade aus einem Flugzeug, was ihren doch recht harmlosen Champagner-Imbiss am Nachmittag in der Kategorie »Zum Teufel mit niemals« ein wenig relativierte. Aber wenigstens war es ein Anfang.

7

Nathan

Das Röcheln aus seinem Traum verfolgte Nathan nun auch in der Realität. Egal, wie sehr er sich bemühte, er bekam gerade kaum Luft. Und auch wenn es vermutlich niemals einen idealen Zeitpunkt gab für dieses Gefühl, sterben zu müssen, so war es wirklich äußerst ungünstig, wenn einem gerade ein anderer Mensch vor die Brust geschnallt war.

Die Flugzeugtür war geöffnet, die ersten Sprungneulinge standen kurz davor, hinauszuspringen. Dies war normalerweise der Moment, in dem er irgendwelche überschwänglichen Sprüche von wegen »Erfahrung fürs Leben« und »Einzigartiges Erlebnis« abließ, um seinen nervösen Kunden, der auf seinen Tandem-Sprung wartete, zu motivieren. Stattdessen war sich Nathan ziemlich sicher, dass er gerade einen Herzinfarkt erlitt.

Der Schmerz in seiner Brust wurde schlimmer. Ein heftiges Brennen und Stechen, das seinen Hals hinauf bis ins Gesicht ausstrahlte. So heftig war es, dass er nur noch verschwommen sah.

Er hätte das ja noch irgendwie verstanden, wenn das Krankenhaus bei ihm auch eine Biopsie vorgenommen hätte, wie bei Emma. Sie hatte ein Formular mit einem Haufen möglicher Komplikationen unterschreiben müssen. Die Bildung von Blutgerinnseln war eine davon gewesen – was zu seinen Beschwerden gepasst hätte. Aber bei ihm war keine Biopsie vorgenommen worden. Die Ärzte beabsichtigten, gleich eine Lumpektomie durchzuführen, um den Knoten, von dem sie vermuteten, dass es sich um Hautkrebs handeln könnte, zusammen mit umliegendem Gewebe, das möglicherweise bereits befallen war, zu entfernen. Aber das sollte erst in ein paar Wochen geschehen.

Nathan blinzelte, versuchte die Flecken loszuwerden, die vor seinen Augen schwammen. Aber während er dies tat, wurde seine Atmung flacher. Er kam sich vor wie in seinem Traum. Vielleicht war es gar kein Krankenhausbett, wie er immer gedacht hatte. Vielleicht war die Person, die ihm die Hand hielt, in Wahrheit ein völlig Fremder, der vor seine Brust geschnallt war. Wenigstens bedeutete es, dass er beim Sterben nicht allein sein würde, auch wenn es nicht ganz das war, was er sich vorgestellt hatte und stattdessen Tausende von Metern hoch in der Luft.

Plötzlich wurde ihm bewusst, dass er sich trotz all seiner Versuche, das Leben immer voll auszukosten, am meisten davor fürchtete, einsam und allein zu sein. Und nun stellte sich heraus, dass er in all seinen siebenundzwanzig Jahren doch einsamer gewesen war, als er gedacht hatte. In dem Moment, als ihm dieser Gedanke durch den Kopf schoss, wurde alles schwarz um ihn.

8

Emma

Wie sich herausstellte, war es für die geistige Leistungsfähigkeit nicht gerade förderlich, wenn man nachmittags Champagner trank. Das wäre durchaus in Ordnung gewesen, hätte Emma nicht noch die Verantwortung für einen anderen Menschen gehabt. Die Kopfschmerzen und ein benebeltes Gefühl setzten auf der Heimfahrt im Bus ein, und als sie schließlich zu Hause war, hätte sie sich am liebsten für den Rest des Tages ins Bett verkrochen.

Aber das war leider nicht möglich. Sie mochte sich zwar den Magen vollgeschlagen haben, bis es wirklich nicht mehr ging und er bei dem bloßen Gedanken an einen weiteren Bissen zu platzen drohte, aber sie musste dennoch dafür sorgen, dass ihre Mutter etwas zu essen bekam. Glücklicherweise hatte sie Anfang der Woche eine Bolognesesoße vorbereitet, und daher war es damit getan, nur noch ein paar Nudeln zu kochen.

Ihre Mutter saß wie immer im Wohnzimmer vor dem Fernseher und sah sich eine Quizsendung an. Alles, was sie benötigte, befand sich in ihrer Reichweite, sodass sie in der Lage war, ihr Leben in diesem Haus, auf diesen Raum beschränkt, wie in einer Blase zu verbringen. Ihre vogelähnliche Gestalt zuckte leicht, als sie ihre Sitzposition in ihrem Rollstuhl ein wenig veränderte, um ihre Tochter zu begrüßen. »Wie war dein Tag, mein Schatz?«

»Wie immer«, sagte Emma. Eigentlich sollte sie ihrer Mutter von ihren heutigen Erlebnissen erzählen. Sie wissen lassen, dass sie während ihrer Arbeitszeit einfach aus der Bibliothek hinausgestürmt war, mitten am Tag Champagner getrunken hatte und nun, weil sie selten Alkohol trank, ein wenig beschwipst war.

»Keine komischen Käuze heute?«

Emma erzählte ihr oft Geschichten über die interessanten Leute, die in die Bibliothek kamen. Beispielsweise über die Frau im roten Mantel, die zweimal in der Woche dort das Internet nutzte. Sie war um die vierzig, gepflegt und nett anzuschauen, trug aber immer merkwürdige Schuhe. Emma hatte bisher noch nicht den Mut gehabt, sie darauf anzusprechen. Dann war da noch dieser Quasselkopf, der einfach nicht begreifen wollte, dass eine Bibliothek ein Ort der Stille und der Ruhe war. Da Emma nie irgendwelche Namen ausplauderte, konnte man sie dafür schwerlich rauswerfen. Es war ein Fenster zu dem Leben, das ihre Mutter verpasste – eine Seifenoper mit einigen Figuren, die regelmäßig auftauchten. Und es gab zweifellos so manche erwähnenswerte Geschichte.

»Nein, keine komischen Käuze heute.« Vielleicht hatte es ja welche gegeben, aber sie war zu sehr damit beschäftigt gewesen, so zu tun, als wäre alles in Ordnung, und dann Champagner zu trinken.

Es war ja alles in Ordnung. Und das würde auch so bleiben. Aber diese Beschwichtigungen ratterten durch ihre Gedanken, ohne dort haften zu bleiben. Ihre Sorge wuchs. Wurde von Minute zu Minute größer, anstatt sich zu verringern.

»Nicht einmal dieser Herr im Anorak? Der für gewöhnlich mittwochs auftaucht? Ich hoffe, es geht ihm gut.«

»Vermutlich habe ich ihn verpasst, als ich die Bestellung vom Buchclub bearbeitet habe. Heute war jede Menge Verwaltungskram zu erledigen.« Die Notlüge ging ihr überraschend leicht über die Lippen.

»Das ist aber schade. Seine Eskapaden sind immer so amüsant.«

»Ich werde dir mal etwas zu essen machen, wenn bei dir so weit alles okay ist.«

»Danke, mein Schatz. Ist bei dir denn alles in Ordnung?«

»Bin bloß müde.« Emma war wirklich hundemüde und musste sich zusammenreißen, um nicht gleich hier und jetzt zu Boden zu sinken.

Sie überließ ihre Mutter wieder der Quizsendung und machte sich in der Küche ans Abendessen. Es war eine gute Ablenkung, sich damit zu beschäftigen. Als sie wie immer den Tisch deckte, kam sie sich vor, als würde sie es für ein Kleinkind tun. Sie legte eine Matte auf den Boden als Unterlage für den Rollstuhl und auf den Tisch kam eine große Gummidecke. Auf diese Weise war alles leichter zu reinigen, auch wenn es nicht gerade schön aussah.

Im letzten halben Jahr hatten sich die Muskelzuckungen ihrer Mutter deutlich verschlimmert. Sie litt an der primär progredienten Form von Multipler Sklerose, und mit jedem Jahr trat die Erkrankung deutlicher in Erscheinung und hatte immer größere Auswirkungen auf ihren Alltag.

Nachdem Emma die Nudeln aufgetischt hatte, schob sie ihre Mutter an den Tisch und betrachtete sie mit einer Traurigkeit, die sie zuvor nicht empfunden hatte. Was wäre, wenn ihre

Ergebnisse schlecht waren? Sie hatte keine Ahnung, wie ihre Mum damit fertigwerden würde. Wie *sie selbst* damit fertigwerden würde. Mit einem Mal schien alles derart unbegreiflich.

Dieses Gefühl der Hoffnungslosigkeit blieb, während sie ihr tägliches Ritual fortsetzten. In demselben Zimmer, in dem Carole fernsah, bereitete ihr Emma das Bett vor, stellte es so ein, dass sie mit wenig Hilfe hineingelangte. Glücklicherweise funktionierte es elektronisch, sodass sie es nicht manuell auf die richtige Höhe und den richtigen Winkel einstellen musste. Sie war sich nicht sicher, ob sie im Augenblick dazu in der Lage gewesen wäre. Sie war ziemlich ausgelaugt, machte alles nur noch mechanisch, und bei jeder Bewegung verspürte sie dort, wo sich die Fäden befanden, ein unangenehmes Ziehen in der Seite.

Nachdem sie ihre Mutter und ihre Gehhilfe in Position gebracht hatte, stellte sie sich in die Nähe, um bei Bedarf eingreifen zu können. Sie hatten ihr nach der Biopsie geraten, eine Woche lang nichts Schweres zu heben. Welch ein Glück, dass ihre Mutter federleicht war, sie sie zudem nur im Auge behalten und ihr gegebenenfalls Hilfestellung leisten musste.

Wenn Carole es geschafft hatte, zum Bett zu schlurfen und sich zu setzen, verschränkte Emma die Finger hinter den Fußknöcheln ihrer Mutter und schwang diese nach oben. Carole war so schmächtig, dass diese Bewegung nicht an den Nähten über der Biopsiestelle zerrte. In Gedanken spielte Emma den schlimmstmöglichen Fall durch und fragte sich, wie ihre Mutter wohl ohne sie ins Bett kommen würde. Es wäre eine Beruhigung, zu wissen, dass ihr Bruder James für sie einsprang, aber sie war sich ziemlich sicher, dass er lediglich anbieten würde, für Hilfe zu zahlen, statt diese selbst zu leisten. Als Carole ihre

Diagnose erhielt, studierte er bereits eifrig an der Uni, um Finanzmakler zu werden. Zehn Jahre später war sein Unternehmen ausgesprochen erfolgreich geworden, und er verfuhr im Allgemeinen nach dem Grundsatz, dass sich mit Geld alles regeln ließ. Wenn Carole oder Emma Hilfe benötigten, neigte er dazu, für eine Lösung zu bezahlen, anstatt selbst vorbeizukommen und sich darum zu kümmern.

Wie sollte ihre Mutter nur zurechtkommen, wenn Emma während einer Therapie nicht in der Lage wäre, ihr zu helfen? Oder schlimmer noch, was würde aus ihr werden, sollte Emma die Therapie nicht überleben? Diese Sorgen um ihre Mutter führten dazu, dass ihre Gedanken Amok liefen. Denn egal, wie schwer es auch manchmal sein mochte, sie war froh, dass sie es war, die ihre Mutter pflegte. Dass sie es war, die sie falls nötig unterstützte und nicht etwa irgendeine Fremde, die dafür bezahlt wurde. Dies ermöglichte ihrer Mum, sich ein Stück weit ihre Würde zu bewahren, und stärkte das Band zwischen Mutter und Tochter. Sie hatte sich schon als Teenager um sie gekümmert, und egal, wie schwierig es auch manchmal war, sie wusste, dass dieses Arrangement beide Seiten glücklich machte.

Nachdem sie ihre Mutter zu Bett gebracht hatte, gab sie ihr einen Gute-Nacht-Kuss, schaltete das Licht aus und zog sich in ihr Zimmer zurück. Es war ein Paradies für Bücherwürmer. Eine ganze Wand gehörte dem Regal, in dem ihre geliebte Büchersammlung untergebracht war. In ihrer gemütlichen Leseecke machte sie es sich abends bequem, wenn ihre Mutter im Bett war. Bücher waren ihre Freunde. Ihre Zuflucht. Entführten sie in andere Winkel der Welt.

Daher kam es ihr komisch vor, dass ihr ausnahmsweise einmal nicht danach war, sich zurückzuziehen. Sie sehnte sich nach

Gesellschaft. Doch nicht bloß nach der Gesellschaft von fiktiven Personen. Heute wäre sie froh, wenn sich jemand anhören würde, was sie bedrückte.

Es wird alles wieder gut. Die Stille in ihrem Zimmer kam ihr angesichts dieser falschen Beschwichtigungen, die sie sich selbst einzureden versuchte, ohrenbetäubend vor.

Was wäre, wenn nicht alles wieder gut werden würde?

Sie schob den Gedanken beiseite, um nachzuschauen, ob die Wunde gut heilte. Als sie hinabblickte, wünschte sie, der Verband auf der Wunde wäre groß genug, um neben den Stichen auch die eingesunkene Brustwarze abzudecken. Doch ehe sie in Versuchung geriet, darüber nachzudenken, ob es schlimmer aussah als zuvor, zog sie sich rasch aus, schlüpfte in ihren Pyjama und ging früh zu Bett. Der Champagner hatte sie schläfrig gemacht. Es war ein angenehmes Gefühl. Sie hatte sich schon seit Tagen nicht mehr so müde gefühlt, denn all die Sorgen, die das Leben gerade für sie bereithielt, regten die Adrenalinbildung an und hielten sie hellwach.

Vielleicht sollte sie ein paar Veränderungen in ihrem Zimmer vornehmen. Zunächst einmal einen Fernseher aufstellen – und einen kleinen Kühlschrank, bis zum Rand gefüllt mit ihrem neuen Lieblingsgetränk: Champagner. Ein bisschen Abwechslung am Abend wäre nicht schlecht.

Als sie ihr Smartphone aufladen wollte, bemerkte sie, dass sie zwei Nachrichten von Nathan hatte. Die erste war einige Stunden alt: *Wurde ins Krankenhaus eingeliefert. Bin aber nicht tot. Ist doch schon mal was! Wie geht's dir?*

Die zweite Nachricht war erst eine halbe Stunde alt: *Hilfe! Hast du einen Führerschein? Ich könnte morgen eine Mitfahrgelegenheit gebrauchen.*

Als sie dasaß und seine Nachrichten noch einmal las, hörte sie auf, sich selbst zu bemitleiden. Was mochte geschehen sein, dass er im Krankenhaus gelandet war? Sie wollte gar nicht weiter darüber nachdenken. Dies war eine dieser Gelegenheiten, bei denen eine Textnachricht nicht ausreichte, daher rief sie ihn an. Offenbar machten sie die letzten Champagnertropfen, die noch durch ihre Adern flossen, mutiger, als sie eigentlich war. Aber sie hatte schnell begreifen müssen, dass man nur ein einziges Leben hatte, warum also die Chance sausen lassen, einen umwerfenden Mann anzurufen? Zum Teufel mit *niemals*.

9

Siebter Tag

Nathan

In Anbetracht der Tatsache, dass Nathan geglaubt hatte, er müsse sterben, sollte er sich eigentlich über die Entlassungspapiere freuen, die er nun in den Händen hielt. Aber die Diagnose auf dem Formular relativierte das Ganze doch erheblich. Es war weder ein Herzinfarkt noch ein Schlaganfall gewesen, wie er vermutet hatte. Nicht einmal etwas, das mit einer möglichen Krebserkrankung zu tun hatte oder auch nur ansatzweise lebensbedrohlich war. Es hatte sich schlicht und ergreifend um eine Panikattacke gehandelt.

Praktisch jeder Mediziner, mit dem er in Kontakt gekommen war, hatte ihm erklärt, welch ein Glück er gehabt hatte, dass er noch im Flugzeug ohnmächtig geworden war und nicht mitten im Sprung. Nathan musste angesichts seines Wissens um die Bedeutung dieser Worte schlucken. Das wäre dann wohl ein ganz anderes Entlassungsformular geworden.

Das Problem war nur, dass es ihm nicht so vorkam, als hätte er Glück gehabt. Er wäre nie im Leben auf die Idee gekommen, dass er zu Panikattacken neigte. Er war mutig. Tapfer. Waghalsig. Ein Teufelskerl. Daher stand die Diagnose in einem so krassen Widerspruch zu dem Menschen, der er war. Oder zumindest zu sein geglaubt hatte.

Aus diesem Grund kam für ihn nur ein Mensch in Frage, als es darum ging, wer ihn abholen sollte, weil das Krankenhaus darauf bestand, dass ihn jemand nach Hause begleitete. Und er war selbst überrascht, dass Emma die Einzige war, bei dem ihm der Gedanke behagte, sie zu fragen. Es war eine Erleichterung gewesen, als sie ihn gestern Abend anrief, und ein Trost, zu wissen, dass sie auf dem Weg zum Krankenhaus war, um ihn abzuholen.

Er hatte keine Familie, auf die er sich verlassen konnte. Seine Mutter war verstorben, sein Vater verschwunden und sein Halbbruder ein totaler Loser. Er war nicht gerade auf die herkömmliche Art und Weise erzogen worden. Er konnte von Glück sagen, dass es hauptsächlich seine Großeltern gewesen waren, die sich um ihn gekümmert hatten. Doch die waren inzwischen verstorben und seine verbliebene Familie so gut wie nutzlos. Keiner von denen würde sich irgendwelche Sorgen machen, weil er im Krankenhaus gelandet war, egal, wie die Diagnose auch aussehen mochte.

»Geht's dir gut?«, fragte Emma, als sie eintraf und er keine Anstalten machte, sich zu rühren, obwohl ihm die Schwestern versichert hatten, dass er gehen durfte.

Nathan warf einen weiteren Blick auf den Entlassungsvermerk. Der Druck auf seinen Schultern verwandelte sich in eine so schwere Last, wie er es noch nie zuvor erlebt hatte. Unter all den Dingen, von denen er geglaubt hatte, dass sie ihn einmal bremsen könnten, war Angst nie ein Thema gewesen. Angst spornte ihn an. Hatte ihn manches Mal an den Rand des Abgrunds geführt, ihn aber nie aufgehalten.

»Du siehst nämlich nicht so aus, als würde es dir gut gehen«, stellte Emma fest, als er nicht reagierte. Sie schien sich sichtlich unbehaglich zu fühlen.

Nathan tat es leid, dass er ihre Hilfe in Anspruch nahm, wo sie doch schon so viel um die Ohren hatte. Es gab genug Freunde, die ihn abgeholt hätten, ohne dass er ihnen eine ausführliche Erklärung seines Gesundheitszustands schuldig gewesen wäre. Er hatte sich schon dermaßen oft selbst zerlegt, dass jede Ausrede irgendwie plausibel klang. Er hätte einfach eine leichte Gehirnerschütterung als Grund anführen können, warum er eine Begleitung nach Hause benötigte. Er hätte Tim und Leanne anrufen sollen.

»Ich verliere offenbar den Verstand.« Vermutlich kannte er Emma nicht gut genug für ein solches Geständnis, aber es musste gesagt werden, und er musste irgendwo anfangen.

»Oh.«

Nathan hatte keine Ahnung, wie er es erklären sollte. Er reichte ihr einfach das Formular, damit sie es selbst lesen konnte. Emmas Brille verbarg ihre kastanienbraunen Augen, die ihn an Bambi erinnerten.

Nachdem sie das Blatt durchgelesen hatte und ihn mit ihren Bambi-Augen ansah, tat sie etwas, womit er überhaupt nicht gerechnet hatte. Sie schloss ihn in ihre Arme.

»Du weißt schon, dass ich kein Auto habe?«

Ehe die Umarmung richtig begonnen hatte, war sie auch schon vorbei. Trotz der Kürze fühlte er sich ein wenig besser. Vielleicht hatte er ja doch den richtigen Menschen angerufen, auch wenn sie praktisch Fremde waren. Bloß zwei Menschen mit einem Knoten.

»Aber du hast doch gesagt, dass du Autofahren kannst!«

»Nur weil ich einen Führerschein besitze, heißt das doch noch lange nicht, dass ich auch ein Auto habe.«

»Wie willst du mich dann nach Hause bringen?«

»Du hast nur gesagt, dass du eine Begleitung brauchst. Wir nehmen den Bus.«

Nathan lächelte. »Das war nicht ganz das, was ich mir vorgestellt hatte, aber danke, dass du mir hilfst.« Eigentlich hatte er sämtliche Gründe anführen wollen, warum sie nicht den Bus nehmen sollten, aber dann wurde ihm klar, dass er eigentlich gar keine handfesten Gründe hatte. Bloß weil er seit seiner bestandenen Führerscheinprüfung kein öffentliches Verkehrsmittel mehr benutzt hatte, war es ja dennoch durchaus eine praktikable Lösung. »Es könnte allerdings sein, dass ich vergessen habe, wie das mit den Dingern funktioniert.«

»Ich erwarte ja auch nicht von dir, dass du dich ans Steuer setzt.«

Emma hatte etwas so Pragmatisches an sich, dass Nathan über ihre Bemerkung lachen musste.

»Ich glaube nicht, dass mich irgendjemand im Moment ans Steuer eines Fahrzeugs lassen würde.«

Emmas ernster Gesichtsausdruck verwandelte sich in ein freches Grinsen, und für einen flüchtigen Moment stellte er sich vor, wie sie wohl ohne Brille und mit offenen Haaren aussah. Für eine Sekunde war er ganz woanders. Wow. Nathan schüttelte den Kopf. Was war denn jetzt los?

»Na los, komm schon«, sagte sie immer noch mit diesem schelmischen Grinsen. »Wir verpassen den nächsten Bus, wenn wir noch länger hier herumtrödeln.«

Er folgte ihr mit einer neuen Zielstrebigkeit, auch wenn das gar nicht so einfach war, da er keinen Schimmer hatte, wo sich die Bushaltestelle befand. Er musste gänzlich darauf vertrauen, dass sie die Strecke kannte.

»Hast du eine Ahnung, warum dir das passiert ist?«, erkundigte sich Emma, als sie aus dem Krankenhaus heraus waren.

»Das ist mir peinlich.«

»Wenn ich mich recht erinnere, hast du mir als ein eigentlich vollkommen fremder Mann die Hand gehalten, während ein Arzt an meiner Brust herumgedrückt hat, um eine Gewebeprobe zu entnehmen. Also wenn du mich fragst, ist das ziemlich weit oben auf der Liste peinlicher Dinge, daher bist du quasi verpflichtet, es mir zu sagen. Ob du willst oder nicht.«

Um ehrlich zu sein: Er musste es einfach jemandem sagen. Und sie war der einzige Mensch, dem gegenüber er bereit war, offen darüber zu reden. »Ich kann einfach nicht glauben, dass ich eine Panikattacke hatte. Ich dachte wirklich, ich müsste sterben. Es kam mir so vor, als hätte ich einen Herzinfarkt – das Atmen fiel mir total schwer. Das Letzte, woran ich mich noch erinnere, ist, dass ich im Flugzeug bin und mich frage, wie das wohl alles ausgehen wird. Offenbar habe ich an dieser Stelle das Bewusstsein verloren. Als ich wieder zu mir gekommen bin, war das Flugzeug bereits im Landeanflug, und am Boden wartete ein Krankenwagen auf mich.«

»Tut mir leid, ich glaube, ich habe da irgendwas nicht ganz mitbekommen. Welcher Teil davon war denn jetzt peinlich?« Emma blieb stehen, als sie am Bushäuschen ankamen.

Nathan fand, dass das eigentlich offensichtlich war. »Na, es war schließlich gar kein Herzinfarkt.«

»Stimmt, aber das muss dir doch nicht peinlich sein. Hast du eine Ahnung, was der Auslöser gewesen ist?«

»Nicht die Spur. Eigentlich bin ich gar nicht der Typ, der damit rechnet, mal eine Panikattacke zu haben.«

»Ich glaube nicht, dass irgendjemand mit so etwas rechnet. Es ist dir also vorher noch nie passiert?«

»Nein! Es ist ja nicht gerade etwas, was sich jemand in meiner Branche erlauben kann.«

»Und du weißt wirklich nicht, was es verursacht hat?«

Nathan hatte nicht darüber nachgedacht – hatte nicht wirklich darüber nachdenken *wollen* –, aber nun, da Emma nicht lockerließ, wurde ihm klar, dass er die Antwort kannte. Diese Erkenntnis war wie ein Schlag in die Magengrube.

»Es ist die Ungewissheit, nicht wahr?«, sagte Emma, bevor er dazu imstande war.

Nathan holte tief Luft. »Es ist idiotisch, aber ich kann einfach nicht aufhören, darüber nachzudenken.«

Ein Bus näherte sich der Haltestelle. Wie sich herausstellte, hatten sich Busse in dem Jahrzehnt, das seit seiner Schulzeit vergangen war, als er zum letzten Mal einen benutzt hatte, nicht sonderlich verändert. Der einzige Unterschied bestand darin, dass Emma eine schicke Karte hatte, die nur gescannt wurde, während er bezahlen musste.

»Was ist daran idiotisch?«, fragte sie. »Ich habe die ganze Woche an nichts anderes gedacht. Ich habe mir solche Sorgen gemacht, dass ich kaum noch etwas essen konnte. Das Ganze ist einfach so … gigantisch! Es könnte alles verändern.« Sie nahmen hinten im Bus Platz, ein Stück entfernt von den anderen Fahrgästen.

Jetzt, wo er darüber nachdachte, musste er ihr zustimmen. Das könnte es tatsächlich. Aber er hatte es schon so lange gewusst. Er hatte nur nicht damit gerechnet, dass er auf diese

Weise reagieren würde, wenn der Zeitpunkt endlich gekommen war. »Darf ich dir mal was erzählen, was sich vermutlich bescheuert anhören wird?«

»Leg los.«

»Ich bin mir immer schon sicher gewesen, dass ich mit siebenundzwanzig sterben werde. Ich hatte schon immer diesen wiederkehrenden Traum, dass in diesem Jahr alles vorbei sein wird. Daher hat es mich nicht überrascht, als ich den Knoten entdeckt habe.« Es war das erste Mal, dass er offen mit einem anderen Menschen über diesen Traum sprach.

»Na ja, das ist was anderes. Aber ich habe nicht vor, mit siebenundzwanzig zu sterben, also kannst du es auch nicht.« Zwischen Emmas Augenbrauen erschien eine Falte. »Und du willst doch wohl nicht ernsthaft behaupten, dass dir ein Traum die Zukunft vorhergesagt hat?« Sie blickte ihn über ihren Brillenrand hinweg an, sah dabei haargenau so aus, wie man sich eine Bibliothekarin vorstellte.

»Ich weiß, dass es total verrückt klingt, aber ich habe ihn so oft geträumt, dass ich immer geglaubt habe, dass er wahr werden würde. Das Problem ist bloß, dass ich dachte, da ich weiß, wann ich sterben werde, würde ich auch dazu bereit sein. Dass es wie eine Art Heimkehr wäre. Mein ganzes Leben lang habe ich den Tod nie gefürchtet, und jetzt, wo er plötzlich in Reichweite ist, bin ich starr vor Angst.«

»Das ist mit Sicherheit ein Weg, um deine Überzeugung zu zementieren. Wenn du so denkst, glaubst du nie daran, dass du leben wirst. Aber es könnte doch immer noch etwas Harmloses sein. Deine statistischen Chancen sind sehr viel besser als meine. Solche Gedanken werden dich davon abhalten, zu kämpfen, bevor du überhaupt begonnen hast.«

Der Bus hielt an einer Haltestelle, ehe er wieder langsam weiterfuhr.

Emma hatte recht, aber es würde angesichts der ständigen Erinnerungen, mit denen ihn sein Unterbewusstsein versorgte, schwer für ihn werden, diese Denkweise zu ändern. »Vielleicht hat es ja wirklich nichts zu bedeuten, aber ich vermag dieses Gefühl einfach nicht abzuschütteln, dass es auf jeden Fall Krebs ist. Dass mein Traum versucht hat, mir etwas zu sagen.«

»Und wenn du wie ich bist, dann zählst du die Minuten, bis du es herausfindest.«

»Wann ist es denn bei dir so weit?« Kam es nur ihm so vor, oder verging die Zeit wirklich viel langsamer? Bisher hatte er in seinem Leben immer das Gefühl gehabt, als würde die Zeit viel zu schnell verfliegen. Aber er war egoistisch, machte sich Gedanken über seinen bevorstehenden Tod, dabei sah sich Emma mit den gleichen düsteren Aussichten konfrontiert.

»Nächste Woche. Meinetwegen könnte es schneller gehen. Wenn ich nicht aufpasse, stelle ich noch was Dummes an. Schließlich bin ich deshalb schon mitten in der Arbeit einfach aus der Bibliothek gerannt.«

»Vielleicht haben sie dich dort gar nicht verdient, wenn du so froh darüber gewesen bist, wegzukommen.«

»Ja, vielleicht. Ich kann es mir bloß nicht leisten, meinen Job zu verlieren.«

»Und? Bist du mit eingezogenem Schwanz zurückgegangen?«

»Nein. Ich habe mich krankgemeldet. Ich gehe erst wieder hin, wenn ich meine Ergebnisse habe. Sollte sich herausstellen, dass es Krebs ist, wird dieses Arschloch von einem Chef vielleicht etwas verständnisvoller sein.«

Nathan entfuhr ein Lachen. »Tut mir leid, ich hatte bloß nicht damit gerechnet, dass du fluchst. Du scheinst gar nicht der Typ dafür zu sein.« Dabei war er sich nicht einmal sicher, was er damit meinte. Sie kam ihm nur wie ein ruhiger Mensch vor, der dazu neigte, immer superhöflich zu sein.

»Glaub mir, wenn es jemand auf dieser Welt verdient, beschimpft zu werden, dann ist es Trevor.«

»Scheint ja ein ganz reizender Kerl zu sein. Ich sollte mal in der Bibliothek vorbeischauen und mir ein Bild machen, womit du es da zu tun hast. Nicht, dass ich wüsste, wo die Bibliothek ist.« Nathan blickte aus dem Fenster. »Und wo sind wir eigentlich jetzt gerade?«

»Nur noch zwei Haltestellen, dann steigen wir aus.«

»Ich hoffe, ich mache dir mit dieser Aktion hier nicht allzu viele Umstände.«

»Ich musste ein paar Dinge umplanen, aber das ist nicht so schlimm, denn wie sich herausstellt, wohnst du nur zwei Straßen von mir entfernt. Ich kann gleich schnell zu Fuß nach Hause laufen.«

Sie erreichten die richtige Haltestelle und stiegen aus. Nathan betrachtete staunend die Gegend, die so anders aussah, wenn der Blick nicht ständig auf der Straße klebte. Und in Emmas Gesellschaft war die Busfahrt auch gar nicht schlimm gewesen.

»Also, vielen Dank, dass du mich aus dem Krankenhaus abgeholt hast. Ich wollte einfach niemand anderen einbeziehen.« Seine Freunde hätten nachgefragt und er war nicht gewillt, Details zu nennen.

»Ich werde dich bis nach Hause bringen«, beharrte Emma. »Du hast also noch keinem davon erzählt?«

»Nein. Wie du schon richtig sagst, es könnte doch was Harmloses sein. Ich will niemanden unnötig beunruhigen. Und was ist mit dir?«

»Ich auch nicht. Ich möchte gar nicht darüber nachdenken, was passieren wird, sollte es doch nicht harmlos sein. Ich würde gern noch ein Weilchen in diesem angenehmen Zustand der Verdrängung leben.«

»Hör mal, es ist doch noch früh ... Hättest du nicht Lust, was zu unternehmen?« Es war erst halb vier, und er konnte sehr gut darauf verzichten, allein zu Hause herumzusitzen, während seine beiden Mitbewohner noch arbeiten waren.

Emma warf einen Blick auf ihre Armbanduhr. »Ich würde ja gern, aber ich muss um halb fünf wieder zu Hause sein, um das Abendessen für meine Mutter zuzubereiten. Tut mir leid, ich stecke da in einer Zwickmühle, aber sie kann es nicht selbst machen.«

»Aber wir haben doch noch eine Stunde.«

»Ja, schon, aber das ist nicht gerade viel, um etwas zu unternehmen, oder? Und ich wüsste auch gar nicht, was man hier in der Gegend machen könnte.«

»Warte!« Nathan blieb abrupt stehen und fuhr zu Emma herum, woraufhin die beinahe das Gleichgewicht verloren hätte. »Wir werden niemals wieder eine Stunde verschwenden. Eine Stunde ist heilig. Eine Stunde vermag einem ein ganzes Universum zu eröffnen. Eine Stunde vermag die Welt zu verändern.«

»Oookaaay. Also was fangen wir mit dieser Stunde an?«

»Habe ich mir noch nicht überlegt.« Vermutlich hätte er sich schon vor seiner kleinen Rede etwas einfallen lassen sollen.

Da war es wieder, Emmas süßes, kleines Lächeln. »Klingt aber schon mal total tiefsinnig.«

»Danke.« Mit einem Mal fiel ihm etwas ein. »Du musst also für deine Mutter kochen, stimmt's?«

»Stimmt.«

»Was hältst du davon, wenn wir grillen? Ich erledige das mit dem Essen für euch beide, und du kannst dir einen Abend freinehmen. Ich wollte schon lange mal wieder grillen, bin aber nicht dazu gekommen. Wir müssen nur ein paar Sachen einkaufen und meinen tragbaren Grill von zu Hause holen. Was hältst du davon?«

»Aber wir haben Februar!«

»Na und?«

Emma drehte den Kopf, blickte vermutlich in die Richtung, wo sie wohnte. »Ich bin mir nicht sicher. Meine Mutter benötigt viel Hilfe. Sie würde sich womöglich unwohl fühlen, wenn ein Fremder beim Essen dabei wäre.«

»Sollte das der Fall sein, werde ich lediglich das Essen für euch zubereiten und dann verschwinden.« Nathan trat näher auf sie zu, um ihre Aufmerksamkeit wieder auf sich zu ziehen. Sie blickte immer noch in die andere Richtung. Als sie sich nicht wieder umwandte, versuchte er es ein letztes Mal. »Es ist eine Chance, diese Stunde nicht zu verschwenden und uns beide von der Tatsache abzulenken, dass die Zeit furchtbar langsam vergeht, während wir darauf warten herauszufinden, was uns bevorsteht.«

Endlich schenkte ihm Emma wieder ihre Aufmerksamkeit. »Wir werden also im Februar grillen, damit wir keine Stunde unserer Lebenszeit mehr verschwenden?«

»In etwa.« Nathan nickte.

»Du spinnst.«

»Da bist du nicht die Erste, die das behauptet.«

Emma streckte ihm die Hand hin. »Abgemacht.«

Nathan schüttelte sie. »Auf dass wir niemals wieder eine Stunde verschwenden.« Und mit einem Mal verspürte er das Bedürfnis, mehr als nur ihre Hand zu berühren.

10

Emma

Die Vorstellung, niemals wieder eine Stunde zu verschwenden, gab Emma zu denken und sie fragte sich, wie viele Stunden sie wohl bereits vergeudet haben mochte. Als sie sich auf den Weg zum Laden machten, um die Einkäufe fürs Abendessen zu erledigen, kam sie zu einer Erkenntnis: Das Leben war nicht so, wie sie es erwartet hatte. Was nicht heißen sollte, dass sie unzufrieden war, aber wie jeder Mensch hatte sie keine Ahnung, was die Zukunft für sie bereithielt. Als sie heranwuchs, hatte sie nicht unbedingt davon geträumt, ihre Mutter zu pflegen, sondern ein schmuckes Häuschen zu besitzen und ihre eigene mobile Bibliothek zu betreiben. Möglichst unabhängig zu sein.

»Was wäre, wenn du wüsstest, dass du nur noch eine einzige Sache in deinem Leben tun könntest? Was wäre das Letzte, was du machen würdest?«, erkundigte sie sich, wobei sie hoffte, dass dieser Grillguteinkauf im örtlichen Supermarkt nicht gerade das Letzte wäre, was sie in ihrem Leben machen würde. Auch wenn das Planen dieser kleinen Grillparty für ihre Mutter eine nette Aktion war und ihre Mum – trotz des akuten Mangels an Sonnenschein – sicherlich ihre Freude daran haben würde.

»Das ist eine ziemlich bedeutende Frage. Ich dachte, wir wollten versuchen, uns von diesem ganzen Dilemma in unserem Leben abzulenken. Sollten wir uns da nicht lieber auf Fragen konzentrieren wie: Nehmen wir Blattsalat oder Zwiebeln für die Burger?«

Emma warf ihm einen Blick zu. Nathan trug ein schlichtes weißes T-Shirt und Shorts. Eigentlich sollte jemand, der gerade erst aus dem Krankenhaus entlassen worden war, in einem stinknormalen T-Shirt weder so verdammt gut aussehen noch etwas für die Jahreszeit so Unpassendes tragen. Sie ermahnte sich, lieber seinen Worten Beachtung zu schenken als seinen Klamotten. »Ohne Röstzwiebeln geht beim Grillen gar nichts. Und an meiner Frage war wohlgemerkt überhaupt nichts Morbides. Mir ist klar geworden, dass ich viel zu viel von meinem Leben darauf verwendet habe, einfach … zurechtzukommen. Ich tue Dinge, damit mein Leben funktioniert, und nicht unbedingt, weil ich sie gern tue.«

»Ich fürchte, da bist du bei mir an der falschen Adresse.« Nathan schnappte sich einen Korb, nachdem sie durch die automatischen Türen getreten waren.

»Wieso? Du bist doch der Verschwende-keine-Stunde-Typ.«

»Aber ich habe mein ganzes Leben damit verbracht, immer so zu tun, als ob alles, was ich mache, das Letzte sein könnte. Dabei bin ich der Antwort auf die Frage nach dem Sinn des Lebens nicht einen einzigen Schritt nähergekommen. Im Moment bin ich mir nicht mal sicher, was so alles auf eine Einkaufsliste fürs Grillen gehört. Also, was brauchen wir?«

Sie sausten durch die Gänge und suchten Burgerpatties, Würstchen, Brötchen, Soßen und Salate für ein anständiges Barbecue zusammen. Nathan war ein echtes Energiebündel und zischte zwischen den Regalen hin und her. Es kam ihr so vor, als wäre sie mit einem Fünfjährigen unterwegs und fühlte sich angesichts seines jugendlichen Enthusiasmus schlagartig völlig ausgepowert. Wenn es eine Pille für Nathans Lebenseinstellung gäbe, würde Emma gern eine davon nehmen.

Während sie ihn beobachtete, wurde ihr mit einem Mal die Antwort auf ihre eigene Frage klar, und sie blieb wie angewurzelt stehen. »Ich bin mir nicht sicher, ob meine Antwort gültig ist.«

»Deine Antwort worauf?«

»Was ich als Letztes tun würde, wenn ich die Wahl hätte. Es klingt so egoistisch, aber ich würde zu gern einen Tag mit der Frau verbringen, die meine Mutter vor zehn Jahren gewesen ist. Bevor alles so schlimm wurde.« Emma liebte ihre Mutter trotz allem, aber sie vermisste diese Freiheit, einfach nur zu sein, Dinge zu tun, ohne groß darüber nachdenken zu müssen. Ein einziger Tag mit diesem Gefühl wäre ein Geschenk für sie.

»Kann ich gut verstehen. Ich würde auch gern einmal einen Tag mit meiner Mutter verbringen. Sie ist gestorben, als ich klein war.«

Emma bedauerte sogleich, das Thema angesprochen zu haben. Ihre Mutter mochte vielleicht nicht mehr die sein, die sie einmal gewesen war, aber sie gehörte immer noch zu Emmas Leben und war ein fester Bestandteil ihres Alltags. Ihr Vater hatte die Familie verlassen, als sie sieben Jahre alt war, aber sie war in der glücklichen Lage, ihn zumindest anrufen zu können, wann immer sie wollte. »Oh Gott, das tut mir wirklich leid. An so was hätte ich denken sollen. Wann ist es denn passiert?« Ihr fehlten die richtigen Worte.

»Am Tag meiner Geburt. Also würde ein Tag mit ihr wirklich alles übertreffen, was ich jemals erlebt habe.«

Nathan griff nach einer Dose Mais, stellte sie aber gleich wieder zurück ins Regal und bewegte sich Richtung Kühlregale.

Emma folgte ihm. »Ach herrje. Das tut mir so leid. Ich weiß gar nicht, was ich sagen soll.« Sie fürchtete sich davor, ihre Mutter zu verlieren, und es zerriss ihr beinahe das Herz, zusehen zu müssen, wie sie immer weniger wurde, aber sie konnte sich ein Leben ohne sie gar nicht vorstellen. Das war einfach unmöglich.

»Du musst gar nichts sagen. Ich hatte das Glück, Großeltern zu haben, die bis zu ihrem Tod noch rüstig genug waren, um mit mir mitzuhalten.« Nathan sah sie an und legte ihr den Arm um die Schultern.

Emma war sich ziemlich sicher, dass er sie aufzumuntern versuchte. Dabei wäre das eigentlich ihre Aufgabe gewesen, schließlich war sie diejenige, die sie in diese Situation gebracht hatte. »Tut mir leid. Ich kann mir nicht mal ansatzweise vorstellen, wie das gewesen sein muss. War denn dein Vater für dich da?«

»Auf ihn war nie wirklich Verlass. Der Tod meiner Mutter hat ihn ziemlich aus der Bahn geworfen, und er ist abgehauen. Er hatte hinterher eine ganze Reihe von Beziehungen. Aus einer davon habe ich einen Halbbruder, Marcus, aber mein Vater hatte nie wirklich viel mit mir zu tun. Die Entscheidung, dass ich bei den Eltern meiner Mutter aufwachsen sollte, ist schon sehr früh gefallen. All das ist schon lange her, aber selbst damals war mir bereits klar, dass ich mit ihnen besser dran war. Aber genug von mir. Angesichts der Tatsache, dass sich die Wünsche, die wir bisher geäußert haben, niemals erfüllen werden, was würdest du denn tatsächlich machen? Welche eine letzte Sache würdest du tun, wenn es irgendwie möglich wäre?«

Nathan versuchte, sich von dem Thema wegzubewegen, was sie ihm angesichts all der Verluste in seiner Biografie nicht verdenken konnte. Emma hätte zu gern versucht, die Stelle aufzuspüren, an der sich dieser ganze Schmerz befand, und ihn in die Arme genommen. Aber sie befanden sich in einem Supermarkt, und ein Sicherheitsbediensteter, der offenbar nichts Besseres zu tun hatte, folgte ihnen. Und dann war es auch schon zu spät, da Nathan den Arm von ihren Schultern nahm.

Emma dachte über seine Frage nach. Die eine Sache, die sie bislang ausgelassen hatte, ließ sie erröten. Sie suchte krampfhaft nach einem anderen Vorschlag. »Es wäre mal toll, aus der Routine auszubrechen. Ich habe das Gefühl, als hätte ich in meinem Leben nicht genug abenteuerliche Dinge gemacht. Mit dem Auto auf Reisen gehen, wäre klasse. Ein echter Roadtrip. Keine Ahnung, ob ich noch jemals dazu kommen werde.«

»Wohin fahren wir zuerst?«, fragte Nathan, als stünden sie kurz vor der Abfahrt, anstatt den Einkaufskorb mit Brötchen und Patties zu füllen.

Emma blieb stehen, um sich in ihrer Vorstellung auf den Weg zu machen, und sie landete an einem Ort, an dem nichts anderes existierte. An dem sie sich keine Sorgen darum machen müsste, was als Nächstes zu tun war. »Wir machen uns auf den Weg, um uns Puffins anzusehen. In freier Natur.« Das war schon immer ihr Wunsch gewesen. Schon als kleines Mädchen hatte sie Papageientaucher geliebt. Das rührte von ihrer Besessenheit für Bücher. Das Logo des kleinen Vogels hatte sich auf ihren ersten Kinderbüchern befunden. Und sie hatte in ihrer Neugierde immer mit den Fingern über den Buchrücken gestrichen und sie über dieses Logo und den aufgedruckten Titel gleiten lassen, so wie andere Menschen gern an den Seiten eines Buches schnupperten.

»Damit hätte ich jetzt nicht gerechnet, aber hey, was soll's. Erster Halt: Barbecue … nächster Halt: Puffins.«

Emmas Lachen trillerte mit einer Leichtigkeit durch die Luft, die sie gar nicht empfand. Wenn es doch nur so einfach wäre. Sie könnte ihre Mutter niemals im Stich lassen. So war es nun mal. »Du hast die Frage aber noch nicht beantwortet. Was würdest du denn machen, wenn es das Letzte wäre, was du jemals tust? Wenn du im Grunde bisher nach dieser Philosophie gelebt hast, hast du bestimmt eine bessere Idee, was die *beste* letzte Sache angeht, die man tun sollte.«

»Die Antwort ist leicht. Das Ganze ließe sich bloß nicht so einfach umsetzen.«

Klang so, als säßen sie wieder mal beide im selben Boot. »Was ließe sich nicht so leicht umsetzen?«

»Diese ganze mögliche Krankheitsthematik hat mir vor Augen geführt, wie egoistisch ich in meinem Leben gewesen bin. Ich mag ja für den Moment gelebt haben, aber alles, was ich gemacht habe, habe ich zu meinem eigenen Vergnügen getan und diente ausschließlich meiner eigenen Befriedigung. Das Problem dabei ist, dass es immer nur ein flüchtiges Vergnügen war. All die Dinge mögen ein Feuer in meiner Seele entfacht haben, aber was ist, wenn die Flammen verlöschen? Wie hältst du sie am Leben? Sollte es also jemals zu dieser einen letzten Sache kommen, würde ich auf jeden Fall etwas mit Spendensammeln oder sonst irgendwas für einen guten Zweck machen. Etwas Echtes. Etwas Bleibendes.«

Emma entdeckte die Sorte Schmelzkäsescheiben, nach der

sie gesucht hatte, und legte das Päckchen zu den anderen Einkäufen in den Korb. »Springst du denn nicht mit Leuten, die Spenden für einen guten Zweck sammeln? Da musst du durch deinen Job doch schon jede Menge Geld gesammelt haben.«

»Ich gebe es nur ungern zu, aber eigentlich tue ich das nur, weil ich dafür bezahlt werde. Ich mache das alles bloß für den Nervenkitzel und das Geld, aber nicht etwa, weil ich da an jemandem festgeschnallt bin, der Spenden für irgendeine Hilfsorganisation sammeln will.«

»Das zählt aber trotzdem. Du glaubst vielleicht, es sei egoistisch, aber in Wahrheit tust du etwas Unglaubliches.« Nichts von dem, was Nathan seit ihrem Kennenlernen getan hatte, ließ darauf schließen, dass er ein Egoist war.

»Da bin ich mir nicht so sicher. Aber ich weiß, dass ich gern mehr tun würde. Spuren hinterlassen möchte, verstehst du?«

»Schon irgendeine Idee, was du tun könntest?«

Nachdem Nathan sie durch sämtliche Gänge des Supermarkts gelotst hatte, begann er, ihre Einkäufe am Self-Checkout zu scannen.

»Das ist der Teil, bei dem ich mir noch nicht sicher bin. Wenn ich meine Kumpel bitten würde, mich bei einem Fallschirmsprung zu sponsern, würden die mich bloß auslachen. Aber ein Fallschirmsprung ist schon ein Riesending. Etwas Größeres fällt mir nicht ein.«

Emma dachte einen Moment lang nach, während Nathan mit einigen raschen Handgriffen ihre Lebensmittel sortierte. »Wie wäre es mit einem Marathon oder einem dieser Schlammläufe?«

»Also, ich habe wirklich Respekt vor jedem, der an so was teilnimmt, aber ich möchte etwas anderes machen. Und das soll nicht heißen, dass ich in einem Hühnerkostüm mitlaufen will! Wenn es hierbei tatsächlich um unsere letzten Wünsche gehen sollte, die wir in unserem Leben noch verwirklichen wollen, dann muss es etwas richtig Großartiges sein.«

»Weißt du was? Letzte Wünsche klingt so ... endgültig. Lass sie uns doch lieber als Herzenswünsche bezeichnen. Was hältst du davon?« Es war so beängstigend. Emma fragte sich, ob es wirklich eine gute Idee gewesen war, das Thema anzuschneiden. Aber hatte nicht im Grunde genommen jeder Angst? Es gab doch immer etwas Wichtiges in Angriff zu nehmen, irgendeinen Konflikt zu lösen, einen Kampf zu gewinnen, über eine Liebe hinwegzukommen. Keiner von ihnen wusste, was sie erwartete.

»Das ist immerhin besser, als es Löffelliste zu nennen. Aber im Augenblick sollten wir uns lieber darauf konzentrieren, nie wieder eine Stunde zu verschwenden. Darf ich bitten?« Nathan bot ihr galant seine Hand.

Emma benötigte keine weitere Erklärung, sie wusste genau, was zu tun war. Ihre Einkäufe stapelten sich zwar immer noch an der Kasse, aber sie scherte sich nicht darum, sondern ließ es zu, dass er sie im Walzerschritt im Gang herumwirbelte, als wären sie ein Paar ohne irgendwelche Sorgen. Wenn man nie wieder eine Stunde verschwenden wollte, sollte man definitiv durch die Gänge tanzen und sich von Fremden anstarren lassen.

Es kam ihr so vor, als würde irgendwo Musik spielen, obwohl dies gar nicht der Fall war. Das Piepen der Kassen, die über die Fliesen rollenden Einkaufswagen, das Summen der Kühltruhen – alles befand sich im Einklang mit dem Rhythmus ihres Tanzes. In ihren Bewegungen zu einem eingebildeten Takt lag ein gewisser Zauber. Die Luft regte sich, als sie sich drehten.

Und es war, als ob ihr bei diesem Tanz mit einem Mal eine Erkenntnis dämmerte. Was wäre, wenn sie einander in all diesem Wahnsinn retten würden? Und während ihr dieser Gedanke kam, spürte sie gleichzeitig diese eigenartige Gewissheit, dass es ihnen bestimmt war, zum Leben des anderen zu gehören.

Es war neu für sie, einem Mann so nah zu sein. Wäre sie in der Lage gewesen, diesen Moment in einem Glasgefäß festzuhalten, hätte sie das Gefühl, wie sich seine Brust bewegte, während sie an die ihre gepresst war, wie einen Schatz verwahrt. Und ebenso dieses Zittern, das sie durchlief, als sein Atem über ihren Nacken strich. Sie kannte diesen Mann noch nicht lange, aber irgendwie war es ihnen bestimmt, hier zu sein, aneinandergepresst, lachend, tanzend, am Leben.

Und während die anderen Kunden auf diese Zurschaustellung ausgelassenen Vergnügens starrten, das für diese Tageszeit viel zu viel Heiterkeit verströmte, beugte sich Emmas seltsamer fremder Freund zu ihr herab, als wollte er sie küssen.

Es war nur für den Bruchteil eines Augenblicks. Und in diesem Bruchteil war Emma bereit, den Kuss zu erwidern, als wäre es die einzige Möglichkeit zweier Seelen, eine Verbindung herzustellen. Eine Bestätigung dafür, dass sie sich dieses Zugehörigkeitsgefühl – was es auch immer bedeuten mochte – zumindest nicht einbildete.

»Ich hoffe, dass ihr zwei Dancing Queens auch vorhabt, den Kram da zu bezahlen«, ertönte die Stimme des nicht gerade erfreuten Sicherheitsmannes.

Es war erschreckend, wie schnell sich die Welt zu verändern vermochte. Wie schnell der Zauber wieder verschwunden war. Wie schnell es nach einem solchen Augenblick möglich war, sich die Frage zu stellen, ob es ihn überhaupt gegeben hatte.

Jeglicher Schwung war verschwunden. Und wie bei einem vom Wind fortgetragenen Löwenzahnsamen wusste Emma, dass der Versuch, ihn festzuhalten, ebenso hoffnungs- wie zwecklos gewesen wäre.

11

Nathan

Keiner von Nathans Mitbewohnern war zu Hause, als er den Grill holte. Seine Wohngemeinschaft bestand zwar aus drei Leuten, aber sie sahen einander selten, da jeder von ihnen viel arbeitete und in seiner Freizeit meist ausging. Im Grunde nutzten sie die Räumlichkeiten nur, um sich für ihr nächstes Abenteuer auszuruhen.

Es war ihm erst in den letzten beiden Wochen klar geworden, was für ein leeres Dasein das in Wahrheit war. Dabei mangelte es ihm zwar nicht an Freunden – davon hatte er jede Menge –, aber an wen konnte er sich wenden, wenn es hart auf hart kam? Was hatte er bei all seinem exzessiven Lebensstil vorzuweisen? Nicht annähernd so viel, wie er es gern hätte. Emmas Frage hatte ihn nachdenklich gemacht: Was bliebe von ihm, wenn er fort war? Er hatte nicht den geringsten Schimmer, wie er das mit dem letzten »Herzenswunsch« anstellen sollte, aber er musste es einfach versuchen. Doch im Augenblick begnügte er sich damit, jetzt schon mal etwas für einen anderen Menschen zu tun statt für sich selbst. Einer Fremden das Abendessen zuzubereiten, schien doch ein guter Anfang zu sein.

Er hatte nicht vor, über die Sache mit dem Beinahe-Kuss nachzudenken. Es war ja nicht so, als hätte er dieses Verlangen noch nie verspürt. Küssen gehörte schließlich dazu, wenn man lebte, als gäbe es kein Morgen mehr. Aber spontanes Herumknutschen hatte ihn schon des Öfteren in Schwierigkeiten gebracht. Das war nicht das, was er mit Emma wollte. Es gab jede Menge anderer Kämpfe, die sie vermutlich bald auszufechten hatten, da konnten sie so etwas nicht auch noch gebrauchen. Wenn er sie küsste, gäbe es kein Zurück mehr. Da war nur so etwas wie eine Automatiktür zwischen dem Leben zuvor und dem Leben danach.

Er wollte auf dieser Seite der Tür bleiben. Die Seite, die er kannte, die unkompliziert war. Aber würde er wirklich jemals wieder in der Lage sein, irgendetwas als unkompliziert zu beschreiben?

Er griff nach dem Grill und versuchte, sich auf die Gegenwart zu konzentrieren. Er hatte viel zu genaue Vorstellungen von seiner Zukunft, daher war es besser, nicht weiter darüber nachzudenken.

12

Emma

Emma hatte Mühe, den Schlüssel ins Schloss zu stecken. Die Fummelei war ein untrügliches Zeichen dafür, dass ihr der Versuch, die Unbeteiligte zu spielen, völlig misslang. Nathan, der mit dem ganzen Grillkram um das Haus herumgegangen war, hatte sie küssen wollen. Sie! Auf den Mund!

Nachdem sie es geschafft hatte, zur Haustür hineinzukommen, musste sie sich einen Moment Zeit nehmen für den Versuch, sich zu beruhigen. Denn die Sache war die: Er hatte sie nicht geküsst. Er mochte kurz daran gedacht haben, hatte es sich dann aber anders überlegt. Dieser Moment war vorbei. Also musste sie sich jetzt darauf konzentrieren, dieses Essen zu überstehen – ohne dabei an seinen Mund oder den Duft seines Shampoos zu denken oder wie wundervoll es sich angefühlt hatte, an seine Brust gepresst zu werden oder daran, dass sie noch kein Mann je geküsst hatte.

»Emma, bist du das? Ist alles in Ordnung?«

Es war ungewöhnlich für Emma, sich so lange Zeit zu lassen, bis sie ihre Mutter begrüßte. Sie wischte mit der Hand über ihre Bluse, die sie für gewöhnlich zur Arbeit trug, und bürstete die unsichtbaren Spuren der Dinge fort, die gar nicht stattgefunden hatten. Sie hatte ihrer Mutter verschwiegen, dass sie für die nächste Zeit erst einmal nicht mehr zur Arbeit gehen würde. Daher war ihre Kleiderwahl so ausgefallen, als hätte sie sich heute Morgen wie immer auf den Weg zur Bibliothek gemacht. Es gab so viele Dinge, die sie ihrer Mutter momentan verschwieg.

»Alles prima, Mum. Da klebt nur etwas Kaugummi unter meiner Schuhsohle. Bin gleich bei dir.« Emma hatte keine Ahnung, wie sie darauf gekommen war. Da klebte nichts unter ihrem Schuh, und doch war ihr auch diese kleine Notlüge so leicht über die Lippen gegangen. Wie viele mochten wohl noch folgen?

Sie stellte sicher, dass sie vorzeigbar war – auch wenn sie nichts an ihren geröteten Wangen ändern konnte – und betrat den beschränkten Lebensraum ihrer Mutter.

»Du bist spät dran, Liebes. Alles klar bei dir?«

Emma war ein solches Gewohnheitstier, dass es sofort auffiel, wenn bei ihr einmal etwas aus dem Takt geriet. Dabei war ihr gar nicht aufgefallen, dass sie später dran war als üblich.

»Ja, ja, alles wunderbar.«

Ihre Mutter saß leicht gekippt in ihrem Stuhl, nicht ganz so, wie sie eigentlich sitzen sollte und offenbar nicht in der Lage, dies selbst zu korrigieren. Als Emma sie aufrichtete, hatte sie ein schlechtes Gewissen, weil sie nicht früher nach Hause gekommen war.

»Hattest du einen guten Tag, mein Schatz?«

»Du hättest mich anrufen sollen, Mum, dann wäre ich früher gekommen.« Das Telefon hatte eine Sprachsteuerung für den Fall, dass ihre Mutter einmal nicht in der Lage war, es zu erreichen, und sollte auch das versagen, trug sie immer noch eine Kordel mit einem Notfall-Signalknopf um den Hals.

»Ach, das macht mir gar nichts aus. Es ist auch eben erst passiert.«

Vor noch gar nicht so langer Zeit waren die Nervenbahnen ihrer Mutter noch intakt genug, um ihre Muskulatur zu steuern und es ihr zu erlauben, ihre Körperhaltung zu verändern. Aber das war nun nicht mehr der Fall. Die Multiple Sklerose zerfraß die Schutzschicht aus Myelin, die ihre Nerven ummantelte, sodass die Signalübertragung gestört oder gar ganz unterbrochen wurde. Es war grausam, wie diese Krankheit an einem Menschen nagte.

»Du musst mich dann sofort benachrichtigen, Mum. Bitte. Wir wollen doch nicht, dass du noch mehr Probleme mit deiner Haut bekommst.« Es hatte vor Weihnachten Wochen gedauert, bis ein kleines Geschwür abgeheilt war. Sie konnten keine weiteren Problemchen gebrauchen, besonders dann nicht, wenn Emma vielleicht bald nicht mehr in der Lage sein würde, ihrer Mutter zu helfen.

»Zur Kenntnis genommen.« Carole quittierte das Herumkommandieren ihrer Tochter mit einem Lächeln und salutierte mit zittriger Hand.

»Das ist mein Ernst.«

»Ich weiß, Liebes. Es ist bloß …« Carole verstummte, als wäre das letzte bisschen Freude, das ihr noch geblieben war, aus ihr herausgestanzt worden.

Emma machte sich Vorwürfe. Es passierte so schnell, dass sie sich besorgt äußerte. Sie vergaß manchmal, wie schwer es sein musste, innerhalb der Begrenztheit dieses Zimmers zu leben. Da konnte es ihre Mutter wirklich nicht gebrauchen, dass Emma auftauchte und sie auf ihre Defizite hinwies. Und in diesem Moment ging es auch gar nicht darum. Das hier sollte doch eigentlich ein spontanes Vergnügen sein.

»Tut mir leid.« Emma setzte ihre Mutter noch ein bisschen

gerader hin. »Aber ich habe eine Überraschung für dich.« Sie lächelte, versuchte es angesichts der Vorstellung, dass Nathan jetzt gerade draußen mit den Grillvorbereitungen beschäftigt war, während sie sich um ihre Mutter kümmerte, ruhig angehen zu lassen.

»Hast du Eclairs mitgebracht?«

Das war ihr Lieblingsgebäck, und Emma brachte die kleinen Leckerbissen hin und wieder für sie mit, auch wenn es immer eine ziemliche Schweinerei war. »Etwas Besseres.«

»Es dürfte ziemlich schwer sein, ein Eclair zu übertreffen. Was ist es denn?«

»Du solltest besser fragen, *wer* es ist.«

Das Lächeln ihrer Mutter kehrte zurück. »Haben wir einen Gast?«

»Gewissermaßen. Wir haben einen Koch!«

»Wirklich? Wen denn?« Caroles Zucken nahm angesichts der Neuigkeit deutlich zu. »Bestimmt nicht dein Bruder, oder?«

Bei dem Gedanken wäre Emma beinahe in lautes Lachen ausgebrochen. Ihre Mutter hatte ganz recht … Es war ganz bestimmt nicht ihr Bruder. Hilfsbereitschaft war ein Fremdwort für James und er besaß ganz gewiss auch nicht den Anstand, einmal hier aufzutauchen, um beim Abendessen zu helfen. »Tut mir leid, ich wusste gar nicht, dass du auf verbrannte Fertigpizza stehst, sonst hätte ich ihn angerufen!« Ihr Bruder war als Teenager für seine schlechten Kochkünste bekannt gewesen und hatte es geschafft, selbst die einfachsten Gerichte zu vermasseln.

»Nein, natürlich nicht.« Enttäuschung schlich sich in die Stimme ihrer Mutter. Diese leere Hoffnung, die nie versiegte. Die Liebe einer Mutter, die niemals endete.

»Der Name des Kochs ist Nathan. Allerdings ist er gar kein echter Koch. Aber er hat angeboten, für uns zu grillen.« Emma hoffte, dass ihre Mutter nicht allzu viele Fragen stellen würde. Insbesondere, weil sie keine Antworten parat hatte. Sie war sich nicht sicher, wie sie Nathan und seine Anwesenheit hier erklären sollte.

»Grillen?« Das Gesicht ihrer Mutter hellte sich sichtlich auf, und allein das war jede einzelne Notlüge wert, die sie von jetzt an bis zum Vertilgen von Nathans Burger-Kreationen erzählen musste.

»Ja.«

»Ist es nicht zu kalt dafür?«

»Nathan zufolge nicht.« Allein das Aussprechen seines Namens zauberte ihr ein Lächeln auf die Lippen und sandte einen Schauer durch ihren Körper, wie sie es nie für möglich gehalten hatte. Aber sie wollte Nathan gar nicht auf diese Weise mögen, denn ihr Verstand sagte ihr, dass das ihre ganze Situation nur noch unerfreulicher machen würde. Doch ihr Bauchgefühl war anderer Meinung. »Ich glaube, er hält nicht viel von Jahreszeiten. Er trägt nämlich Shorts«, fügte Emma hinzu, um zu verdeutlichen, dass seine Meinung zur Kälte in einem krassen Widerspruch zu der jeder anderen Person in Wiltshire stand.

»So lange ich nicht auch eine tragen muss!«, erwiderte ihre Mutter lächelnd. Sie schien nicht im Geringsten aus der Fassung gebracht, dass plötzlich ein Fremder in ihrem Haus aufgetaucht war.

»Ich schaue mal kurz nach, wie die Dinge laufen.«

»In Ordnung, Liebes. Aber ich möchte gern beim Grillen zusehen, also lass mich bitte nicht hier.«

»Bin gleich wieder da. Versprochen.«

Emma verließ das Wohnzimmer. Auf dem Weg durch die Küche kam ihr für einen Moment der beunruhigende Gedanke, dass Nathan gar nicht da sein würde. Dass dies eine Illusion war, etwas, das nur in ihrer Fantasie existierte. Ein gut aussehender Mann, der sie beinahe geküsst hatte, bereitete das Abendessen für sie und ihre Mutter zu. So etwas passierte in ihrem Leben normalerweise nicht. Sie hatte viel zu viel Zeit damit verbracht, sich in Büchern zu vergraben, sich den Kopf mit Ideen vollgestopft, die weit über die Realität hinausgingen.

Aber als sie im Garten ankam, stand ihre Fantasie vor ihr: groß, dunkelhaarig, gut aussehend und tüchtig noch dazu. Wenn einem nicht schon beim Anblick seiner zerzausten Haare und seines Dreitagebarts die Knie weich wurden, dann spätestens bei seinem gebräunten Gesicht und den breiten Schultern. Er summte zu der Musik, die aus seinem Smartphone ertönte.

Emma kannte den Song. »Die Smashing Pumpkins«, sagte sie.

»Stimmt. Kennst du das Stück?«

»*Farewell and Goodnight.* Eins meiner Lieblingsstücke.« Welch eine Ironie, dass sie beide einen Song mochten, in dem anklang, dass man jede Stunde eines jeden Tages genießen sollte. Zumindest hatte Emma die Worte so für sich interpretiert, verbunden mit dem Gefühl, dass es dabei um einen Abschied ging …

Sie nickten beide in Anbetracht ihrer gemeinsamen Vorliebe und lauschten der Melodie bis zum Schluss. Der Text hatte eine bittersüße Bedeutung, wenn man sich darauf einließ. Sie musste oft an ihre Mutter denken, wenn sie das Stück hörte, doch nun bekam es eine ganze neue Bedeutung für sie, als sie darüber nachzudenken begann, dass dieser Song mit seinen Todesanspielungen einmal ihr eigener werden könnte. Sie fühlte ein eigenartiges, immer stärker werdendes Gefühl in ihrer Brust. Seit ihrer Pubertät waren ihre Gefühle nicht mehr derart Achterbahn gefahren. Sie blickte zu den Wolken hinauf, um zu sehen, ob Regen drohte, aber obwohl sie grau waren und es jede Menge davon gab, war sie offenbar die Einzige, deren Schleusen sich zu öffnen drohten. Sie wischte verstohlen eine eigensinnige Träne fort.

»Ich werde mal auf was Fröhlicheres umsteigen.« Ein Stück aus *High School Musical* erschallte aus Nathans Smartphone.

»Echt jetzt?«

»Ein guter Musicalsong macht doch einfach Laune.« Nathan strahlte sie an und ließ die Zange im Takt zuschnappen. »Ach komm, gib schon zu, dass es dir gefällt!«

Emma sträubte sich, offen zuzugeben, dass sie den Song liebte, was zum Teil daran lag, dass sie für Zac Efron schwärmte. Wenn sie es sich recht überlegte, hatte Nathan etwas von Efron an sich, als er ein paar seltsame Dancemoves in seinen Shorts und der dicken Steppweste hinlegte, die er zusammen mit dem Grill geholt hatte. An diesem kalten Februartag benötigte er wohl doch eine Extraschicht.

»Mum scheint sich zu freuen, dass du hier bist.« Emma versuchte sich auf den eigentlichen Grund ihres Hierseins zu konzentrieren, der nicht darin bestand, eine Szene aus einem Kinofilm nachzuspielen, sondern zum Wohle ihrer Mutter eine eigene zu erschaffen.

»Hat sie irgendwelche Fragen gestellt?«

»Noch nicht.« Emma zögerte, entschied sich dann aber, noch einmal zu betonen, wie wichtig es ihr war, dass ihre Mutter nichts von ihrem Krebsscreening erfuhr. »Es wäre mir lieber, wenn wir nicht erwähnen, wie wir uns kennengelernt haben.«

»Kein Wort, versprochen. Warum sagen wir nicht, dass wir oft den Bus benutzen und ins Gespräch gekommen sind, weil wir an derselben Haltestelle aussteigen.«

Das war keine allzu große Lüge. Schließlich hatten sie ja heute den Bus genommen und waren an derselben Haltestelle ausgestiegen. Und man musste nicht weiter ins Detail gehen, wenn sie ihr erzählten, dass sie dabei herausgefunden hatten, dass sie beinahe Nachbarn waren. »Abgemacht«, sagte sie, froh, dass sie sich auf ein Vorgehen geeinigt hatten. Aber das nahm ihr nicht die Sorge, wie es wohl sein würde, ihrer Mutter jemanden vorzustellen, den sie nicht kannte. Bis heute war ihr gar nicht klar gewesen, dass es ein Problem sein könnte. Schließlich stellte sie ihr ständig neue Leute vor: Gemeindeschwestern und Pflegekräfte, die sich mittags um sie kümmerten. Die Mitarbeiter vom Tageszentrum, das sie einmal in der Woche besuchte. Es war ja nicht so, als würden sie in völliger Isolation leben. Aber bei diesen Menschen handelte es sich immer um medizinische Fachkräfte, die sich mit der Krankheit ihrer Mutter auskannten und sich des Ausmaßes bewusst waren, wie sie ihr Leben beeinträchtigte. Es erübrigte sich, darüber nachzudenken, was man jemandem sagen musste, wenn er im Besitz von Fallunterlagen war, auf die er zurückgreifen konnte.

»Dann werde ich mal den Tisch decken. Möchtest du drinnen mit uns essen?« Emma war sich bewusst, dass sie zu zögerlich war. Zu viel nachdachte, anstatt das Leben einfach auf sich zukommen zu lassen.

»Wenn das okay ist?«

Emma nickte. Es war okay, auch wenn es das eigentlich nicht war. Aber sie war diejenige, die ihre mentalen Hürden überwinden musste. Sie warf beim Hineingehen einen letzten Blick auf

Nathan. Offenbar war das Leben manchmal imstande, selbst in den dunkelsten Momenten für einen Lichtblick zu sorgen.

Sie legte wie immer die Schutzmatte auf den Boden und holte das Spezialbesteck und den Becher ihrer Mutter.

»Das duftet ja köstlich«, rief Carole aus dem Wohnzimmer.

»Kannst du es bis zu dir riechen?« Emma machte sich auf den Weg, um sie zu holen. Sie löste die Bremsen des Rollstuhls und manövrierte ihn durch das Haus. Sie warteten auf einen bedarfsgerechten elektrischen Rollstuhl, aber scheinbar musste man sich erst durch einen wahren Verwaltungsdschungel kämpfen, um an ein solches Hilfsmittel zu gelangen.

»Was gibt's denn Feines?«, erkundigte sich Carole, während Emma sie um die schwierige Ecke zwischen Wohnzimmer und Küche lenkte.

»Hauptsächlich Burger. Und Würstchen, wenn sie nicht total verbrutzeln. Ich muss mich nur noch kurz um das restliche Essen kümmern.«

Anstatt ihre Mutter neben den Tisch zu stellen, drehte sie sie in Richtung der altmodischen, offenen Küche, damit sie sich unterhalten konnten, während Emma den Salat und die Chips in Schüsseln füllte und die Brötchen vorbereitete.

»Kann ich nach draußen? Ich würde zu gern beim Grillen zuschauen.«

»Natürlich. Lass mich das hier nur eben beenden, dann machen wir dich startklar.« Was für eine simple Bitte und doch so kompliziert in Emmas Augen. Sie butterte das letzte Brötchen und versuchte, ihre widerwilligen Gedanken beiseitezuschieben.

Sie holte die Jacke ihrer Mutter und einige zusätzliche Decken. Es war nicht gerade der schönste Tag des Jahres, und sie wollte auf Nummer sicher gehen, dass sie warm genug eingepackt war. Nathan mochte das Wetter nichts anhaben, aber das bedeutete nicht, dass sich der Rest der Welt erlauben konnte, es außer Acht zu lassen. Sie konnte es jetzt wirklich nicht gebrauchen, dass es ihrer Mutter noch schlechter ginge als ohnehin schon.

»Es ist kalt draußen. Bist du dir auch ganz sicher, dass du raus möchtest?« Emma vermochte es sich nicht zu verkneifen, ihre Mutter zu entmutigen. Auch wenn es eigentlich darum gehen sollte, den Moment zu genießen, war da dennoch dieser Impuls, das Schlimmste zu verhindern, und der ließ sich nicht einfach unterdrücken. Der Gedanke, dass ihre Mutter krank werden könnte, löste einen Dominoeffekt in ihrem Kopf aus. Es gab schon so viel, mit dem sie fertigwerden musste. Wenn nun noch eine Erkrankung obendrauf käme, würde vielleicht alles zusammenbrechen.

»Natürlich bin ich mir sicher. Ein bisschen kalte Luft wird meinen Lungen schon nicht schaden.«

Es war nicht die kalte Luft, die Emma Sorgen bereitete. Es waren die ganzen Keime, die im Verborgenen ihr Unwesen trieben. Neue Formen, mit denen ihre Mutter bisher noch nicht in Kontakt gekommen war. Mikroorganismen, die irgendwie die Fähigkeit besaßen, den Verlauf eines Lebens völlig zu verändern.

Emma stoppte ihren Gedankengang und schloss den Reißverschluss an der Jacke ihrer Mutter. Wann war sie nur so hypervorsichtig geworden?

Vermutlich hatte es mit den ausstehenden Biopsie-Ergebnissen zu tun. Sie führten dazu, dass sie sich über alles Sorgen machte – mehr als je zuvor. Kleinigkeiten verwandelten sich in gähnende Abgründe, über die sie nicht hinwegkam.

Sie musste sich zusammenreißen. Musste sich auf das Wesentliche konzentrieren, nicht auf irgendwelche Ängste, die vorübergingen.

Emma holte die tragbare Klapprampe für die Gartenstufen. Sie war nicht besonders schwer, aber unhandlich. Der eigentliche Trick bestand darin, sie korrekt zu positionieren, dann erleichterte sie es einem ungemein, sich mit dem Rollstuhl draußen zu bewegen.

Nachdem sie die Rampe aufgeklappt und angelegt hatte, verschwand sie wieder ins Haus, um ihre Mutter zu holen. Emma ging immer rückwärts die Rampe hinunter, um die ganze Prozedur zu erleichtern. Auf diese Weise war sie in der Lage, besser zu reagieren. Am Anfang wäre ihr ihre Mutter einmal beinahe kopfüber in den Garten gepurzelt – das hatte ausgereicht, um ihr vor Augen zu führen, dass dies die bessere Vorgehensweise war.

Gerade als sie mit der Prozedur begonnen hatte, fiel ihr ein, dass sie ja zurzeit gar keine schweren Arbeiten verrichten durfte. Im selben Moment verspürte sie auch schon ein Zwicken und sog dann scharf die Luft ein, als sich im Anschluss ein Schmerz durch ihre Rippen fraß.

»Lass mich das doch machen!« Nathan warf Emma einen strengen Blick zu.

»Danke«, sagte sie. Ganz offenbar versuchte sie fälschlicherweise mit aller Macht, so zu tun, als ob nichts wäre.

»Nicht nur Grillmeister, sondern auch ein Gentleman. Wie kommt es nur, dass ich noch nie von Ihnen gehört habe, Nathan?« Emmas Mutter gab sich alle Mühe, einen Blick auf ihn zu erhaschen, obwohl sich Nathan hinter ihr befand.

Wenn Emma nicht so sehr mit ihren Schmerzen beschäftigt

gewesen wäre, hätte sie sogleich darauf geantwortet. Sie wusste zwar nicht, wie diese Antwort gelautet hätte, aber es schien ihr nur fair, dass sie diejenige war, die versuchte, die Fragen ihrer Mutter abzublocken.

»Ich bin ein Mann mit vielen Talenten. Ich hoffe sehr, dass Sie angebrannte Würstchen mögen.« Nathan handhabte den Rollstuhl mit Leichtigkeit und schwang ihn herum, sodass ihre Mutter eine erstklassige Sicht auf den Grill hatte und nicht etwa auf Emma, wie sie sich die Seite rieb.

»Unbedingt, solange das Angebot steht.«

»Mum!« Das war eindeutig zweideutig. Emma ging zwar auf die dreißig zu – oder hoffte es zumindest –, vermochte sich aber durchaus immer noch für ihre Mutter zu schämen.

»Also, woher kennt ihr euch überhaupt?«, fragte Carole ungerührt und versuchte zu ihrer Tochter hinüberzuschauen, was ihre Position aber nicht zuließ, weshalb sie ihren Blick wieder auf Nathan richtete.

Emma bewegte sich immer noch nicht von der Stelle. Der Schmerz war einfach zu groß. Und außerdem hegte sie den Verdacht, dass ihre Mutter darauf hoffte, heute den Freund ihrer Tochter vorgestellt zu bekommen.

»Wir haben uns an der Bushaltestelle kennengelernt. Mein Auto ist zurzeit in Reparatur, und Emma hat mir Nachhilfe beim öffentlichen Nahverkehr gegeben, denn ich bin zum ersten Mal seit zehn Jahren wieder mit dem Bus gefahren. Hättest du einen Teller, auf den ich diese Würstchen legen kann, Emma? Sie sind so gut wie fertig.«

»Ich hol dir einen.«

Sie fand in Rekordzeit einen passenden Teller, schnappte sich gleich zwei, um sich einen weiteren Weg zu ersparen, sollte noch einer nötig sein. Sie wollte auf keinen Fall etwas von der Unterhaltung draußen verpassen. Da Nathan bei seiner Erklärung ein wenig geschwindelt hatte, wäre es mit Sicherheit hilfreich, zu wissen, was er ihrer Mutter noch alles erzählen würde.

Bei ihrer Rückkehr in den Garten ließ sie die Teller beinahe fallen, denn Nathan hatte den Rollstuhl zum Grill hinübergeschoben, damit ihre Mutter sich im Wenden der Patties versuchen konnte. Vor Emmas geistigem Auge liefen sogleich Bilder möglicher Gefahrenszenarien ab und hätten sie beinahe dazu veranlasst, Nathan einen Teller an den Kopf zu werfen. Was hatte er sich nur dabei gedacht?

Offenbar war sie nicht deutlich genug gewesen, was die Krankheit ihrer Mutter und die damit verbundenen Probleme anging. Wie sollte Nathan wissen, dass ihre Unfähigkeit, ihre Muskeln zu kontrollieren, vermutlich dazu führen würde, dass sie sich verbrannte oder ihm eine Hackfleischscheibe ins Gesicht katapultierte? Aber da sich Emmas Beine nun vor Schreck wie Blei anfühlten, war sie nicht mehr in der Lage, irgendetwas zu verhindern.

Mit Nathans Hilfe glitt der Wender unter die brutzelnde Scheibe, und gemeinsam schafften es die beiden trotz eines gelegentlichen Tremors, sie auf die andere Seite zu drehen. Und ihre Mutter lachte seit langer Zeit wieder einmal. Ein Lachen so hell, dass es durch die Luft zu schweben schien, leichter als das Leben selbst, und es ließ keinen Zweifel daran, dass hier jemand wirklich gelebt hatte und dass dieser Mensch gut gelebt hatte.

Für einen Moment war es da und im nächsten auch schon wieder verloren.

Emma hätte es nur zu gern festgehalten. Es dazu gebracht, zu bleiben. Es als Mahnung, dass nicht immer alles so schlimm enden musste, wie sie glaubte, in ihrer Tasche aufbewahrt. Dass Fremde zu Freunden werden konnten, die so nett waren, eine Stunde zu erübrigen und ihre Mutter zum Lachen zu bringen.

Sie musste sich hin und wieder in Erinnerung rufen, dass nicht alles darauf ausgelegt war, das Leben zu erschweren. Natürlich blieb man nicht von Widrigkeiten verschont, aber das sollte nicht verhindern, dass es Momente wie diese gab.

Und trotz des Lachens, dessen Nachklang noch in der Luft hing, konnte sie sich wieder mal nicht die Frage verkneifen: »Ist alles in Ordnung, Mum?«

»Und wie!« Carole lächelte, als sie sich ihr zuwandte. »Du hast mir gar nicht erzählt, dass du einen Fallschirmlehrer kennst!«

Nathan hatte nun das Wenden der Patties übernommen und Emma entspannte sich wieder.

»So lange kennen wir uns noch gar nicht.«

»Das war schon immer mein Traum. Einmal mit dem Fallschirm aus einem Flugzeug springen und zur Erde hinunterschweben.« Ein rosiger Schimmer erschien auf den Wangen ihrer Mutter.

»Wirklich? Das hast du mir nie erzählt.« Emma war überrascht, insbesondere, da ihr nichts ferner lag, als freiwillig aus einem Flugzeug zu springen. Sie würde auf jeden Fall mit beiden Füßen auf dem Boden bleiben.

»Wieso tun Sie's dann nicht? Es würde Ihnen bestimmt gefallen«, mischte sich Nathan ein. Er stellte sicher, dass Carole wieder bequem saß, bevor er begann, Würstchen und Patties auf einen Teller zu legen.

Carole blickte zweifelnd an sich herab. »Ich wäre nie auf die Idee gekommen, dass das jetzt noch möglich ist.«

»Warum denn nicht? Ich bin sicher, ich könnte eine Lösung finden. Wer hätte gern ein Würstchen?«

Im Gegensatz zu ihrer Mutter und Nathan brachte Emma kein Lächeln zustande. Sie vermochte die Leichtigkeit um sie herum einfach nicht mit der Schwere in ihrem Herzen übereinzubringen. Sie würde es niemals laut aussprechen, aber nichts lag ihr ferner als die Vorstellung, dass ihre Mutter noch jemals imstande wäre, aus einem Flugzeug zu springen.

Selbst wenn sie wirklich mit aller Macht versuchte, gegen diese negativen Gedanken anzukämpfen, schien an manchen Tagen alles gegen sie zu sein, und es wurde unglaublich schwer, über das Hier und Jetzt hinauszublicken.

Ein Barbecue im Februar war an manchen Tagen schon Wunder genug.

Nathans Tagebuch

Es ist so selten, dass man sich im Leben einmal eine Pause gönnt. Wir können uns keine leere Seite mehr erlauben. Wir hetzen voran.

Wir werden vom Wind gepeitscht.

Wir kämpfen darum, uns Gehör zu verschaffen.

Es herrscht niemals genug Stille.

Die Nächte ohne Träume sind so selten, dass der Morgen von einer unsagbaren Friedlichkeit erfüllt ist, wenn es dann doch einmal vorkommt. Eine leere Seite ist ein wahrer Segen. Eine Gelegenheit, neu anzufangen.

Heute ist nicht der Tag, an dem ich sterbe. Heute ist der Tag, an dem ich beginne, etwas zu bewirken.

13

Neunter Tag

Emmas Leben setzte sich aus zerbrochenen Teilen zusammen. Nichts war mehr an seinem alten Platz. Als Nathan anrief, um ihr mitzuteilen, dass er von nun an etwas bewirken wolle und beabsichtige, seinen Herzenswunsch in die Tat umzusetzen, hatte sie es für eine gute Idee gehalten, ihn zum Jugendclub mitzunehmen.

An jedem Donnerstag – ihrem freien Tag – erledigte sie für gewöhnlich die liegen gebliebene Hausarbeit und half dann eine Stunde pro Woche dabei, eine Gruppe für Kinder und Jugendliche zu leiten, die mit einem kranken oder pflegebedürftigen Familienmitglied zusammenlebten. Sie wechselte sich mit ihrer Freundin Alice beim Organisieren der Aktivitäten für die Jugendlichen ab, die zu Hause viel zu oft in die Pflege miteingebunden wurden. Am besten gefiel ihr dabei, dass sie ihnen in der Gruppe die Chance gaben, wieder Kind sein zu dürfen. Und es war toll, sich selbst einmal auf etwas anderes zu konzentrieren, als Probleme zu lösen oder irgendeine Arbeit zu erledigen. In der Gruppe ging es einzig darum, Spaß zu haben. Das schien wie gemacht für Nathan. Es täte ihnen beiden gut.

Wenigstens brächte es etwas Normalität in Emmas Alltag. Da sie noch nicht gleich wieder arbeiten gehen wollte, würde die ehrenamtliche Tätigkeit ihrem Leben etwas Struktur verleihen. Und Nathan möglicherweise auf ein paar Ideen bringen, was er unternehmen könnte, um etwas zu bewirken.

»Ich sage einfach, dass du wegen eines Praktikums da bist. Wir haben manchmal angehende Sozialarbeiter bei uns, die für ihren Abschluss eins nachweisen müssen.«

»Wo gehen wir hin? Ist das die Bibliothek?«

Sie schritten durch eine Grünanlage auf ein einstöckiges weißes Gebäude zu.

»Nein, das ist das Gemeindezentrum. Es wird überwiegend von örtlichen Gruppen genutzt. Einmal in der Woche trifft sich hier die Jugendgruppe, und unsere Jugendlichen mit Pflegeverantwortung kommen als Teil des Jugendclubabends zusammen.«

»Und das gehört mit zu deiner Arbeit?«

»Nein, das mache ich ehrenamtlich. Oder besser gesagt, im Grunde bin ich nie wirklich von hier weggegangen. Ich habe schon als Jugendliche mitgemacht und geholfen, eine Gruppe für junge Pflegende aus unserem Bezirk aufzubauen. Und ein Jahrzehnt später bin ich immer noch hier. Alice und ich leiten die Gruppe inzwischen gemeinsam. Wir haben ein paar tolle Kinder, die bei uns mitmachen. Für einige von ihnen ist es die einzige Gelegenheit, andere Kids kennenzulernen, die in der gleichen Situation sind wie sie, oder einfach einmal eine Stunde lang sie selbst zu sein.«

»Wow. Das heißt, du schaffst es, deinen Beruf auszuüben, deine Mutter zu pflegen und dazu noch diese Gruppe zu leiten? Ich glaube, ich muss mich wirklich etwas mehr anstrengen!«

»Ich arbeite ja nur in Teilzeit. Und es macht mir sehr viel Spaß, die Gruppe zu leiten. Manchmal ist es das Einzige, was mich davor bewahrt, durchzudrehen.« Sie war sich nicht ganz sicher, ob sie sich wirklich dafür auf die Schulter klopfen durfte, wo sie bei dieser Tätigkeit eigentlich viel mehr von den Kindern zurückbekam, als sie selbst investierte.

»Trotzdem … Die meisten Menschen würden nicht mehr die Energie für so was aufbringen, bei allem was du sonst noch leistest. Glaub mir, ich habe viel zu viele Abende zu Hause auf dem Sofa herumgelümmelt!«

»Ich könnte mir vorstellen, dass es ziemlich anstrengend ist, aus Flugzeugen zu springen. Vermutlich zweifelt niemand daran, dass man sich nach einem solchen Arbeitstag ausruhen muss.« Emma warf einen Blick über den Rasen hinweg, den sie gerade überquerten. Die ersten Gänseblümchen zeigten sich, und bei ihrem Anblick fragte sie sich, ob sie wohl auch noch im nächsten Jahr miterleben würde, wie die weiß-gelben Pflänzchen durch das Gras nach oben drängten. Sie wollte aber eigentlich gar nicht so denken. Auch wenn gerade alles fehl am Platz zu sein schien, glaubte sie dennoch daran, dass Dinge aus einem bestimmten Grund geschahen. Dass die Veränderung in ihrem Lebensmuster einem positiven Zweck diente.

»Und was ist mit dir? Deine Mutter scheint ja unbedingt mal mit dem Fallschirm aus einem Flugzeug springen zu wollen. Hättest du auch Lust auf so eine Aktion?«

Emma schüttelte rasch den Kopf. »Ich ziehe es vor, mit beiden Füßen auf dem Boden zu bleiben.«

»Dann müssen wir eine Lösung finden, wie du deinen Puffin in natura erleben kannst.«

»Ja, das ist mehr mein Ding«, sagte Emma geistesabwesend, als sie den Eingang des weißen Gebäudes erreichten. Wenn ihr Hiersein auch ein Schritt in Richtung Normalität war, erinnerte es sie doch daran, wie viel sich verändert hatte. Würde wohl irgendetwas jemals wieder wie früher sein, solange etwas an den Rändern des Lebens herumgeisterte, welches dieses so nachhaltig zu verändern vermochte? »Meine Freundin Alice hat keine Ahnung von … Na, du weißt ja schon.« Emma zeigte auf ihre Brüste.

»Meine Lippen sind versiegelt«, sagte Nathan und unterstrich dies mit einer entsprechenden Geste.

Emma würde es Alice eigentlich gern erzählen. Sie war schließlich ihre beste Freundin. Aber sie wollte ihr ebenso wenig unnötige Sorgen bereiten wie ihrer Mutter. Sie würde ihnen die Neuigkeiten mitteilen, sobald sich herausstellte, dass es überhaupt welche gab. Sie holte tief Luft und schickte ein Stoßgebet zum Himmel, dass dies nicht der Fall sein würde. »Diese Woche hat Alice die Stunde geplant. Wir wechseln uns dabei ab.« Sie öffnete die Tür und wurde sogleich von dem Klang zahlreicher Teenagerstimmen empfangen, die versuchten, sich Gehör zu verschaffen. Sie liebte diesen Klang – jede einzelne Sekunde so voller Energie. Es war solch ein Gegensatz zu ihrem eigenen ruhigen Leben, dass sie jedes Mal unwillkürlich lächeln musste. Sie genoss die Zeit hier.

»Hier entlang.« Emma bedeutete Nathan ihr zu folgen. Die Gruppe der jungen Pflegenden traf sich in einem der Nebenräume abseits der Haupthalle.

»Meinst du nicht, sie könnten das Gefühl haben, etwas zu verpassen, wenn man sie von den anderen absondert?« Nathan blickte in Richtung der größeren Haupthalle, aus der Musik ertönte und Ballspiele im Gange zu sein schienen.

»Das Gegenteil ist eher der Fall. Das vermittelt ihnen das Gefühl, etwas Besonderes zu sein. Wenn wir fertig sind, dürfen sie sich der größeren Gruppe anschließen, und die wollen immer wissen, was wir so gemacht haben. Natürlich ist ihnen dabei nicht klar, dass sie in ihrer kleineren Gruppe die Möglichkeit haben, sich zu öffnen und über ihr Leben zu Hause zu reden. Wenn einer von ihnen eine schlimme Woche hatte, können sie sich auf eine Weise darüber unterhalten, wie es ihnen nicht unbedingt möglich wäre, wenn sie direkt in die größere Gruppe gehen würden. Das hier ist für sie eine Art sicherer Hafen, in dem sie sich mit anderen austauschen können, die in einem ähnlichen Dilemma stecken und sie daher nicht verurteilen. Nicht, dass es die anderen Kinder unbedingt tun würden, aber es lastet eh schon so viel Erwartungsdruck von allen Seiten auf ihnen ... Es ist einfach schön, dass sie für kurze Zeit die Chance auf ein bisschen Normalität haben. Das ist etwas, das ich als Teenager sehr genossen habe, als ich hierher kam. Um ehrlich zu sein, ist das auch heute noch der Grund, warum ich herkomme.«

»Klingt, als wäre es eine gute Sache. Für dich genauso wie für die Kids.«

Emma öffnete die Tür zu dem kleineren, ruhigeren Raum. »Hallo, Alice, wir haben heute einen Gast, der Berufserfahrung sammeln möchte. Ich hoffe, das ist okay?«

Das Strahlen ihrer Freundin sagte ihr, dass es mehr als okay war. Für gewöhnlich lächelte Alice nicht so breit. Ganz offensichtlich war sie nicht immun gegen Nathans gutes Aussehen und seinen Charme.

Die Mitglieder der Jugendgruppe waren bereits in ihr Projekt vertieft. Alice war immer sehr gut organisiert und hatte die Anweisungen für alle ausgedruckt.

»Was machen wir denn heute?« Noch war niemand mit seiner Aufgabe weit genug gekommen, dass sich erkennen ließ, was am Ende herauskommen würde.

»Wir basteln mit der Découpage-Technik«, erwiderte Alice. »Ich habe alle gebeten, einen Behälter mitzubringen, den sie regelmäßig benutzen und gern verschönern würden. Aber wenn ihr Lust habt, mitzumachen – ich habe vorsichtshalber noch welche mitgebracht.«

»Warum nicht«, erwiderte Nathan.

Unglaublich, wie entspannend es war, kleine Schnipsel aus Geschenkpapier auszuschneiden, das mit einigen seiner Lieblings-Actionhelden dekoriert war, dachte Nathan. Der Junge, mit dem er sich das Papier teilte, war vermutlich nicht älter als zwölf.

»Die sehen cool aus, was?«, sagte Nathan, um eine kleine Unterhaltung in Gang zu bringen.

Der Junge warf ihm einen kurzen Blick zu, der zwar nicht ablehnend, aber auch nicht gerade freundlich wirkte.

»Wofür benutzt du deine Schachtel, wenn sie fertig ist?«, versuchte Nathan es wieder.

Der Junge blickte ihn erneut an. Dieses Mal ein wenig länger, als versuche er, ihn unter die Lupe zu nehmen. »Das ist die Tablettenbox meines Vaters.«

Rumms. Das war ein Schlag. Statt irgendeiner lustigen oder belanglosen Sache, die der Junge hätte basteln können, hatte er sich stattdessen entschieden, etwas zu verzieren, das für seinen Vater eine schlimme Bedeutung haben musste. Nathan hielt ihm die Hand hin. »Hallo, ich bin Nathan.«

Wenn er schon jemandem begegnete, der tapferer war als er selbst, war es das Mindeste, sich ihm wenigstens richtig vorzustellen.

»Ich bin Rudi. Und wirst du deine selbst benutzen?«, fragte Rudi, als er ihm die Hand schüttelte.

Nathans Schachtel hatte die Form eines Würfels, dessen Seiten kaum mehr als zwanzig Zentimeter lang waren. »Sie wäre perfekt für meinen Arbeitsspind. Ich brauche etwas, in das ich all das Zeug aus meinen Taschen reinlegen kann – all den Kram, den ich nicht mitnehmen darf, wenn ich aus einem Flugzeug springe.«

Dadurch war jetzt zwar vermutlich sein Cover aufgeflogen, dass er hier Berufserfahrung sammeln wollte, aber es war die Sache wert, als er sah, wie Rudis Augenbrauchen in die Höhe wanderten.

»Springst du wirklich aus Flugzeugen?«

»Ja.«

»Nie im Leben!«

»Doch. Und mein Chef mag es gar nicht, wenn einem dabei die Autoschlüssel rausfallen und jemanden am Boden treffen.«

Rudi lachte. »Du hast sie doch nicht alle. Machst du das wirklich?«

»Ja, mach ich. Ich bin nämlich Fallschirmlehrer, wenn ich nicht gerade hier rumhänge und meine Bastelkünste perfektioniere.«

»Ich kann mir nicht vorstellen, wie das ist, aus einem Flugzeug zu springen. Das muss obercool sein!« Rudi quollen fast die Augen aus dem Kopf. »Das würde ich so gern mal machen. Das wäre einfach genial.«

»Tatsache?«

»Tatsache! Aber das könnte ich ja eh nie.« Rudi blickte auf die Tablettenbox seines Vaters herab und errötete vor Verlegenheit.

»Aber warum denn nicht?« Nathans Neugierde war größer als sein Bedürfnis, höflich zu sein.

Der Junge zuckte mit den Schultern. »Geld und so. Und ich muss ja zu Hause sein. Wegen Dad.«

Rudis Antwort überraschte Nathan. Was für eine schwere Verantwortung für einen Jungen in seinem Alter.

»Ich fürchte, du musst erst sechzehn sein, um springen zu dürfen. Aber wie wär's in einem Windkanal? Das ist wie Fallschirmspringen, bloß drinnen. Weißt du was, Rudi? Ich danke dir! Du hast mich da auf eine Idee gebracht!«

»Ich? Wieso denn?«

»Ich habe nach etwas gesucht, und du hast mir dabei geholfen, es zu finden.«

»Ach ja? Und was?« Rudi machte einen total verblüfften Eindruck und hatte seinen ausgeschnittenen Papierschnipsel schon viel zu lange in den Kleber getaucht.

»Ich werde mir das noch mal genauer ansehen müssen, aber soweit ich weiß, machen viele Leute Fallschirmsprünge, um Spenden für wohltätige Zwecke zu sammeln, allerdings bin mir nicht sicher, ob es irgendwelche gemeinnützige Organisationen gibt, die Menschen helfen, die zusätzliche Unterstützung benötigen, um springen zu können. Du bist im Moment noch ein bisschen zu jung, aber möglicherweise käme es dir in Zukunft zugute.«

»Das versteh ich nicht.«

»Ich auch noch nicht so richtig. Aber ich weiß jetzt, was ich tun muss.« Nathan stellte sicher, dass es Emma mitbekam, als er sagte: »Ich werde eine Hilfsorganisation gründen.«

In den letzten beiden Tagen war er zwei Menschen begegnet, die nur zu gern einmal mit dem Fallschirm springen würden, dies aber niemals ohne Hilfe in irgendeiner Form tun könnten. Es war etwas, womit er den größten Teil seines Lebens verbracht hatte, und soweit es ihn betraf, das befreiendste Gefühl der Welt. Der Wind in seinem Haar, das Flattern in seinem Bauch, die Welt, die an ihm vorbeizischte – es war ein Geschenk und er wollte es mit anderen Menschen teilen. Er musste unbedingt schauen, was er tun konnte, um dies möglich zu machen. Wenn er es geschickt anstellte, wäre er möglicherweise imstande, weitaus mehr Menschen zu helfen als nur diesen beiden.

14

Zehnter Tag

Babyweinen.

Nathan schreckte aus dem Schlaf. Normalerweise hatten seine Träume aufgrund ihrer Vertrautheit eigenartigerweise etwas Beruhigendes an sich, aber dieses neue Geräusch am Ende ließ seinen Puls wie verrückt rasen.

Das Weinen ging ihm nicht mehr aus dem Kopf. Selbst jetzt noch, wo er wach war, glaubte er es zu hören. Es hatte zu einem Adrenalinschub geführt, mit dem er nicht gerechnet hatte. Als wenn sich ein Eindringling Zutritt zu seinem Zimmer verschafft hätte. Was hatte das Geräusch nur verursacht?

Es fiel ihm immer noch ein wenig schwer, sich zurechtzufinden, als er das Fenster öffnete. Der Schwall frischer Luft trug dazu bei, dass er richtig wach wurde. Er blickte die Straße entlang, um zu ermitteln, woher das Geräusch gekommen sein könnte.

Ein Stück weiter unten befand sich ein Park, in dem er des Öfteren Mütter mit Kinderwagen und kleinen Kindern im Schlepptau die Straße entlanglaufen sah. Jemand musste wohl vorbeigegangen sein, auch wenn ihn nun Stille umgab. Nur das Zwitschern der Vögel und das Rascheln der Blätter sickerten durch.

Trotz der Stille des späten Vormittags vermochte Nathan sein Unbehagen nicht abzuschütteln. Was wäre, wenn dieses Weinen gar nicht von draußen gekommen war? Was wäre, wenn es zu seinem Traum gehört hatte? Und was hatte es zu bedeuten, wenn es so war? Denn wenn er sich bei diesem Traum auf eins verlassen konnte, dann war es die Tatsache, dass er sich nicht änderte.

Nathan wollte sich nicht näher damit befassen, denn es beunruhigte ihn zu sehr. Es gab nur wenig Beständigkeit in seinem Leben. Komischerweise gehörte sein Traum dazu. Er wusste nicht, wie er mit dieser Veränderung umgehen sollte.

Er versuchte, sich davon zu überzeugen, dass er sich geirrt hatte. Egal, was er auch glaubte, geträumt zu haben, es war nichts weiter als Einbildung gewesen. Am besten lenkte er sich mit irgendetwas ab.

Doch nicht einmal der eiskalte Wasserstrahl der Dusche ließ seine Gedanken zur Ruhe kommen. Er fühlte sich, als steckte er in der Lost Zone fest. Normalerweise würde er sich für die Arbeit fertig machen, doch nach seiner kürzlichen Panikattacke war er krankgeschrieben. Allerdings hatte er seinem Chef nicht den wahren Grund genannt. Als der bei ihm angerufen hatte, um sich zu erkundigen, wie es ihm ging, hatte Nathan etwas von zu niedrigem Blutdruck gefaselt, weshalb man ihn krankgeschrieben habe. Er wusste nicht, warum er das getan hatte, da auf seiner Krankmeldung etwas ganz anderes stehen würde. Vermutlich, weil er grünes Licht bekommen wollte, um wieder arbeiten zu können.

An seiner Arbeitsstelle war es gängige Praxis, dass man sich nach einer Krankschreibung bei der Rückkehr einer ärztlichen Untersuchung unterziehen musste, und dabei würde sich zweifellos herausstellen, dass er gelogen hatte. Aber als ihn sein Chef gefragt hatte, schien ihm ein Problem, das sich beheben ließ, ein besserer Grund zu sein. Sollte es Konsequenzen für ihn haben, weil er nicht die Wahrheit gesagt hatte, würde er sich damit beschäftigen, wenn es herauskam. Es bestand durchaus die Möglichkeit, dass er nie wieder springen durfte.

Mit nur einem um die Hüften geschlungenen Handtuch war der kleine Knoten, der ihm solche Sorgen bereitete, an seinem freien Oberkörper leicht zu erkennen. In ein paar Tagen würde er verschwunden sein. Man hatte ihm den Eingriff ausführlich erklärt. Er würde unter Vollnarkose erfolgen, damit sie, falls nötig, gleich weiteres Gewebe entfernen konnten. Es bliebe nur eine kleine Wunde, kaum mehr erkennbar, sobald sie verheilt war.

Nathan zog sich rasch an, damit er nicht mehr mit dem Knoten konfrontiert wurde. Er musste seine Kraft für positivere Dinge verwenden. Für seinen Herzenswunsch. Zumindest wäre das eine Art Ablenkung.

Die Fahrt zu seiner Arbeitsstelle war eine willkommene Abwechslung. Es tat gut, aus dem Haus zu kommen. Es war ein kalter Tag, aber mit einem strahlend blauen Himmel und keiner Wolke in Sicht. Heute fand mit Sicherheit ein Flug statt. Wenn er sich jetzt auf den Weg machte, sollte er den perfekten Zeitpunkt erwischen, um dort niemandem zu begegnen, den er zurzeit lieber meiden würde. Er könnte mit denen sprechen, die er gern sprechen wollte, ohne dabei in Schwierigkeiten zu geraten.

Die Gewissheit, dass die Maschine draußen war, machte es ihm leicht. Es wäre lediglich eine Person im Gebäude. Maximal noch einige Gäste, die zusahen, wie sich ihre Verwandten aus einem Flugzeug stürzten, doch die würden sich im Aussichtsbereich aufhalten, der ein Stück vom Hauptgebäude entfernt war.

Eigentlich sollte er es nicht tun und vielleicht war es auch ein Ding der Unmöglichkeit, aber er musste einfach herausfinden, wie die Chancen standen. Seine Idee mit der Hilfsorganisation würde einige Zeit in Anspruch nehmen, aber vorab wollte er abchecken, ob sich nicht etwas für Emmas Mutter arrangieren ließ.

»Leanne, wie geht's dir?« Es war schön, ein vertrautes Gesicht zu sehen, und er war sich sicher, dass Leanne ihm helfen würde.

»Oh mein Gott, Nathan! Ich habe mir solche Sorgen um dich gemacht! Warum hast du denn nicht auf meine Textnachrichten geantwortet?«

»Ich habe mich eigentlich bei niemandem gemeldet, Leanne. Mir war einfach noch nicht danach.«

»Tut mir leid, das zu hören. Bedeutet das, dass es dir jetzt besser geht? Arbeitest du wieder?«

»Nicht direkt. Ich hatte gehofft, dass du mir helfen könntest. Würdest du mir vielleicht mal den Plan für diese Woche aufrufen?« Nathan war sich bewusst, dass er eine Menge Freunde um einen Gefallen bitten müsste, wenn er wirklich versuchen wollte, diesen Sprung durchzuziehen.

»Aber ich dachte, du fällst diese Woche aus. Du bist im Moment nirgendwo eingeplant.« Leanne war trotz ihrer Fragen gern bereit, seiner Bitte nachzukommen, und ging zu ihrem Computer.

»Eigentlich habe ich hier auch noch gar nichts verloren, aber …« Nathan zögerte, war sich nicht sicher, ob er ihr etwas verraten sollte.

»Aber was?«, ermunterte ihn Leanne, der sein Zögern nicht entgangen war.

Nathan ging das Risiko ein. »Ich wollte es eigentlich nicht an die große Glocke hängen, denn es wäre mir lieber, wenn Derek nichts davon erfährt. Sonst will er mich gleich wieder einsetzen, ohne dass ich mich dafür schon fit genug fühle. Aber ich möchte gern etwas für eine Freundin organisieren. Wir sollten es also besser für uns behalten.«

Sollte Derek Wind davon bekommen, dass er wieder sprang, würde er ihn wahrscheinlich zusammenstauchen, weil er immer noch von der Arbeit freigestellt war. Da wäre es auch egal, wenn es sich bloß um eine einmalige Sache handelte.

Leanne öffnete den Dienstplan und gab den Druckbefehl. »Wieso diese Heimlichtuerei? Auch wenn deine Geheimnisse bei mir sicher sind.«

»Wann ist Derek denn diese Woche nicht da? Wenn ich diesen Sprung wirklich machen sollte, dann möchte ich einfach nicht, dass er davon erfährt.« Ihr Chef arbeitete vorzugsweise in Blöcken. Da er weiter weg wohnte als alle anderen, bündelte er seine Arbeitstage. Meist war er vier Tage hintereinander in der Firma und blieb in der Nähe, hatte anschließend vier Tage frei, die er dann bei seiner Familie verbrachte. Eine solche Arbeitsplanung bot er allerdings niemandem sonst an, doch ausnahmsweise kam sie Nathan jetzt möglicherweise zugute.

»Er fährt heute wieder nach Hause«, sagte Leanne.

»Klasse. Ist diese Kopie für mich?« Nathan deutete auf den surrenden Drucker.

»Natürlich. Und falls es sonst noch etwas gibt, was Tim oder ich für dich tun können, dann lass es uns wissen.« Leanne reichte ihm die Blätter.

Einen Dienstplan hatte er sich schon einmal gesichert. Damit hatte er sein Ziel für heute bereits erreicht. »Ich habe da so ein Gefühl, dass ich häufiger darauf zurückkommen werde, als du glaubst.«

Leanne zog eine Augenbraue in die Höhe. »Könntest du mir vielleicht irgendeinen Anhaltspunkt geben, was du vorhast?«

»Ich möchte jemandem einen Fallschirmsprung ermöglichen, aber es gibt da ein paar erschwerende Umstände. Doch für mich fühlt es sich einfach richtig an. Eine gute Tat, wenn du so willst.« Ob es nun richtig oder falsch war, er hatte es Emmas Mutter jedenfalls so gut wie versprochen, dass er mit ihr springen würde, und er war entschlossen, dieses Versprechen einzulösen, auch wenn es bedeutete, dass er dafür ein paar Vorschriften umgehen musste.

Problematisch war nur, dass weder die Zeit noch die Krankenakten auf seiner Seite waren. In diesem Fall benötigte er eine Arbeitsfähigkeitsbescheinigung durch einen Arzt und Carole ein ärztliches Attest, dass sie flugtauglich war. Doch sie konnten es sich weder leisten auf das eine noch auf das andere zu warten. Wenn es stattfinden sollte, dann besser früher als später. Wenn er die Wahl hätte, würde er es ja ganz nach Vorschrift machen, aber die hatte er nun mal nicht. Dieses schreckliche Gefühl, dass die Zeit gegen ihn spielte, wurde stärker und stärker. Wenn bei seiner Operation etwas schiefgehen sollte, wäre er vielleicht nicht mehr in der Lage, Carole zu einem Sprung mitzunehmen. Und angesichts all der Hürden, die man bei jemandem in ihrem Zustand überwinden müsste, würden diese Verzögerungen vermutlich dazu führen, dass es nie dazu käme. Es wäre also eine gute Tat mit einer kleinen rebellischen Note.

»Gegen gute Taten hat doch keiner was einzuwenden. Die sorgen für gutes Karma«, sagte Leanne.

Der Pilot und die Lehrer waren alle seine Freunde, und Nathan wusste, dass sie es irgendwie schaffen würden, wenn er mit ihnen sprach. Es bestand durchaus die Möglichkeit, dass er niemals wieder springen konnte, daher bedeutete es keinen großen Unterschied für ihn, ob er Ärger bekam oder nicht, aber er wollte auf keinen Fall, dass seine Freunde ihren Job riskierten. Wenn sie das hier durchzogen, musste sichergestellt sein, dass sie nicht erwischt wurden.

»Ich könnte definitiv ein bisschen gutes Karma gebrauchen«, sagte Nathan, ohne näher darauf einzugehen. Er wollte sich nicht in die Karten schauen lassen. Niemand gab gern zu, dass ihm das Schicksal ein so schlechtes Blatt zugeteilt hatte, wie das, das er in seiner Hand hielt. Er würde weiter bluffen, solange er konnte.

Nathans Tagebuch

Das Problem war immer, dass sich mein Traum nie ändert. Es ist immer das gleiche Zimmer. Das gleiche Gefühl. Das gleiche Wissen darum, dass heute der Tag sein wird, an dem ich meinen letzten Atemzug tue.

Die sich wiederholenden Details rücken ihn ins Blickfeld – richten einen hellen Strahl auf die Fakten. Und dazwischen gibt es keine unbeschwerten Träume, um dieses Muster zu verändern.

Hin und wieder sind da kleine Abweichungen. Einige Träume enthüllen mehr Details als andere: ein Buch auf dem Nachttisch, ein Bild an der Wand, jemand, der um Hilfe ruft. Dann sind da die festen Bestandteile, die immer vorkommen: das Krankenhauszimmer, die Sauerstoffmaske und dieses Gefühl, wie das Leben aus meinem Körper entweicht. Das sind die Dinge, die sich nie verändern. Das sind die Bestandteile, auf die Verlass ist. Die Vertrautheiten, die mich glauben lassen, dass dies der Wahrheit entspricht. Dass ich in meinem Leben keine Alternative habe. Mein ganzes Leben habe ich mit dem Wissen verbracht, dass dies mein letzter Atemzug sein wird. Wie könnte es anders sein, wo ich doch niemals von einem normalen Leben geträumt habe … vom Campen oder Schwimmen oder davon, mich zu verlieben?

Ich habe mich bei Freunden erkundigt. Habe gegoogelt. Habe sogar Alexa gefragt. Alle haben das Gleiche geantwortet: Dass wiederkehrende Träume nichts Ungewöhnliches sind, aber dass es kein Normalfall ist, ein Leben lang denselben Traum zu haben. Und noch habe ich keine Selbsthilfegruppe für Menschen gefunden, die im gleichen Dilemma stecken wie ich.

In diesem einen Traum.

Auf Endlosschleife.

Die Luft, die fast jede Nacht zum letzten Mal aus meinen Lungen entweicht.

Wie also kann eine einzige Abweichung daraus einen völlig anderen Traum machen? Ein Detail alles verändern?

Krankenhauszimmer.

Um Atem ringen.

Babyweinen …

15

Vierzehnter Tag

Emma

Als Emma einen ganzen Tag nichts von Nathan hörte, versuchte sie sich einzureden, dass sie keineswegs beunruhigt war.

Doch sie war es.

Seltsam, dass jemand, den sie erst so kurze Zeit kannte, bereits eine so wesentliche Rolle in ihrem Leben spielte. Sie hatte mehr mit ihm geteilt als mit irgendjemandem sonst. Sie mochten sich noch nicht lange kennen, aber sie hatten bereits mehr durchgestanden als manch andere in ihrem ganzen Leben.

Sie rief sich in Erinnerung, dass sie sich gerade einmal vor zwei Wochen begegnet waren. Es war völlig normal, wenn sie nicht ständig etwas von ihm hörte. Schließlich waren sie kein Paar, lediglich Freunde. Es spielte keine Rolle, wenn er genauso schnell wieder aus ihrem Leben verschwand, wie er darin aufgetaucht war.

Aber es spielte doch eine Rolle. Es *musste* eine Rolle spielen.

Sie versuchte, sich mit einem Gang zum Laden an der Ecke von ihren Sorgen um Nathan abzulenken, aber vergebens. Natürlich brachte sie das näher zu dem Haus, in dem er wohnte und in dem sie den Grill abgeholt hatten … Wäre es unverschämt, dort aufzutauchen, in der Hoffnung, dass er zu Hause war? Zumindest wäre sie dann beruhigt, dass man ihn nicht erneut ins Krankenhaus eingeliefert hatte.

Es war eigentlich lächerlich, dass einem vierundzwanzig Stunden so lang vorkommen konnten. Gestern hatte sie ihrer Mutter verkündet, dass sie ihren Resturlaub genommen habe und deshalb ein paar Tage zu Hause sein würde. Schließlich hatte sie angefangen, ein Buch zu lesen und dabei viel zu oft auf ihr Handy geschaut. Nun war es Essenszeit, und sie war unorganisierter als üblich, ganz so, als wären sämtliche Rhythmen ihres Lebens aus dem Takt geraten.

Obwohl Emma eigentlich vorgehabt hatte, etwas für den Nachmittagstee einzukaufen, veranlasste sie ihr Drang, herauszufinden, ob es Nathan gut ging, in seine Straße einzubiegen. Aus Gewohnheit und weil sie die Hoffnung nicht aufgab, warf sie erneut einen Blick auf ihr Smartphone. Keine neuen Nachrichten. Sie stieß einen so lauten Seufzer aus, dass sie ein paar Vögel in einem nahe stehenden Baum aufscheuchte.

Das Problem bestand darin, dass ihre Besorgnis echt war. Die Verkettung von Umständen, unter denen sie sich kennengelernt hatten, führte dazu, dass alles Ungewöhnliche beunruhigend war.

Sie starrte eine Weile auf Nathans Haus und dachte darüber nach, ob es wirklich eine gute Idee war, an seiner Tür zu klopfen. Sie hatte keine Ahnung, was sie sagen sollte, wenn einer seiner Mitbewohner öffnete. Aber zumindest könnten sie ihr einen Hinweis geben, wo er steckte.

Emmas Handy zwitscherte in ihrer Tasche, und sie wäre beinahe vor Freude umgefallen, dass sie eine Mitteilung erhielt. Aber bei ihrem Glück war es wahrscheinlich bloß irgendeine Pizzawerbung.

Sie spürte geradezu körperlich, wie ihre Ängste nachließen, als sie feststellte, dass es eine Nachricht von Nathan war. Ihre Schultern senkten sich beim Lesen um mehrere Zentimeter. *Wo bist du?*, schrieb er.

Steh vor deiner Tür. Tut mir leid, hätte vorher anrufen sollen, antwortete Emma.

Ha, steh vor deiner! Möchte mit dir reden.

Emma zögerte keine Sekunde mit ihrer Antwort: *Komme!*

Sie flitzte los und schaffte die fünf Gehminuten in drei, wobei sie sich fragte, warum er von der Bildfläche verschwunden und nun mit einem Mal unangekündigt bei ihr aufgetaucht war.

Als sie am Timberley Drive ankam, sah sie Nathan schon von Weitem an der Gartenmauer ihres Hauses lehnen. Sobald er sie erblickte, kam er ihr entgegen.

Sie wäre am liebsten auf ihn zugerannt. Jetzt, wo sie sah, dass er wirklich da war und sie entgegen ihrer Befürchtungen nicht ignorierte, sehnte sie sich danach, ihm eine waschechte Demonstration ihrer Zuneigung zu geben. Aber etwas hielt sie zurück. Vermutlich das Wissen darum, dass er es nicht erwidern würde. Das hier war keine Szene aus *Dirty Dancing*, selbst wenn sie es sich so sehr gewünscht hätte.

Nathan hatte einen so federnden Gang, als hätte er zu viel Kaffee getrunken, und das Koffein schwirrte nun durch sein Blut im ganzen Körper herum.

»Alles okay bei dir?«, fragte sie ihn.

»Oh, ja! Mehr als nur okay. Ich glaube, ich hab's endlich rausgefunden.«

»Was hast du rausgefunden?« Die Antwort auf die Frage nach dem Sinn des Lebens? Falls ja, würde Emma sie gern hören.

»Dass ich auf jeden Fall Spenden sammeln will und wofür ich diese Spenden sammeln will.«

»Super! Und wofür?« Emma war sich nicht sicher, was sie tun sollte. Eigentlich war es eine Gelegenheit, ihn ins Haus zu bitten, aber da das Wohnzimmer gleichzeitig ihrer Mutter als Schlafzimmer diente, gab es kein anderes Zimmer außer ihrem eigenen mehr, wohin sie sich für ein Gespräch zurückziehen konnten. Und bisher hatte sich die Frage, ob sie einen Mann in diesen privaten Bereich hineinlassen sollte, noch nicht gestellt. Da sie mit ihrer Mutter zusammenwohnte, hatte sie nie jemanden so nah an sich herangelassen. Und das würde sie auch jetzt nicht tun, also musste es reichen, etwas verlegen auf dem Gehweg herumzustehen.

»Ich will sicherstellen, dass jeder, der einen Fallschirmsprung machen möchte, es auch tun kann, ohne dabei irgendwelche Hürden überwinden zu müssen. Ob sie nun physischer, sozialer oder finanzieller Natur sein mögen. Ich möchte dabei helfen, die Hindernisse für all diejenigen, die es ausprobieren wollen, abzubauen.«

»Klingt toll. Ich bin sicher, dass es eine Menge Leute gibt, die sehr gern einmal die Chance dazu hätten. Weißt du schon, wie du das Geld dafür zusammenbekommen willst?« Emma bewunderte seine Leidenschaft.

»Damit habe ich mich heute beschäftigt. Ich habe mir mal genauer angesehen, wie man eine Hilfsorganisation gründet.

»Und wie sieht's aus?«

»Sollte machbar sein. Und ich bin zuversichtlich, dass es mit dem Sprung deiner Mutter schon früher klappen wird. Meinst du, es ginge morgen Abend?«

»So bald schon?« Bei dem Gedanken daran bildeten sich

Schweißtröpfchen auf Emmas Oberlippe. Sie vermochte nicht mit Nathans Eifer Schritt zu halten. »Wieso die Eile?«

Nathan legte eine Hand auf Emmas Schulter. »Ich würde den Sprung wirklich gern mit ihr machen, und es könnte sein, dass mich mein Chef aus dem Sprungteam rausnimmt, wenn er von meiner Panikattacke erfährt. Mir bleiben nur zwei Tage, bis er wieder da ist, und morgen ist der einzige Tag, an dem ich darauf vertrauen kann, dass alle Beteiligten dichthalten und wir die Hilfe bekommen, die wir benötigen. Bevor er dann das nächste Mal nicht da ist, habe ich schon meinen OP-Termin, und wenn er davon erfährt, wird er mich erst einmal aus dem Verkehr ziehen.«

»Soll das heißen, dass die Sache nicht ganz legal ablaufen wird?«

»Könnte man so sagen.«

»Oh.« Emma war durchaus dafür, das Leben voll auszukosten, aber sie war sich nicht sicher, ob dieser Grundsatz auch bei ihrer Mutter zur Anwendung kommen sollte. »Ist es denn sicher für sie?«

»Ich würde niemals mit ihr springen, wenn ich irgendwelche Bedenken hätte. Also ja, in ihrem derzeitigen Zustand ist ein Tandemsprung sicher für sie. Und was mich betrifft, so war die Panikattacke eine einmalige Sache. Aber sollte ich irgendwelche Probleme haben, werde ich einen meiner Kollegen bitten, meinen Platz einzunehmen. Ich möchte es aber machen. Wenn das meine letzte Chance sein sollte, noch einmal zu springen, dann möchte ich diesen Sprung deiner Mutter schenken.« Nathan blickte zum Haus hinüber. »Und dir«, fügte er hinzu.

Emma wusste nicht, was sie sagen sollte. Ihr schossen so viele Dinge durch den Kopf. Sie war sich nicht sicher, ob ihr die Vorstellung gefiel, dass die Sache »nicht ganz legal« war oder dass ihre Mutter durch die Luft sausen würde. Aber andererseits war Nathan so großzügig gewesen, das Ganze zu organisieren, und es war etwas, das ihre Mutter gern tun wollte. Also wer gab Emma das Recht, dem Ganzen im Wege zu stehen?

»Was hältst du davon?«, fragte Nathan, der ihrem Gesicht offensichtlich ihre Besorgnis ansah.

»Die Entscheidung liegt nicht bei mir. Du musst mit meiner Mutter reden und schauen, ob sie damit klarkommt. Sie mag zwar gesagt haben, dass sie es gern machen würde, aber ihr war wahrscheinlich nicht klar, dass du gleich losziehen und dermaßen schnell etwas auf die Beine stellen würdest.«

»Sollen wir reingehen und mit ihr sprechen? Wäre das okay?«

Trotz ihres Zögerns sah Emma ein, dass es ihr nicht zustand, dem Leben ihrer Mutter mit all seinen Einschränkungen noch weitere hinzuzufügen. Wenn sich diese Gelegenheit bot, dann war es allein ihre Sache, ob sie die Möglichkeit ergriff oder nicht. »Ja, lass uns reingehen. Finden wir's heraus.«

»Klasse«, erwiderte Nathan strahlend. Wenn sie doch etwas von seiner Begeisterung abhaben könnte!

»Mum, wir haben Besuch«, rief Emma, als sie mit Nathan das Haus betrat.

Wie auch immer die Entscheidung ihrer Mutter ausfallen würde, es wäre zumindest eine Ablenkung von der Riesenhürde, die Emma morgen nehmen musste. Denn selbst wenn die beiden vorhätten, morgen aus einem Flugzeug zu springen, wäre das nicht die furchterregendste Sache, die Emma bevorstand.

Die furchterregendste Sache wäre das, wovon sie sich die

ganze Zeit über abzulenken versucht hatte. Nämlich das, was auf sie zukam, ob sie es nun wollte oder nicht. Die Sache war nicht mehr länger etwas Abstraktes, sondern inzwischen gab es einen Termin mit einem konkreten Datum und einer konkreten Zeit.

Morgen würde sie herausfinden, wie sehr ihre Welt ins Wanken geraten könnte.

Nathans Tagebuch

Wenn etwas einmal passiert, ist es eine Ausnahme. Eine verrückte Begebenheit. Man kann andere Faktoren dafür verantwortlich machen kann.

Aber wenn etwas zweimal passiert, ist es ein Muster. Zweimal ist ein Indikator dafür, dass sich Dinge verändert haben. Ich weiß bloß nicht wie. Und es macht mir Angst, dass ich keine Ahnung habe, was dieser Traum bedeutet oder was ich deshalb unternehmen soll.

Krankenhauszimmer.

Um Atem ringen.

Babyweinen.

16

Fünfzehnter Tag

Emma

Emma hätte Nathan bitten sollen, mitzukommen. Es war doch eigentlich selbstverständlich, dass man zu einem solchen Termin moralische Unterstützung mitnahm. Sie war sich sicher, dass er mitgekommen wäre, wenn sie ihn darum gebeten hätte.

Nun saß sie im Wartebereich und fragte sich, warum sie es nicht getan hatte. Alles, was dagegen gesprochen hatte, kam ihr in diesem Moment so belanglos vor.

Im Grunde hatte sie ihn nur deshalb nicht gefragt, weil sie zu der Entscheidung gelangt war, dass es hierbei um ihren eigenen Kampf ging. Nathan musste sich schließlich seinen eigenen Herausforderungen stellen, und sie hatte ihn bereits zu sehr in die Sorgen ihrer Welt hineingezogen. Warum sollte er ihrer Mutter sonst zu einem Fallschirmsprung verhelfen?

Jetzt war es zu spät, um ihn zu fragen. Und vielleicht war es auch gar nicht so schlecht, dass sie es allein durchstand. Das erforderte immerhin Mut. Und wenn sie die Einzige war, die die Wahrheit kannte, könnte sie noch ein wenig länger die Augen davor verschließen.

Jemand ließ sich auf den Stuhl neben ihr plumpsen.

»Ich dachte, du könntest vielleicht eine Ausgabe von *Robot Wars Monthly* gebrauchen.«

Dieses Mal zögerte Emma nicht und umarmte Nathan. Es war ihr egal, was er und die anderen Leute um sie herum dachten. Sie war noch nie so froh gewesen, jemanden zu sehen. Die Erleichterung durchflutete ihren Körper wie eine Welle, und für eine Weile ließ sie es einfach zu, dass er sie festhielt.

Als sie ihre Fassung wiedererlangt hatte, war da ein kleiner, feuchter Fleck, wo ihr Kopf an seiner Schulter gelehnt hatte.

Nathan legte ihr die besagte Zeitschrift auf den Schoß.

Emma wandte ihre Aufmerksamkeit dem Heft zu, stellte aber rasch fest, dass er eine eigene Ausgabe zusammengebastelt hatte. »Was ist das?«

Das Heft war wie ein altes Schulbuch in eine selbst fabrizierte Titel- und Rückseite eingeschlagen. Aber darin befand sich eine Ausgabe der Programmzeitschrift *Radio Times*, in der die Sendezeiten von *Robot Wars* mit einem neonpinken Textmarker eingekreist waren.

»Das ist eine Testausgabe. Ich persönlich finde, dass da noch einiges dran zu tun ist.«

Das reichte aus, um sie vor Emotionen zerfließen zu lassen, doch Emma riss sich zusammen – das musste bis später warten. Für den Moment war er ein heller Hoffnungsstrahl in einem Wartebereich, in dem es an so etwas mangelte.

Hätte die Möglichkeit bestanden, zu einem Termin beim Onkologen Kriegsbemalung zu tragen, hätte Emma diese extra dick aufgetragen und Nathan auch noch damit bedacht. Aber trotz all der Tapferkeit, die sie aufzubringen versuchte, gab es nichts, was einem mehr Stärke verlieh als das Wissen darum, dass es eine Hand zum Festhalten gab.

Als sie aufgerufen wurde, kam es ihr vor, als würde sie in eine aufrechte Position hinaufschweben. Denn es war weniger

Tapferkeit, was sie empfand, sondern vielmehr war sie überwältigt davon, dass all dies wirklich geschah.

»Soll ich mit reingehen?«

Emma nickte. Sie brauchte jemanden, der sie auf dem Boden hielt, während sie durch die Flure dahintrieb in das Sprechzimmer, in dem sie ihr Schicksal erwartete.

Sie nahm alles um sie herum wahr: die Poster an den Wänden, das Kunststoffskelett in der Ecke, das alles im Auge zu behalten schien, die medizinischen Geräte zur Überprüfung von Reflexen und Blutdruck, die zusammen mit einer Reihe von Alles-halb-so-schlimm-Instrumenten ausgelegt waren.

Es sah genauso aus wie in jedem anderen Arztsprechzimmer, in dem sie bisher gewesen war. Und doch war das hier anders. Mit jedem Herzschlag vernahm sie Worte, die sie bislang noch nie mit sich selbst in Verbindung gebracht hatte. *Drittes Stadium. Strahlentherapie. Operation. Chemo.* Jede neue Information ließ das Hämmern in ihrer Brust lauter werden, bis sie kaum noch in der Lage war, etwas aufzunehmen.

»In Ihrem Fall sind wir der Ansicht, dass die beste Vorgehensweise zunächst in einer einseitigen Brustamputation und Wiederaufbau mit anschließender Chemotherapie besteht.«

Emma nickte, obwohl ihr Kopf benebelt war, wie betäubt.

»Ich weiß, das ist eine Menge zu verarbeiten.«

Sie war sich nicht sicher, ob sie überhaupt in der Lage war, irgendetwas zu verarbeiten. Es war, als würde sie sich von all dem nur berieseln lassen. Als wollte sie in dem Augenblick überhaupt keine Details aufnehmen. Es war schon schwer genug, die Tatsache an sich zu begreifen.

»Vermutlich sind Sie sich bewusst, dass es bei der Chemotherapie zu Nebenwirkungen kommen wird, unter anderem zum Verlust der Haare. Außerdem besteht die Möglichkeit, dass sie Ihre Fruchtbarkeit beeinträchtigt. Da Sie und Ihr Partner beide jung sind, ist dies etwas, das wir im Hinblick auf die zukünftige Vorgehensweise diskutieren müssen.«

Emma und Nathan schauten einander an, sagten aber nichts.

»Haben Sie irgendwelche Fragen?«

Emma hatte es die Sprache verschlagen und sie blickte hilfesuchend zu Nathan hinüber.

»Wir brauchen wohl etwas Zeit, um das alles zu verarbeiten«, erklärte er und griff nach ihrer Hand.

»Natürlich. Wie schon gesagt, es gibt eine Menge zu bedenken. Sollten Sie zu irgendeinem Zeitpunkt Fragen haben oder über das Erörterte sprechen wollen, finden Sie unsere Telefonnummern auf den Infoblättern, die Sie von uns erhalten haben. Ansonsten gehen wir Ihre Fragen und Anliegen bei Ihrem nächsten Termin durch. Es könnte hilfreich sein, wenn Sie alles aufschreiben, was Ihnen in der Zwischenzeit einfällt, damit wir es dann besprechen können.«

Emma hielt bereits ein Blatt Papier in der Hand. Eins der Infoblätter, um das es ging. Sie hatte keine Erinnerung daran, wie es dorthin gekommen war.

Sie wollte doch nur, dass sie ihre Brustwarze wieder in Ordnung brachten, doch die Hoffnung, möglicherweise mit einem kosmetischen Eingriff davonzukommen, hatte sich in dem Moment zerschlagen, als sie bei ihrem Eintreten die Brustkrebsschwester erblickt hatte.

Es war Krebs.

Kriegsbemalung war vonnöten.

17

Nathan

Nicht unterkriegen lassen, lautete Nathans Devise. Wann immer er sich einem Problem gegenübersah, ging er es direkt an. Man durfte nicht zulassen, dass einem das Leben im Weg stand. Es gab oft Hindernisse zu überwinden, wenn Menschen etwas zu erreichen versuchten, und es war nur allzu leicht, an diesen Hürden aufzugeben.

Emmas Diagnose war bloß eine Hürde.

Sie hatten gewusst, dass es wahrscheinlich Krebs war.

Aber irgendwie machte es das auch nicht leichter.

Die Tatsache, dass ihn das Ergebnis so betroffen machte, bedeutete, dass er offenbar viel mehr für Emma empfand, als er zugeben wollte. Er hatte keine Ahnung, wie sich diese Gefühle an ihn herangeschlichen hatten. Eigentlich war er durchaus dafür, sich in etwas hineinzustürzen – insbesondere in seinem Beruf –, aber nicht, wenn es um Beziehungen ging. Und nun empfand er überraschenderweise etwas für jemanden, den er erst vor ganz Kurzem kennengelernt hatte.

Da er immer noch mit seinen eigenen Sorgen wegen dieses Knotens in seiner Brust beschäftigt war, ließ sich an solche Gefühle gar nicht denken – das würde ein furchtbares Durcheinander geben. Heute ging es darum, den Traum eines anderen

Menschen wahr werden zu lassen. Nicht darum, egoistisch zu sein.

Zumindest hatte er in seinem Leben das getan, was er wollte – ohne sich darum zu scheren, was andere von ihm dachten. Vielleicht war dies eine Gabe, die er seinem Traum verdankte, der ihm den Kampfgeist verliehen hatte, nie ein »Nein« zu akzeptieren, immer das zu erreichen, was er sich vorgenommen hatte und sich nichts gefallen zu lassen. Oder vielleicht lag es auch daran, dass er keine ihm nahestehende Familie hatte. Inzwischen gab es niemanden mehr, der ihn mahnte, auf sich aufzupassen. Sein ganzes Leben lang hatte er als ein waghalsiger Unruhestifter gegolten und er wäre überaus froh, wenn er diesen Ruf noch eine Weile aufrechterhalten könnte.

Deshalb war er froh, dass er das hier heute machte. Emma befand sich immer noch in einer Art Schockzustand und sie beide konnten eine Ablenkung gut gebrauchen. Egal, wie viel Vorschriften er dafür auch verletzen musste, er würde nicht zulassen, dass ihm irgendwelche Hindernisse im Weg standen, um es zu verwirklichen. Komme was wolle, Emmas Mutter würde heute mit dem Fallschirm aus einem Flugzeug springen.

Vier Mitarbeiter waren in diesen Sprung am späten Abend involviert. Mehr Leute, als Nathan ursprünglich miteinbeziehen wollte, aber gewisse Dinge ließen sich ohne die Hilfe von Freunden nicht ermöglichen. Er war nicht so töricht zu versuchen, das Flugzeug selbst zu fliegen.

Es war bereits dunkel. Die Februarabende brachen früh herein. Glücklicherweise war der Himmel klar, und der Abend bot trotz der Kälte perfekte Sprungbedingungen, denn ein heller Silbermond und ein Baldachin glitzernder Sterne warteten auf sie. Schon bald würden alle eintreffen. Er hatte Emma nach dem Termin im Krankenhaus nicht allein lassen wollen, aber sie hatte darauf bestanden, und er musste früh hier sein, um sicherzustellen, dass alles bereit war.

Alberto, der Pilot und die beiden anderen Sprunglehrer, Tim und Antonio, würden in Kürze zurückkehren. Sie hatten zugestimmt, wie gewohnt Feierabend zu machen, einen Happen zu essen und dann zurückzukommen, um sich vorzubereiten. Leanne würde sich ihnen ebenfalls wieder anschließen, sodass sie auch noch jemanden auf dem Boden hatten.

Als Nathan gerade den ersten Teil der Sicherheitschecks hinter sich gebracht hatte, platzten Antonio und Tim mit Leanne im Schlepptau zur Eingangstür herein.

»Seid ihr euch bei dieser Sache auch ganz sicher, Leute?« Nathan wandte sich damit auch an Leanne. Sollten seine Kollegen irgendwelche Bedenken haben, wäre nun der richtige Zeitpunkt, das Ganze abzublasen. Er wollte niemanden in Schwierigkeiten bringen, aber natürlich bestand diese Möglichkeit dennoch.

»Die Videoüberwachung ist ausgeschaltet. Ich habe eine zusätzliche Tankfüllung bestellt. So lange das hier unter uns bleibt, wird Derek nie erfahren, dass es überhaupt stattgefunden hat«, erklärte Leanne.

»Alles cool«, sagte Antonio.

»Kein Problem«, fügte Tim hinzu.

Nathan nickte entschlossen, um zu bestätigen, dass sie die Sache gemeinsam durchziehen würden – als ob diese eine Geste dafür sorgen würde, dass alles wie geschmiert lief.

Genau in diesem Moment trafen Emma und ihre Mutter ein. Alle versuchten, sogleich zu helfen, indem sie Türen aufhielten.

»Willkommen, junge Frau. Sind Sie bereit für das Abenteuer Ihres Lebens?«, begrüßte sie Antonio mit seinem üblichen dick aufgetragenen Charme.

»Sie sprechen wohl mit meiner Tochter«, sagte Emmas Mutter kichernd.

»Ihrer Tochter? Nein, nein, Sie sind doch noch viel zu jung, um eine Tochter zu haben.« Antonio ergriff Caroles zitternde Hand, hauchte ihr einen Kuss auf die Fingerknöchel und warf ihr dabei einen glühenden Blick aus seinen dunklen Augen zu, bei dem die Frauen für gewöhnlich weiche Knie bekamen.

Nathan konzentrierte sich auf Emma, die mit großen Augen, in denen ein verlorener Ausdruck lag, diesen für sie fremden Ort betrachtete. Er zog sie an sich und legte seinen Arm um ihre schmale Taille. Kam nicht infrage, dass Antonio mit allen Frauen flirtete.

Im ersten Moment war da bei ihr ein Widerstand – ein Verweis darauf, dass dies angesichts dessen, was gerade in ihrem Leben vor sich ging, weder der richtige Zeitpunkt noch der richtige Ort war. Doch dieser leise Widerstand war lediglich für den Bruchteil eines Augenblicks spürbar, bevor sie ihrem Bedürfnis nachgab, gehalten zu werden.

»Komm, lass uns Kaffee machen, damit jeder vorher noch einen trinken kann.« Er zog Emma mit sich Richtung Personalraum, denn ihm war bewusst geworden, dass sie besser nicht in der Nähe ihrer Mutter blieb, sollte sie seine Umarmung zum Weinen bringen.

»Alles wird gut«, sagte er, wiederholte die Worte, die in so ungewissen Zeiten oftmals verloren gingen. »Wir werden das zusammen durchstehen.« Er legte seinen Finger unter ihr Kinn – und das nicht nur um ihretwillen. Sie musste das nicht allein bewältigen. Er würde für sie da sein. »Hast du es deiner Mutter schon erzählt?«

Es würde wohl nie einen guten Zeitpunkt geben, um es ihr zu sagen, aber Nathan war der Ansicht, dass es momentan, wo sie in Kürze aus einem Flugzeug springen würde, mit Sicherheit der falsche Moment wäre.

»Nein. Ich möchte erst ein paar Dinge für sie regeln, bevor ich das tue.« Emma wischte mit ihrem Gesicht an seinem Ärmel entlang und entfernte dabei jegliche Spur, die darauf hindeutete, wie aufgewühlt sie in Wahrheit war. »Ich möchte im Augenblick nicht darüber nachdenken. Wir sollten uns lieber damit beschäftigen, dass du und meine Mutter völlig verrückt seid.« Sie brachte ein kleines Lächeln zustande.

»Ganz sicher? Denn wir müssen das hier nicht tun.«

»Natürlich bin ich mir sicher. Heute braucht es etwas Verrücktheit zur Verbesserung der Prognosen.« Emmas Lächeln wurde breiter, und das reichte ihm, um zu wissen, dass das hier in Ordnung ging. Egal, welche Nachrichten sie auch heute erhalten hatten, sie würden sie auf ihre eigene Art und Weise bewältigen.

Sie war diejenige, die trotz aller Widrigkeiten lächelte.

Als er ihr verhaltenes Lächeln sah, zog Nathan sie näher an sich. Er empfand mehr für sie, als er es jemals für möglich gehalten hatte. Es schmerzte, sie leiden zu sehen.

In Wahrheit wusste er, dass es hierbei nicht wirklich darum gegangen war, Caroles Wunsch zu erfüllen, einmal mit dem Fallschirm aus einem Flugzeug zu springen, sondern allein darum, sich zu beschäftigen. Und es war auch nicht darum gegangen, zu beweisen, dass er durchaus uneigennützig sein konnte, selbst wenn sein bisheriges Leben dies nicht vermuten ließ.

Und es war hierbei auch nicht um den Versuch gegangen, Carole auf seine Seite zu ziehen, indem er unter Beweis stellte, dass alles möglich war. Hierbei ging es einzig und allein darum, der Frau, in die er sich gerade verliebte, einen Grund zu liefern, daran zu glauben, dass wirklich alles wieder gut werden würde. Dass egal, wie unmöglich es jetzt noch scheinen mochte, sie am Ende siegen würden.

Alles würde wieder gut werden.

Alles musste wieder gut werden.

18

Es war alles okay.

Bei diesem Sprung stand mehr auf dem Spiel. Und da dies vermutlich sein letzter sein würde, wollte Nathan nicht, dass irgendetwas schiefging. Falls doch, würden sie Ärger bekommen, und es bestand die Gefahr, dass neben den üblichen Risiken, die immer drohten, wenn sich Leute bei rund zweihundert Kilometern in der Stunde aus einem Flugzeug warfen, auch noch der Job auf dem Spiel stand.

Solche Bedenken verschwanden, sobald sie gesprungen waren. Dann waren da nicht einmal mehr Gedanken, da war nur doch dieses herrliche Gefühl zu fallen.

Der Windschwall.

Das Vibrieren der Gliedmaßen, die gegen die Kräfte ankämpften.

Das Adrenalin, das durch die Adern pumpte.

Dieses Gefühl, als würde es ihm bei dem Versuch, die Kontrolle zu behalten, den Magen umdrehen.

Die Spannung in seinem Arm, als er den Hilfsschirm zog, um ihren Fall zu stabilisieren.

Wuuusch! Für eine Sekunde kam einem jeglicher Sinn abhanden.

Aber dieses Mal lag der Zauber nicht in dem, was er schon Hunderte Male erlebt hatte, sondern wie sich der Körper von Emmas Mutter verhielt.

Denn entgegen seiner Befürchtung, dass irgendwelche Probleme auftreten könnten, verschwanden ihre unwillkürlichen Muskelzuckungen, und sie breitete ihre Arme aus wie ein Vogel im Flug.

So anmutig, so frei, wie er es noch niemals zuvor gesehen hatte.

Fallschirmspringen war ein Geschenk, das Nathan nie wirklich ganz und gar zu schätzen gewusst hatte. Er war immer nur darauf aus gewesen, irgendetwas Waghalsiges zu tun. Nun, da er diese Freiheiten schon sehr bald nicht mehr haben würde, schien es, als ob all seine Sprünge zu dieser einen letzten, ergreifenden Erinnerung verschmolzen, bei der er vom Himmel herabstürzte.

Als er den Anblick des tiefschwarzen, mit funkelnden Sternen übersäten Himmels in sich aufnahm, kamen ihm beinahe die Tränen. Wenn ihm wirklich nur noch wenig Zeit blieb, würde er für zwei Dinge sorgen, so lange er noch auf dieser Erde weilte.

Erstens dafür, dass sich Emmas Herzenswunsch erfüllte, einmal diesen komischen Puffin zu sehen.

Zweitens dafür, dass Emma das hier überlebte, auch wenn er selbst es nicht schaffen würde. Einem von ihnen musste es einfach gelingen.

19

Emma

Emma hatte genug davon, drinnen im Aussichtsbereich zu bleiben, und wagte sich vor die Tür, um ein Fleckchen zu finden, an dem sie warten konnte. Leanne hatte gesagt, dass es in Ordnung wäre, wenn sie rausginge, aber sie selbst musste wegen der notwendigen Sicherheits-Checks am Empfangstresen bleiben.

Es tat gut, draußen zu sein. Ein frostiger Wind wehte ihr ins Gesicht und erinnerte sie daran, dass sie am Leben war. Vielleicht wusste sie es mehr zu schätzen, an der frischen Luft zu sein, weil sie im Moment so viel Zeit drinnen verbrachte. Der Wind war dermaßen kalt, dass es sich anfühlte, als gieße ihr jemand eine eisige Flüssigkeit über die Wangen, deren Kälte sich aber sogleich wieder verflüchtigte. Doch es war genau das, was sie gerade brauchte!

Und dann, mit einem Mal, hörte sie es. Anfangs nur ganz leise, doch dann immer lauter und deutlicher …

»Huiiiiiiiiiiiiiiiiiiiiiiiiiiiiiii!«

Es kam vom Himmel über ihr und war unverkennbar ihre Mutter, die sich auf dem Rückweg zur Erde befand.

Emmas Blick folgte dem Geräusch, und es dauerte nicht lange, bis sie die Gestalten in der Luft ausmachte.

Sie hatte sich den einen oder anderen schlechten Ausgang dieser Aktion ausgemalt: Einmal wurde ihrer Mutter dabei in der Luft übel, ein anderes Mal zog sie sich bei der Landung einen Knochenbruch zu, oder Nathan erlitt eine weitere Panikattacke. Doch als sie nun sah, wie sich die beiden unaufhaltsam der Erde näherten, wurde ihr klar, dass das Gegenteil der Fall war. Im gleißenden Flutlicht wirkten sie wie ein mächtiger Adler, der im Sturzflug in eine Arena herabschoss. Nichts vermochte sie aufzuhalten, und das Freudengeschrei ihrer Mutter hallte von überall her wider. Emma hätte es am liebsten aufgenommen und für immer behalten. Was für ein Moment! Ein Moment, den es zu bewahren galt, den man sich zusammengefaltet in die Tasche steckte und nie wieder hergab.

Während sie der Erde immer näher kamen, spürte Emma, wie ein Gefühl der Erleichterung ihren Körper durchströmte.

Nathan manövrierte den Schirm mit Leichtigkeit zur Landung. Die schmale Gestalt ihrer Mutter war zusammengerollt wie die eines Kindes, doch Nathans Beine waren lang genug, das Manöver ohne ihre Hilfe durchzuführen. Ihre Landung glich eher Einhörnern, die langsam über weiche, flauschige Kissen galoppierten, als irgendeinem der zahlreichen Katastrophenszenarien, die Emma sich vorgestellt hatte.

Während sie dem Freudengeschrei ihrer Mutter zugehört hatte, war ihr klar geworden, dass sie genau das auch für sich wollte. Nicht etwa das Fallschirmspringen – so verrückt würde sie in absehbarer Zeit nicht werden, Krebs hin oder her –, aber dieses Gefühl. Diese rückhaltlose Freude. Diese Freiheit.

Mit diesem Gedanken gesellte sich Emma zu den beiden wichtigsten Menschen in ihrem Leben, legte sich neben sie und blickte gemeinsam mit ihnen zu den Sternen auf. Ihre Hand umfasste die ihrer Mutter, während Nathan seine starke Hand auf Emmas Schulter legte. Auch wenn sie selbst nicht durch die Luft geflogen war, spürte sie dennoch, wie das Adrenalin in diesem Moment durch die Adern der beiden schoss. Nun, da sie wieder auf dem Boden waren, baute es sich ab. Und während dieser Rausch überall um sie herum nachließ, vermochte Emma Orion am Himmel auszumachen. Das Sternbild funkelte heller als jemals zuvor, ganz so, als ob die Energie, die sie mit ihrem Fallschirmsprung erzeugt hatten, es mit einer zusätzlichen Intensität auflud. Als hätte ihr Sprung die Sterne irgendwie näher gebracht. Als hätten die Sterne das Wunder, das hier geschehen war, bemerkt.

»Das war der Wahnsinn! Ihr zwei wart wirklich großartig!«

Emmas Leben hatte definitiv mehr Großartiges nötig, doch in diesem Augenblick versuchte sie all das Großartige in diesen geliebten Menschen wertzuschätzen. Der restliche Unsinn des Lebens verdiente es, ignoriert zu werden. Zumindest für den Moment. Denn zurzeit waren sie ganz allein damit beschäftigt, den Zauber des Nachthimmels in sich aufzunehmen.

Nathans Tagebuch

Ist es verrückt, froh zu sein, dass es mein letzter Sprung war? Eigentlich dachte ich, ich würde bei der Vorstellung, niemals wieder die Möglichkeit dazu zu haben, am Boden zerstört sein. Mich fühlen, als hätte ich eine Gliedmaße verloren … Stattdessen verspüre ich Erleichterung.

Ich muss kein Adrenalinjunkie mehr sein, angetrieben von der Berauschtheit anderer. Habe nicht länger mehr das Bedürfnis, den Extremen nachzujagen. Und darüber bin ich froh. Denn manchmal ist es gar nicht so schlecht, wenn etwas zu Ende geht. Manchmal liegt darin auch eine Chance.

Ich wünschte, das mit dem Traum ließe sich ebenso lapidar klären. Aber das ist schwer vorstellbar, wenn etwas so lange Zeit in deinem Kopf präsent gewesen ist. Wenn es doch nur mal eine Woche gäbe, in der er mir nachts keine Gesellschaft leistet, dann würde ich vielleicht erkennen, wie albern es ist, an das zu glauben, was meine Fantasie da fabriziert.

Ich wünschte, es würde enden und mir einen Neuanfang ermöglichen.

Stattdessen werde ich immer und immer wieder an meine eigene Sterblichkeit erinnert. Daran, dass dies das Jahr ist, in dem alles endet.

Und was soll ich von dieser Veränderung halten? Von dem Babyweinen in meinem Traum? Denn ich komme nicht umhin zu glauben, dass dies alles aus einem Grund geschieht. Warum sonst würde ich jedes Mal sterben, wenn ich träume? Warum sonst würde dieses Baby weinen, wenn nicht, damit mich mein Gewissen zwickt?

Heute geht es dem Knoten an den Kragen. Und es graut mir davor. Denn es ist vielleicht auch der Tag, an dem der Traum Wirklichkeit wird …

20

Zwanzigster Tag

Nathan

»Es muss doch bessere Transportmöglichkeiten geben als das hier«, sagte Nathan. Heute stand bei ihnen ein Doppel auf dem Programm. Emma hatte ihren Folgetermin und Nathan seine OP.

Sein Magen grummelte. Er durfte vor dem Eingriff nichts essen, aber er wusste bereits, dass er der Letzte auf der Liste sein würde, sie ihn freundlicherweise ganz nach hinten geschoben hatten, damit er Emma noch zu ihrem Termin begleiten konnte.

Wie sich herausstellte, hatte es eine Menge Vorteile, dass das medizinische Personal glaubte, sie seien ein Paar.

»Jetzt sind wir aber nun mal im Bus, also hör auf zu jammern. Außerdem ist es gut für die Umwelt.«

Nathan wollte nicht, dass sie ihn für einen Snob hielt, aber es roch hier eindeutig nach Urin, und er hatte keine Ahnung, ob das von den Polstern kam oder von dem Typen ein paar Reihen vor ihnen.

Vermutlich war es überflüssig gewesen, heute Morgen mit dieser antibakteriellen Lösung zu duschen, die ihm das Krankenhaus mitgegeben hatte, weil sich gerade Dutzende von Keimen auf ihn stürzten. Das Auto hatte aber nicht zur Debatte gestanden, weil er auf dem Rückweg nicht fahren durfte und

Emma nicht den Mut hatte, sich ans Steuer einer so alten Karre wie der seinen zu setzen. Da er bisher sonst keiner Seele von der Sache erzählt hatte, waren sie zu der Entscheidung gelangt, niemanden um Hilfe zu bitten. Und obwohl Emma inzwischen ihre Ergebnisse kannte, wollte sie sich erst noch darum kümmern, dass die Pflege ihrer Mutter weiterhin gesichert war, bevor sie es ihr sagte, damit Carole wenigstens eine Sorge weniger hatte.

»Versprich mir, dass wir auf dem Rückweg ein Taxi nehmen. Mit einer offenen Wunde übersteht man so eine Keimschleuder nicht.«

»Ich glaube kaum, dass man es als offen bezeichnen kann, wenn etwas zugenäht und verbunden ist.«

»Trotzdem, es wäre meiner Genesung mit Sicherheit zuträglicher, wenn ich mir das hier auf dem Rückweg ersparen könnte.«

»Eine gewisse Herausforderung für das Riechorgan, nicht wahr?«

»Eine starke.«

Ihre Witzeleien über den Uringeruch brachten Nathan zum Lächeln. Er hätte nicht gedacht, dass dies an einem Tag wie diesem möglich wäre. Seine übertriebene Besorgnis wegen des eigentlich unkomplizierten Eingriffs machte ihm zu schaffen. Es war schließlich keine große Operation. Nicht einmal annähernd zu vergleichen mit der Brustamputation, die sie heute mit Emma besprechen würden. Aber da war diese dunkle Wolke, die zurzeit ständig über ihm zu schweben schien ... Dies war das Jahr, in dem er sterben würde.

»Ich muss erst in einer Dreiviertelstunde da sein. Lass uns hier aussteigen. Wir haben noch genug Zeit, um den Rest zu Fuß zu gehen«, schlug Emma vor.

Ihre Worte rissen ihn aus seinen melancholischen Gedanken. Sie hatten den früheren Bus genommen, um sich nicht zu verspäten. Er hatte keine Ahnung, warum sie eine solche Eile an den Tag legten, um zu einem Termin zu erscheinen, auf den sie beide am liebsten verzichtet hätten. »Dann nichts wie raus hier.«

Sobald sie aus dem Bus ausgestiegen waren, nahmen sie beide erst einmal einen tiefen Atemzug in der frischen Luft.

»Ich glaube, ich hatte, seit wir in den Bus eingestiegen sind, nicht mehr richtig eingeatmet. Du hast Glück, dass ich nicht ohnmächtig geworden bin!«, sagte Nathan. Das war kein Scherz. In Anbetracht seiner jüngsten Erfahrung mit Panikattacken sollte er es tunlichst vermeiden, seinem Körper den nötigen Sauerstoff vorzuenthalten.

»Ging mir auch so. Es gibt nicht viel, was so widerlich riecht, dass man am liebsten gar nicht mehr einatmen würde.« Emma hatte die Figur einer Ballerina. Sie aufzufangen wäre kinderleicht, aber es wäre wenig hilfreich, wenn er anschließend neben ihr umkippte.

Nachdem sie beide ein paar Mal tief eingeatmet hatten, machten sie sich auf den Weg die Anhöhe hinauf Richtung Krankenhaus. Verschwitzt dort anzukommen machte sein morgendliches Duschen zwar ebenso zunichte, war aber immer noch besser, als in dem Bus zu bleiben, wo er sich Gott weiß was hätte einfangen können.

Es war kein steiler Anstieg, hatte also nichts mit sportlicher Betätigung zu tun. Aber in letzter Zeit schien ihm irgendwie alles schwerer zu fallen. Als ob dieser kleine Knoten derart auf ihm lasten würde, dass selbst die einfachsten Aufgaben erschwert wurden.

Ungeachtet dessen, wie er sich fühlte, waren überall Anzeichen für ein Frühlingserwachen zu entdecken. Die Zweige der Kirschbäume füllten sich mit kleinen rosafarbenen Knospen, was ein deutlicher Hinweis war für einen Beginn des neuen Jahreszeitenzyklus war.

Nathan schob seine Hand in Emmas. Er tat es, ohne groß darüber nachzudenken, aber als er es tat, spürte er, dass es das Richtige war. Sie würden das alles zusammen durchstehen. Und er wollte sichergehen, dass ihr das mittlerweile klar geworden war. »Wie fühlst du dich?«

»Sollte ich das nicht eigentlich dich fragen?«

»Ich glaube, wir haben beide das Recht, dem anderen diese Frage zu stellen.« Nathan war bewusst, dass sie seiner Frage auswich. Und er konnte es ihr nicht einmal verübeln. *Wie fühlst du dich?* war angesichts dessen, was ihnen bevorstand, eine ausgesprochen blöde Art, ein Gespräch zu beginnen.

»Es fühlt sich irgendwie gar nicht real an. Mein Gehirn scheint das Ganze für undenkbar zu halten. Ich bin auf dem Weg zu einem Termin, bei dem es darum geht, mir die Brust abnehmen zu lassen. Das ist nicht im Entferntesten das, was ich an diesem Punkt in meinem Leben eigentlich erleben sollte.«

»Das erinnert mich daran, dass wir uns erkundigen sollten, ob es in Ordnung ist, wenn wir vorher noch eine kleine Spritztour unternehmen.«

»Was hast du vor?«

»Na ja, es geht um deinen Herzenswunsch … Du hast doch gesagt, du würdest dir gern mal einen Puffin in natura ansehen. Ich werde dafür sorgen, dass wir das hinkriegen.«

»Aber du musst dich mehr noch als ich auf heute konzentrieren. Hör auf, der Frage auszuweichen – wie fühlst du dich?«

»Ich glaube, in der Hinsicht können wir uns beide an die eigene Nase fassen. Wie du ja weißt, wird mir heute noch meine dritte Brustwarze entfernt. Je weniger ich darüber nachdenke, desto besser.« Er hatte zwar nicht lange damit leben müssen, aber er war froh, dass Ding loszuwerden, auch wenn ihn der Gedanke daran, als Patient in einem Krankenhaus zu liegen, erschreckte.

»Bist du dir auch ganz sicher, dass du mich zu meinem Termin begleiten möchtest? Ich bezweifele, dass es eine Ablenkung für dich sein wird, mehr über die Lage zu erfahren, in der ich mich gerade befinde.«

Sie näherten sich der Kuppe der Anhöhe. Jetzt nur noch einmal abbiegen und der Klinikkoloss käme in Sicht.

Nathan blieb stehen. Er war noch nicht bereit, um die Ecke zu biegen. Er wusste nicht, was er mit sich anfangen sollte. Er wollte Emma in den Arm nehmen. Wollte sie küssen. Normalerweise fiel ihm so etwas leicht, aber nun starrte er sie an wie ein Vollidiot. »Ich werde für dich da sein. So wie du für mich da bist.«

»Danke. Und danke auch für das, was du für meine Mutter getan hast. Es war wirklich unglaublich.« Emma blickte auf ihre ineinander verschlungenen Hände hinab, als spüre sie Nathans Verlegenheit. »Ich habe immer noch ihr Freudengeschrei im Ohr. Jeder Mensch hat solch einen Augenblick verdient.«

Nathan blickte Emma geradewegs in die Augen und legte ihr die Hände auf die Schultern. »Du wirst deinen Augenblick bekommen. Und wir werden sicherstellen, dass es einer Menge anderer Leute auch so ergeht. Wir müssen erst mal die Dinge heute hinter uns bringen. Eins nach dem anderen angehen.«

Wenn er an all das dachte, was ihnen bevorstand, würde es sie vermutlich bald überfordern. Eins nach dem anderen anzugehen schien ein guter Rat zu sein, aber er war sich nur allzu bewusst, dass sie nahe am Abgrund standen.

Mit den Händen auf Emmas Schultern hatte es Nathan nicht eilig, sich wieder in Bewegung zu setzen. Der Ausdruck auf ihrem Gesicht mit dieser Haut wie aus Porzellan war das Wichtigste auf der Welt. Ringellocken wehten gegen ihre bleichen Wangen.

Er senkte den Kopf, um sie zu küssen, verharrte jedoch, bevor seine Lippen die ihren berührten, überließ es ihr, diese Lücke zu schließen. Er hatte nicht vor, ihr einen Kuss aufzudrängen – das sollte niemals passieren –, obwohl er sich mit jeder Faser seines Körpers danach sehnte, dass sich ihre Lippen trafen. Es würde sie daran erinnern, was es bedeutete, lebendig zu sein – eine Erinnerung, nach der er sich in diesem Moment sehnte.

Emma kam ihm näher. Zwar nicht so weit, dass sich ihre Lippen tatsächlich zu einem Kuss trafen, doch weit genug für Nathan, um zu erkennen, dass er womöglich nicht als Einziger das Gefühl hatte, dass sie voneinander angezogen waren.

Und genau in dem Moment, als dieser Gedanke sein Herz zum Flattern brachte, wich Emma zurück. »Besser nicht. Wir sollten das nicht tun.«

»Aber warum denn nicht?« Nathans Enttäuschung klang aus seiner Stimme. Er war immer sehr dafür, den eigenen Instinkten zu vertrauen, was ihm schon des Öfteren Ärger eingebracht hatte. Aber dieses Mal hatte er absolut nichts dagegen, sich Ärger einzubrocken.

»Fürs Erste: Du hast extra mit diesem Hautantiseptikum geduscht und solltest vermeiden, dir vor deiner OP noch irgendwelche Keime einzufangen. Wir müssen beide unsere Eingriffe hinter uns bringen. Da können wir nicht auch noch den zusätzlichen Druck einer sich anbahnenden Beziehung gebrauchen.«

»Du hast recht. Das hier ist nicht der richtige Zeitpunkt, so etwas anzufangen. Es war bloß ein Moment. Ganz spontan.« Aber Nathan bewegte sich bei jedem Wort weiter auf sie zu, anstatt von ihr weg. Oder war sie es, die sich ihm schließlich doch näherte?

»Ganz und gar nicht der richtige Zeitpunkt«, flüsterte Emma, als sich ihre Lippen zum ersten Mal trafen.

Ohne weiter darüber nachzudenken, erwiderte er bereitwillig ihren sanften Kuss. Der anfangs behutsame, dann stärker werdende Druck ihrer Lippen, das langsame Entlangstreichen ihrer Zunge und der Geschmack von Spearmint gaben ihm das Gefühl, lebendig zu sein. Doch gleichzeitig begannen Gedanken durchzusickern. Denn dies war nicht irgendein beliebiger Kuss ... Er war perfekt. Er erzählte ihm eine Geschichte ... Er sagte ihm, dass sie durch ihn nun miteinander verbunden waren und es schaffen würden, einander zu retten.

Wenn er nur wüsste wie.

21

Emma

Als Emma Nathan küsste, verstand sie zum ersten Mal, was es bedeutete, auf das Herz zu hören und dabei den Verstand auszuschalten. Und es war auch das erste Mal, dass sie erlebte, wie sich ein echter Kuss anfühlte.

Sie hatte zwar nicht widerstehen können, es aber auch nicht vermocht, die Gedanken zu ignorieren, die ihr dabei durch den Kopf schossen und ihr sagten, dass der Zeitpunkt nicht passte. Sie sich beide jetzt vor allen Dingen auf ihre Gesundheit konzentrieren mussten. Und dennoch, als sich ihre Lippen trafen, gab es nichts, was sie sich sehnlicher gewünscht hätte. Und in Anbetracht dessen, was auf sie zukam, sollte sie lernen, ein bisschen zu leben.

Nachdem sich ihre Lippen voneinander gelöst hatten, waren sie den Rest des Weges bis zum Krankenhaus mit kribbelnden Fingern Hand in Hand gegangen. Aber all das fühlte sich jetzt, da sie auf Emmas Termin warteten, gar nicht mehr real an. Doch dass sie nun Nathans Hand halten konnte und immer noch seinen Kuss auf ihren Lippen schmeckte, machte es leichter, das Ganze zu ertragen.

Die Zeit, die sie auf ihren Stühlen verbrachten, reichte kaum aus, um Abdrücke auf der Polsterung zu hinterlassen, da Emma schon sehr bald aufgerufen wurde.

Es war dieselbe Schwester, die schon am Tag ihrer Diagnose mit im Raum gesessen hatte.

»Wie war noch einmal Ihr Name?«, erkundigte sich Emma, die beschlossen hatte, dieses Mal ein wenig aufmerksamer zuzuhören, wenn es um Fakten und Details ging. Sie konnte sich nicht länger der Wahrheit verschließen.

»Ich bin Miranda, Ihre Fachkrankenschwester. Ich arbeite mit Dr. Howson zusammen. Bitte nehmen Sie doch Platz.«

Es war wieder derselbe Raum. Mit denselben Informationspostern an der Wand, denselben Instrumenten auf dem Schreibtisch des Arztes. Emma hatte auf etwas Gemütlicheres gehofft. Etwas Heimeligeres. Aber das käme hoffentlich noch im weiteren Verlauf ihrer »Die Brust muss weg«-Reise.

Sie konnte mit dieser Sache nur dann irgendwie umgehen, wenn sie es mit einem Augenzwinkern tat. Denn die Realität war kaum zu ertragen. Natürlich würde sie sie ertragen – sie würde alles in ihrer Macht Stehende dafür tun. Aber es war einfach unfassbar, dass sie sich in ihrem Alter diesem Kampf gegenübersah, und das in einer Zeit, in der ihre Mutter ihre Hilfe am dringendsten benötigte.

»Ich hoffe, Sie hatten die Möglichkeit, einen Blick in das Informationsmaterial zu werfen, das wir Ihnen mitgegeben haben?«, fragte Dr. Howson.

Emma schüttelte den Kopf. »Ich habe meiner Mutter bei ihrem Fallschirmsprung geholfen«, erklärte sie. Was eigentlich eine Ausrede war. Sie hatte sich einfach nicht mit den Fakten konfrontieren wollen. Hatte es nicht fertiggebracht, sich ihnen zu stellen.

»Nun, dann bitte ich Sie, es bis zu unserem nächsten Termin zu tun. Es könnte hilfreich für Sie sein. Sie finden darin eine gute Beschreibung dessen, was Sie erwartet. Wie wir ja bereits besprochen haben, beabsichtigen wir eine Mastektomie vorzunehmen. Wir haben Ihren Fall diskutiert und meine Kolleginnen und Kollegen sind wie ich der Ansicht, dass Operation und Chemotherapie die beste Vorgehensweise sind.«

Nathan drückte Emmas Hand. Das war genau die Beruhigung, die sie brauchte, um sich nicht darüber aufzuregen, dass man sie als »Fall« bezeichnete.

»Die weiteren Testergebnisse haben ergeben, dass es sich nicht um einen hormonbedingten Tumor handelt, was eine gute Neuigkeit ist. Es bedeutet, dass wir Maßnahmen in Bezug auf Ihre zukünftige Fruchtbarkeit in Erwägung ziehen können. Falls Sie dies vor Beginn Ihrer Chemotherapie abklären lassen möchten, erhalten Sie von uns eine Überweisung für die Wessex Fertility Clinic, eine Kinderwunschklinik. Wir wären dann in der Lage, einige Ihrer Eizellen für die Zukunft einzufrieren. Wir könnten Ihren Partner ebenfalls überweisen und die Eizellen künstlich befruchten lassen. Diese hätten dann eine höhere Überlebensrate als unbefruchtete Eizellen.«

All das war für Emma zu schnell, zu heftig, zu beängstigend. Sie hatte kaum die Tatsache verdaut, dass sie ihr wegen einer verdächtigen Brustwarze die ganze Brust abnehmen würden. Und nun fragte der Arzt sie nach einer Zukunft, die sie bislang nicht einmal in Erwägung gezogen hatte: Kinder zu haben. Mit Nathan. Einem Mann, den sie kaum kannte.

»Ich schlage vor, dass Sie dies mit Miranda besprechen. Wir werden so schnell wie möglich einen Operationstermin ansetzen und die Dinge auf den Weg bringen. Es war schön, Sie beide wiederzusehen.«

Der Arzt streckte ihr die Hand hin, doch statt sie zu schütteln, vermochte Emma sie nur anzustarren und zu versuchen, nicht darüber nachzudenken, dass das die Hände waren, die sie operieren würden. Nein, es gab eine bessere Betrachtungsweise: Das waren die Hände, die sie vor dem Krebs retten würden. Die Hände, die ihr das Leben retten würden.

Sie schüttelte dem Arzt die Hand und wiederholte dabei im Stillen die bestärkenden Worte: *Das sind die Hände, die mich vor dem Krebs retten werden. Das sind die Hände, die mir das Leben retten werden.*

Daran musste sie glauben. Es gab keinen Raum für etwas anderes.

»Tut mir leid, dass Dr. Howson so schnell weg musste.« Schwester Miranda nahm den Platz des Arztes ein. Mit ihrem freundlichen Lächeln und ihren rosigen Wangen hatte sie eine beruhigende Ausstrahlung. »Kann ich Ihnen etwas zu trinken anbieten? Vielleicht eine Tasse Tee, während Sie darüber nachdenken, welche Fragen Sie noch an mich haben?«

»Ja, bitte«, sagte Nathan.

Emma starrte immer noch auf ihre Finger.

»Alles okay bei dir?«, erkundigte sich Nathan, sobald sie allein waren.

»Es ist bloß …« Sie fand nicht die Worte dafür. »Eine Mastektomie.«

»Das ist nur schwer zu begreifen.«

Emma blickte auf die Rundungen ihrer Brüste hinab. Sie hatte nie das Gefühl gehabt, dass sie ihre Weiblichkeit bestimmten, aber sie war sich nicht sicher, wie sie sich ohne eine von ihnen fühlen würde. Sie kam sich mit ihrer eingefallenen Brustwarze bereits unvollständig vor: Ein Puzzle ohne alle Teile an ihrem Platz. »Ich habe einfach keine Ahnung, wie es sich für mich anfühlen wird.«

»Die Schwester wird mit dir über den nächsten Schritt reden und wie der Wiederaufbau ablaufen soll.«

»Da weißt du mehr als ich.« Selbstmitleid war eigentlich gar nicht Emmas Art, aber im Moment brachte sie einfach nichts anderes zustande.

»Ich habe mir das Informationsmaterial durchgelesen, weil ich wusste, dass du es nicht tun würdest. Ich dachte, einer von uns sollte ein bisschen darüber Bescheid wissen, was passiert.«

Wenigstens kümmerte sich jemand um sie. Sie hätte eigentlich so tapfer sein müssen, sich um sich selbst zu kümmern, aber manchmal brachte einen das Leben an seine Grenzen, sodass man keine Reserven mehr zu mobilisieren vermochte. Sie war einfach nicht imstande, dies alles ohne Hilfe zu verarbeiten.

Miranda betrat den Raum mit Teetassen in der Hand. »Wie kommen Sie beide klar? Ich würde Ihnen gern die Zeit geben, den Tee zu trinken, und dann, falls es Fragen und Bedenken geben sollte, diese mit Ihnen durchgehen.«

Es gab momentan nichts in Emmas Leben, bei dem sie keine Bedenken hatte. Wenn sie all das aufschreiben würde, könnte sie einen ganzen Fluss von Tränen weinen und hätte immer noch genug übrig, um einen weiteren Krug zu füllen.

»Danke«, sagte Nathan, da Emma nur blinzelte, ohne ein Wort herauszubringen.

Miranda verschwand erneut, und sie waren wieder allein.

Eine Weile herrschte Schweigen.

Sie waren wieder da, wo sie angefangen hatten: Zwei Menschen, die sich in einem Wartezimmer begegnet waren.

Zwei Menschen mit Knoten an Stellen, an denen sie nicht

sein sollten. Nathans Knoten würde heute Nachmittag entfernt. Vielleicht würde das ja auch das Ende ihrer Verbundenheit bedeuten und sie wären wieder Fremde.

»Wieso glauben die, dass wir ein Paar sind? Wir könnten doch auch Geschwister sein«, sagte Emma und dachte dabei an ihren ersten Kuss vor gerade einmal einer Stunde, an den Geschmack seiner Lippen, den sie immer noch auf den ihren wahrnahm.

»Weil wir es nicht verneint haben?«

»Aber wir haben es auch nicht bejaht.« Emma ging die Kinderwunschbehandlung einfach nicht aus dem Kopf. Was es für sie bedeutete. Warum sie nötig war. Wie ihr Leben wohl in zehn Jahren aussehen könnte. Falls es dann überhaupt noch eins für sie geben würde.

Nathan kratzte sich am Knie, ehe er ihr seinen Blick zuwandte. »Ich habe dich bei mir unter ›nächste Angehörige‹ als Partnerin eingetragen. Vermutlich ist das der Grund.«

»Oh.«

»Das hatte ich schon gemacht, als sie mich wegen meiner Panikattacke als Notfall einliefern mussten. Ich wollte nicht, dass es irgendjemand sonst erfährt, und da du mich abholen wolltest und ich eigentlich sonst keine nahen Verwandten habe …«

»Ist schon okay.«

»Bist du sauer auf mich? Tut mir leid. Es schien mir damals das Naheliegendste zu sein.«

»Ist schon okay.«

»Und wir sind ja auch Partner. Zumindest hierbei, wenn auch in keiner anderen Hinsicht.«

Emma hatte noch nie einen Partner gehabt. Nicht mal annähernd. »Meinst du, wir werden das hier schaffen?«

Was für eine große Frage! Schlichtweg nicht zu ermessen. Wie konnte man überhaupt jemals wissen, wo einen das Leben hinführte, wenn man nicht imstande war, selbst am Steuer zu sitzen?

»Ein Tag nach dem anderen. Nein, verdammt, lass es uns auf eine Stunde nach der anderen runterbrechen. Mehr können wir nicht tun.«

»Und deshalb sollten wir niemals mehr eine Stunde verschwenden, nicht wahr?«

»Genau. Und deshalb sollten wir auch die Überweisung zu dieser Kinderwunschklinik wahrnehmen.«

Emma war so mit ihrer Mutter beschäftigt gewesen, dass sie nie darüber nachgedacht hatte, einmal selbst Kinder zu haben. Außerdem hatte sich aus ihren Dates nie eine Beziehung entwickelt und daher war es kein Thema gewesen. Nicht einmal ansatzweise. Aber angesichts dessen, was vor sich ging, schien es das Richtige zu sein, sich an diesen einen Hoffnungsschimmer zu klammern.

»Gemeinsam?«, fragte Emma.

»Weil wir Partner sind.« Nathan hob seine Tasse und stieß mit ihr an, als hätten sie gerade eine Geschäftsvereinbarung geschlossen.

»Partner«, wiederholte Emma. Welcher Sorte auch immer. Doch das schien im Moment keine Rolle zu spielen.

Was zählte, war, dass sie weiterkämpften.

22

Nathan

Auch wenn Nathan in seinem Krankenhauskittel dalag und ihm lediglich eine Kanüle Gesellschaft leistete, waren seine Gedanken ganz bei Emma, als man ihn in den Operationssaal schob. Es war richtig gewesen, sie zu küssen. Ein perfekter Moment. Einer, den er immer und immer wieder erleben wollte. Doch er war nicht mächtig genug, die Angst zu vertreiben. Es ließ sich nicht mehr länger leugnen, dass er sich dem Punkt näherte, den er für unausweichlich hielt. Das hier war sein letztes Jahr. Es war bloß eine Frage der Zeit, wann er seinen letzten Atemzug tun würde.

Es blieb ihm lediglich die Hoffnung, dass es nicht allzu bald geschah. Oder es zu spät sein würde, Emma von seinen Befürchtungen zu erzählen.

Krankenhauszimmer.

Um Atem ringen.

Babyweinen …

23

Emma

Emma versuchte, sich mit Papier und Kugelschreiber bewaffnet am Aufsetzen einer Liste, um sich abzulenken, während sie auf Nathan wartete, war aber mit den Gedanken nicht richtig bei der Sache. Sie klammerte sich an die Hoffnung, dass er keine weitere Behandlung mehr benötigen würde, wenn sie ihm den Knoten erst entfernt hatten.

Ihre Umgebung trug nicht unbedingt dazu bei, dass die Zeit schneller verging. Die ambulante Tagesstation bestand aus einem Raum mit sechs Betten und einer schlechten Beleuchtung. Die Kabinen waren durch dünne Vorhänge voneinander getrennt, und da man jeden Patienten sehen konnte, bekam man notgedrungen mit, welchen Eingriffen sie sich unterziehen mussten. Nathans Bett befand sich am Fenster, aber von dort schaute man auf ein anderes Backsteingebäude, was auch keine Ablenkung bot. Emma war froh, wenn sie hier wieder raus waren. Der Gedanke, nach Hause zu kommen, war ihr noch nie so verlockend erschienen wie heute.

Eigentlich hätte Nathan schon wieder da sein müssen. Wenn alles gut verlief, wäre er bis zwei wieder zurück auf der Station, hatten sie gesagt, aber inzwischen war es schon Viertel nach zwei.

Also hatte sie mit einer To-do-Liste für seine Wohltätigkeitsidee begonnen, um die Zeit zu überbrücken. Sie waren so beschäftigt gewesen, dass sie sich gar nicht mehr weiter darüber unterhalten hatten. Es war schön, dass sie sich auf eine praktische Sache konzentrieren konnte, um sich von dem Kloß in ihrem Hals und dem ständigen Gefühl, gleich in Tränen auszubrechen, abzulenken.

- einen Namen überlegen
- einen gemeinnützigen Verein gründen
- ein Spendenkonto eröffnen

Emma markierte die einzelnen Punkte mit dicken Strichen, die sie mehrfach nachzog, und kritzelte mit einer außergewöhnlich großen Detailfreude Bäume und Blumen um jeden einzelnen herum.

Wenn sie Pläne schmiedete, dann tat sie dies für gewöhnlich mit Hilfe von Büchern. Sie war schon als Kind ein Bücherwurm gewesen und hatte unzählige Stunden mit Tagträumereien von zukünftigen Abenteuern oder dem Erlangen eines unendlichen Wissensschatzes verbracht.

Es hatte funktioniert. Sie hatte ganze Tage als Geisha zugebracht, Abende am Gardasee und zwischendurch zur Abwechslung ausgesprochen attraktive Vampire geküsst. Sie hatte so viele exotische Winkel der Welt erkundet, dass sie sie gar nicht mehr alle aufzuzählen vermochte und auch einige Welten jenseits der Welt, in der sie lebte. Aber hatte ihr irgendetwas dabei geholfen, eine Spur im Leben zu hinterlassen? Selbst ihr Traum, einmal Puffins in ihrem natürlichen Lebensraum zu sehen, erschien ihr so mickrig in Vergleich zu Nathans Wunsch, eine Hilfsorganisation zu gründen. Es ging dabei allerdings gar nicht um Vergleiche, sondern darum, etwas zu tun, was sie sich beide von ganzem Herzen wünschten. Und es gab Emma etwas Positives, über das sie nachdenken konnte.

Oder worüber sie zumindest nachzudenken versuchte. Aber etwas verhinderte es. Dieser Kuss. Seine Lippen. Das Thema »Partner«. Hatte sie sich etwa am schlimmsten Tag ihres ganzen bisherigen Lebens versehentlich einen Mann geangelt? Wenn das kein Silberstreif am Horizont war, was dann?

Dieser Kuss. Seine weichen Lippen auf ihren. Ihre Verbindung, die sich dadurch vervollständigt anfühlte. Sie hatte nicht viel Erfahrung, wenn es ums Küssen ging, aber sie konnte sich nur schwer vorstellen, dass das noch zu toppen war.

Sie gab es auf, Nathans Pläne voranzubringen und begann wieder zu kritzeln. Wie immer zeichnete sie einen Puffin. Es war schon eigenartig, dass sie eine solche Affinität zu diesem Vogel hatte, ohne jemals einen Blick auf ein lebendes Exemplar geworfen zu haben. Vermutlich lag es daran, dass sie ihn mit Büchern aus ihrer Kindheit verknüpfte und auch an der auffälligen Farbe seines Schnabels. Ihre Mutter hatte ihr eine Buchreihe vom Puffin-Verlag gekauft, und sie hatte diese Bücher immer und immer wieder gelesen, bis sie ganz zerfleddert gewesen waren. Da sie diese Abbildung so oft gesehen hatte, wenn sie abends ein Buch im Bett las, war dieser Wunsch, einmal einen Papageientaucher in der freien Natur zu sehen, ständig präsent. Dass ein solch ungewöhnlicher Vogel überhaupt auf den Britischen Inseln lebte und man nicht einmal in ein Flugzeug steigen musste, um ihn in seinem natürlichen Lebensraum zu sehen! Wie bei so vielen anderen Dingen auch, war sie bisher aber noch nicht dazu gekommen.

Ein Patient wurde zurück auf die Station gebracht. Emma sollte sich besser darauf konzentrieren, hilfreiche Listen aufzusetzen. Aber das war leichter gesagt als getan. Insbesondere, da es sich auch dieses Mal wieder nicht um Nathan handelte.

Langsam wurde Emma unruhig. Auch wenn sie nicht wie er daran glaubte, dass sein Traum tatsächlich die Zukunft vorhersagte, war sie dennoch besorgt. Wenn Nathan wirklich daran glaubte, könnte dieser Traum dann nicht zu einer selbsterfüllenden Prophezeiung werden? Wenn sich diese Idee so sehr in seinem Kopf festgesetzt hatte, dass das Resultat für ihn am Ende – egal, was auch passierte – das Gleiche wäre, würde er sich dann überhaupt noch für eine Therapie entscheiden?

Als aus einer Stunde zwei wurden und dann drei, schwirrten ihr diese Gedanken immer häufiger durch den Kopf. Die Schwester kam einige Male vorbei, um Emma zu versichern, dass sie ihr Bescheid geben würde, sobald sie etwas hörte.

Gerade als Emma sich erneut erkundigen wollte, kam sie zu ihr herüber. Anstatt direkt mit ihr zu sprechen, machte sie sich erst noch die Mühe, die Vorhänge zuzuziehen. Die Metallösen schrammten mit diesem schrecklichen Geräusch über die Stange, als wenn man mit Nägeln über eine Tafel kratzte.

Emma hatte keine Ahnung, warum sie es tat, denn bei dem dünnen Stoff würde ohnehin jeder drumherum mitbekommen, was sie ihr zu sagen hatte. Aber es war auf jeden Fall kein gutes Zeichen.

»Die Ärzte haben sich entschieden, Nathan einzuweisen. Sobald er aus dem Aufwachraum heraus ist, werden wir ihn auf Station D4 verlegen.«

Jedes Haar an Emmas Körper richtete sich alarmiert auf. Es war ein einfacher Eingriff gewesen. Mit einer solchen Neuigkeit hatte sie heute nicht gerechnet. »Was ist passiert?«

Die Schwester machte den Eindruck, als wüsste sie nicht, was sie ihr antworten sollte.

24

Nathan

Grelles Licht.

Stechende Schmerzen.

Seine aufgeschnittene Seite.

Eine freiliegende Rippe.

Der Schnitt eines Skalpells.

Ein Schlauch in seinem Mund.

So sollte der Traum nicht ablaufen.

Nathan gefiel dieses neue Ende nicht.

Dieses neue Ende bestand aus Panik und Schmerz.

Er schnappte nicht nach Luft, sondern versuchte verzweifelt, das, was auch immer da in seinem Mund steckte, rauszuziehen. Damit es aufhörte. Nathan steckte tief in der Matrix, und die einzige Möglichkeit, einen Weg hinaus zu finden, bestand darin, zu kämpfen. Mit all seiner Kraft.

Er wehrte sich gegen die Arme, die ihn festhielten. Versuchte, über die dröhnenden Stimmen hinwegzuschreien, die Anweisungen erteilten. Er versuchte, all seine Kräfte zu mobilisieren, um zu überleben, denn selbst wenn er bereit war, die Vorstellung von seinem Tod anzunehmen, so war das hier nicht die Art und Weise, in der er vonstattengehen sollte. Dessen war er sich sicher.

Das hier war kein Traum. Das war ein Albtraum.

25

Emma

Nathan sah so anders aus, jetzt, da er nicht bei Bewusstsein war. Seine Haut war etwas blasser. Sein Haar eine Spur dunkler. Seine Muskeln schlaff.

Emma wollte ihn nicht allein lassen. Es kam ihr falsch vor, wo er doch so hilflos wirkte. Wenn sie auch nur die geringste Ahnung gehabt hätte, dass so etwas passieren würde, hätte sie vorsorgen und jemanden finden können, der sich um ihre Mutter kümmerte.

Sie hielt seine Hand in ihren Händen. Abgesehen von ihrer Wärme war sie ebenso leblos wie der Rest von ihm. »Ich muss nach Hause und mich um mein Mutter kümmern. Aber bestimmt werde ich es schaffen, später noch einmal vorbeizukommen. Ich hoffe, dass du dann schon wach bist.«

Sie war sich nicht einmal sicher, ob Nathan sie hören konnte. Ob er verstand, dass sie wegen ihrer Mutter nach Hause musste.

Sie hatten ihn stark sedieren müssen, weil er während des Eingriffs aufgewacht war. Eigentlich waren die Ärzte davon ausgegangen, dass er sich inzwischen schon rühren würde, aber bisher hatte die Wirkung der Narkose noch nicht nachgelassen. Es zerriss ihr das Herz, diesen lebhaften, energiegeladenen, gut aussehenden Mann auf das hier reduziert zu sehen. Sie hatte ihn noch nie beim Schlafen beobachtet.

Emma zögerte, hin und her gerissen zwischen dem Wunsch, bei ihm zu bleiben, und der Verantwortung ihrer Mutter gegenüber, die sie nicht im Stich lassen konnte.

Am Ende siegte die Logik. Auch wenn Nathan schlief, so war er schließlich nicht allein und sich selbst überlassen. Die Schwestern kümmerten sich um ihn, während ihre Mutter niemanden hatte, der für sie da war. Wenn ihr etwas zustoßen sollte, würde sich Emma das nie verzeihen.

Sie gönnte sich ein Taxi. Nathan wäre stolz auf sie gewesen. Es war schon spät, und sie war einfach nicht mehr in der Lage, sich mit anderen Leuten oder all den Unwägbarkeiten abzugeben, mit denen man während einer Busfahrt des Öfteren konfrontiert wurde.

Und zum ersten Mal seit sehr langer Zeit sehnte sie sich nach ihrer Mutter. Sie war inzwischen so daran gewöhnt, sich um sie zu kümmern, dass sie völlig unabhängig geworden war. Meistens war es ihre Mutter, die Emma brauchte und nicht umgekehrt. Aber im Augenblick hätte sie alles für eine Umarmung von ihrer Mutter gegeben, denn heute war mehr auf sie eingestürmt, als sie jemals für möglich gehalten hatte.

Sobald sie zu Hause war, kamen ihr die Tränen. Es war ihr gelungen, sie bis zu diesem Moment zurückzuhalten. Doch als sie über die Türschwelle trat, brachen sie aus ihr heraus.

»Komm her, Kleines.«

Carole, der nicht entgangen war, dass etwas nicht stimmte, hatte es geschafft, mit ihrem Rollstuhl bis in die Diele zu gelangen – etwas, wozu sie eigentlich gar nicht mehr in der Lage war.

»Oh, Mum, tu dir nicht weh!«

»Ist doch egal. Komm her und sag mir, was los ist.«

Emma legte den Kopf auf den Schoß ihrer Mutter und ließ sich von ihr übers Haar streichen. Wo sollte sie nur anfangen? Denn egal, was sie auch über Nathan erzählte, sie müsste damit alles offenbaren, was im Moment vor sich ging. Doch es war ohnehin an der Zeit, dass ihre Mutter es erfuhr.

Es würde nicht leicht werden, aber Emma wusste gerade nicht einmal mehr, weshalb sie ihre Mutter eigentlich beschützte. In ihrer Vorstellung war sie eine gebrechliche, schwache Frau gewesen, die es nicht aushalten würde, dass ihrer Tochter etwas so Schreckliches widerfuhr. Sie hatte es sich in den Kopf gesetzt, dass möglicherweise nicht nur sie selbst daran zugrunde gehen würde, sondern auch ihre Mutter.

Aber so ein Mensch war ihre Mum gar nicht. Sie musste nicht andauernd verhätschelt und geschont werden. Sie war viel stärker als das. Diese Frau war zum Vergnügen aus einem Flugzeug gesprungen! Auch wenn ihr Körper nicht mehr so leistungsfähig war, wie sie es sich beide gewünscht hätten, so übertraf ihre mentale Stärke alles, was Emma jemals erlebt hatte.

»Tut mir wirklich leid, Mum. Ich hätte es dir eher erzählen sollen.« Emma war erstaunt, dass sie überhaupt einen zusammenhängenden Satz zustande brachte. Doch dann geriet sie ins Stocken. Wie sollte sie all das zusammenfassen, was sie ihr sagen musste?

»Egal, was es auch ist, du kannst es mir sagen. Ist etwas mit Nathan? Ist bei dir alles in Ordnung?«

Emma wurde bewusst, dass es nur eine Möglichkeit gab: ganz am Anfang zu beginnen.

»Nathan und ich haben uns nicht wirklich im Bus kennengelernt.« Die Geschichte, die folgte, kam ihr endlos vor. Sie erklärte ihr, wie sie sich begegnet waren und Nathan angeboten hatte, ihr bei ihrer Untersuchung zur Seite zu stehen und sie sich revanchiert hatte. Sie erklärte ihr, dass sie ihre Ergebnisse erhalten hatte und es keine guten Neuigkeiten gab, sie sich in den kommenden Wochen einer Operation und weiteren Behandlungen unterziehen musste. Obwohl es ihr anfangs schwergefallen war, Worte zu finden, schossen sie bald in einer Flut aus Informationen und Tränen aus ihr heraus.

»Oh, mein Schatz. Wieso hast du es mir nicht früher erzählt? So etwas kann man doch nicht allein durchstehen.«

Emma schluchzte so heftig, dass ihr die Nase lief. »Aber ich hatte ja Nathan. Bis heute.«

»Was ist mit Nathan? Sag nur nicht …« Dem entsetzten Gesichtsausdruck von Emmas Mutter sah man den unvorstellbaren, unaussprechlichen Gedanken an, der ihr durch den Kopf schoss.

»Nein, das nicht. Er hatte heute den Eingriff, bei dem ihm sein Knoten entfernt werden sollte. Eigentlich war nur ein ambulanter Eingriff geplant, rein und wieder raus. Aber es war wohl doch nicht so unkompliziert, wie die Ärzte gedacht hatten.«

»Was ist passiert?«

Obwohl sie ziemlich unbequem dasaßen – Carols Rollstuhl im Türdurchgang zum Wohnzimmer, Emma an ihren Schoß geschmiegt mit dem Hintern im Flur –, rührten sie sich nicht von der Stelle. Es kam ihnen nicht in den Sinn, sich zu bewegen, solange nicht die ganze Geschichte erzählt war.

»Er ist während des Eingriffs aufgewacht, obwohl sie die Narkose richtig dosiert hatten. Aber scheinbar hat sie nicht wie erwartet gewirkt. Jedenfalls ist er wach geworden, hat um sich geschlagen und versucht, sich den Beatmungsschlauch herauszureißen. Sie mussten ihm noch einmal starke Medikamente geben, um die Operation zu beenden. Und jetzt wacht er nicht mehr auf.«

Es klang schrecklich, wenn man es laut aussprach. Nathan hatte etwas erlebt, was eigentlich kein Mensch jemals erleben sollte. Emma vermochte sich die Schmerzen nicht einmal ansatzweise vorzustellen. Hoffentlich würde er sich nicht mehr daran erinnern, wenn er aufwachte.

»Was machst du dann hier? Du solltest bei ihm sein.«

»Ich konnte dich doch nicht hier allein lassen. Ich musste zurückkommen und mich um dich kümmern.« Emma fühlte sich hier nützlicher als im Krankenhaus. Dort hatte sie angesichts der unerwarteten, furchtbaren Umstände nichts mit sich anzufangen gewusst.

»Du musst aufhören, alles für mich zu tun und dich selbst dabei zu vernachlässigen.« Emmas Mutter hielt kurz inne, um die Emotionen hinunterzuschlucken, die in ihr aufstiegen. »Ist Nathan allein? Oder ist jemand von seiner Familie bei ihm?« Sie kannte Nathan zwar noch nicht lange, hatte aber genau wie Emma eine Schwäche für ihn.

»Seine Mutter ist bei der Geburt gestorben, und sein Vater hat nie wirklich eine Rolle in seinem Leben gespielt. Er hat nur noch einen Halbbruder, aber keinen richtigen Kontakt mehr zu ihm. Er hat mich als seine nächste Angehörige angegeben, weil er wusste, dass sein Bruder kein Interesse an dem haben würde, was vor sich ging. Sie stehen sich wirklich nicht nahe.«

»Dann müssen wir zum Krankenhaus fahren. Er sollte nicht ganz allein dort liegen. Wenn seine Familie nicht für ihn da sein kann, dann werden wir eben einspringen.«

»Aber wir haben doch keinen Wagen vorgebucht.« Wann

immer sie sich auf den Weg zu einem Krankenhaustermin ihrer Mutter machten, handelte es sich um eine geplante Fahrt – alles Ungeplante spielte sich für gewöhnlich hinten in einem Krankenwagen und mit eingeschalteten Sirenen ab.

»Die Busse fahren noch. Und um diese Zeit wird der Rollstuhlplatz nicht mit Kinderwagen vollgestellt sein. Wir könnten dann dort in der Cafeteria etwas essen. Komm schon, Liebes. Du kannst doch nicht hier sein, wenn du eigentlich dort sein solltest.«

Auch wenn ihre Mutter Hilfe benötigte, um den Rollstuhl über die Straße zu bewegen und in den Bus hineinzukommen, hatte sie seit langer Zeit zum ersten Mal das Sagen. Sie war ganz Mum. Ihr Mutterinstinkt übernahm die Kontrolle, um ihrer Tochter zu helfen.

Emma war sich gar nicht bewusst gewesen, dass es genau das war, was sie jetzt brauchte. Sie war schlicht überfordert gewesen mit der Vorstellung, ihrer Mutter von ihrem Krebs zu erzählen und welche Folgen für sie beide damit verbunden sein würden. Und nun erkannte sie, dass es daran lag, dass sie ihre Mutter bereits abgeschrieben hatte.

Das war falsch, dessen war sie sich nun bewusst, aber sie hatte ihrer Mutter wegen ihrer körperlichen Beeinträchtigung unterstellt, sozusagen lebensuntauglich zu sein. Hatte geglaubt, dass es ihre Erkrankung verschlimmern würde, wenn sie herausfand, dass ihre Tochter krank war. Diese Möglichkeit bestand zwar immer noch, aber im Moment stellte sich die Situation völlig anders dar, als Emma erwartet hatte. Während sie auf dem ganzen Weg zum Krankenhaus von ihrer Mutter auf Schritt und Tritt angeleitet wurde, begriff sie, dass Carole eine

Kämpferin war, die sich niemals vor den Problemen des Lebens drücken würde. Sie krempelte die Ärmel auf und versuchte, das zu tun, was in ihrer Macht stand.

Vielleicht hatte dies aber auch ihr Fallschirmsprung bewirkt. Vielleicht hatte ihre Mutter auf ihrem Weg durch die Luft ihren Kampfgeist wiedergefunden. Welcher Lebenshunger ihr in der letzten Zeit auch immer verloren gegangen sein mochte, er war just in dem Augenblick zurückgekehrt, als sie ihn alle dringend nötig hatten.

Als sie an Nathans Bett ankamen, war sein Zustand unverändert. Er war immer noch blass. Sein Haar lag platt an seinem Kopf an. Alles ohne seinen üblichen, typischen Schwung. Er sah aus, als würde er schlafen, und doch wusste Emma, dass es nicht so war.

»Warum ist er noch nicht wach?« Emma vermochte die Verzweiflung in ihrer Stimme nicht zu verbergen. Sollte so etwas nicht eigentlich im Aufwachraum geschehen und der Patient dann auf der Station wach sein und reden und Tee trinken und Toast essen?

»Die Ärzte sind der Ansicht, dass es ein wenig länger als sonst dauert, bis die Wirkung der Narkose nachlässt. Aber Sie können beruhigt sein, er wird sorgfältig überwacht.«

Die Worte der Schwester waren für Emma absolut keine Beruhigung.

»Wann rechnen Sie damit, dass er aufwacht?«, erkundigte sich Emmas Mutter mit fester Stimme – etwas, wozu ihre Tochter nicht in der Lage war.

»Es könnte jederzeit so weit sein, aber er muss sich jetzt ausschlafen, damit sich sein Körper von der zusätzlichen Dosis des

Narkotikums erholt. Bis morgen früh sollte alles wieder normal sein.«

Sie kehrten nicht klüger als zuvor an Nathans Bett zurück. Emma ergriff seine Hand und ihre Mutter nahm wiederum die ihre.

Irgendwie war alles ein wenig leichter mit ihrer Mum an ihrer Seite. Sie hatten sich entschieden, zu kämpfen. Und zwar gemeinsam.

Nathan

Ich wünschte, ich könnte diese Worte aufschreiben. Ich wünschte, ich könnte sie dir schicken, doch sie sind mit mir gefangen.

Im Moment bin ich verloren.

Nicht im Alltagstrott. Woanders. Irgendwo, nicht hier.

Und es ist kein Traum – zumindest nicht der, in dem ich in den letzten siebenundzwanzig Jahren gefangen gewesen bin.

Ich höre Vogelgesang. Ein zartes, beharrliches Zwitschern. Es lässt mich hier nicht ruhen. Es will, dass ich zu dir zurückkehre. Es ruft mich zum Landeplatz. Verspricht mir, dass es mich mit offenen Armen empfangen wird, wenn ich dem vom Flutlicht erleuchteten Weg folge.

Aber es gibt Zeiten, in denen man zu verloren ist, um dem Vogelgesang zu folgen. Zu erschöpft, um den richtigen Weg zu finden. Man kurz davor steht, aufzugeben.

26

Dreiundzwanzigster Tag

Emma

Emma hatte begonnen, Nathan vorzulesen. Er lag bereits den dritten Tag so da, und ganz offensichtlich war das, was mit ihm passierte, nicht normal nach einem Routineeingriff.

Am schlimmsten war, dass selbst die Ärzte verblüfft zu sein schienen. Das machte es schwierig zu ermessen, ob man sich sorgen sollte und in welchem Maße. Mehrheitlich murmelten sie etwas davon, dass es wohl auf den Schock zurückzuführen sei.

Da sie streng genommen keine Angehörige war, hatte Emma das Pflegepersonal gebeten, sich mit Nathans Halbbruder, Marcus, in Verbindung zu setzen. Aber Nathan hatte ganz offenbar keinen Witz gemacht, als er sagte, dass es seinen Bruder wohl kaum interessieren würde – Marcus war ein Vollidiot. Bei Emmas Anruf hatte er ihr mitgeteilt, dass er keinen Sinn darin sehen würde, Nathan zu besuchen, solange der nicht im Sterben lag. Er wollte nicht einmal auf dem Laufenden gehalten werden. Nathan hatte Emma erklärt, dass Marcus alles, was im Zusammenhang mit dem Vater stand, kategorisch ablehnte, weil der Mann nie eine Rolle im Leben seines Halbbruders gespielt hatte. Nathan hatte den Kontakt zu ihm gesucht, um eine Geschwisterbeziehung aufzubauen, war aber zurückgewiesen worden. Emma fand es ziemlich jämmerlich, dass Marcus angesichts von Nathans Zustand nicht bereit war, über die Fehler des Vaters hinwegzusehen. Es kam ihr nicht richtig vor, wo doch keiner von ihnen die Schuld daran trug.

Stattdessen hatte Marcus Emma ausgefragt: Wer sie war, und warum sie als nächste Angehörige genannt wurde. Sie fand es schade, wie wenig er über Nathans Leben wusste, aber eigentlich ging es ihr ja ebenso. Sie kannte gerade einmal die Basics: Wo er arbeitete, wo er wohnte und ein paar Leute, mit denen er befreundet war. An Nathans zweitem Tag im Krankenhaus war sie bei ihm zu Hause vorbeigegangen, um mit seinen Mitbewohnern zu sprechen. Sie kannte zwar einige seiner Freunde an seiner Arbeitsstelle, aber sie hielt es für das Beste, sie ohne Nathans Erlaubnis noch nicht zu verständigen. Sie hatte allerdings keine Ahnung, wie lange es angemessen war, ihnen eine solche Information vorzuenthalten. Sie dachte allmählich darüber nach, sich mit ihnen in Verbindung zu setzen, aber es ließ sich schwer sagen, wie sie sich verhalten sollte, solange Nathan in einem existentiellen Niemandsland feststeckte.

Da er nach so vielen Tagen immer noch nicht aufgewacht war, hatten sie eine Computertomografie von seinem Kopf gemacht, um festzustellen, ob der Eingriff möglicherweise einen Schlaganfall oder etwas Vergleichbares ausgelöst hatte. Sie bezeichneten seinen Zustand als »katatonisch«, was für Emma enorm beängstigend klang. Wie etwas, das man fürs Kino aufhebt. Etwas, das nicht passieren sollte, ohne dass vorher eine Klappe fiel und jemand verkündete, dass es sich um den fünfzehnten Take oder so handelte.

Emma schloss das schmale Buch, aus dem sie vorlas. *Das Tier im Dschungel* von Henry James. Sie war sich nicht sicher, warum sie sich dafür entschieden hatte – die Hauptfigur, John Marcher, glaubte, dass ihm ein furchtbares Schicksal vorbestimmt war, worauf er voller Anspannung wartete. Das war als Bettlektüre für Nathan eh ungeeignet, weil es dem Ganzen viel zu nahe kam. Sie sollte lieber etwas weniger Düsteres mit einem Inhalt finden, der beim Lesen optimistisch stimmte. »Ich glaube, die Erzählung hat dir sowieso nicht gefallen«, sagte sie seufzend. »Wir sollten es mit etwas anderem versuchen.«

Nathan gab einen Laut von sich – nichts Verständliches, es klang eher wie ein Zwitschern. Als versuche er, etwas zu sagen, aber es kam nur ein ersticktes Geräusch aus seinem Mund.

»Was hast du gesagt?« Es war das erste Lebenszeichen, das Emma seit seiner Rückkehr aus dem OP wahrgenommen hatte und sie hielt den Atem an, um sicherzugehen, dass sie sich nicht getäuscht hatte. Alles, ihr Herz eingeschlossen, verharrte. »Sag es noch einmal, damit ich es richtig hören kann.« Sie rückte näher. Ihre Hand streifte über seine Haut. Niemals zuvor in ihrem Leben hatte sie sich etwas so sehr gewünscht, wie diesen Laut noch einmal zu vernehmen. Es spielte keine Rolle, dass es nur ein Geräusch war. Selbst ein unverständliches Zwitschern wäre das schönste Geräusch, das ihr jemals zu Ohren gekommen war, wenn es bedeutete, dass Nathan immer noch irgendwie *da* war.

Emma wäre sogar bereit, ihm ihr Herz auf einem Silbertablett zu präsentieren, wenn sie ihn damit zurückbekommen würde. »Hör zu, was auch immer du dir über das Sterben in den Kopf gesetzt hast, du musst es loslassen. Du musst diese Ängste loslassen und alles dafür tun, dass du wieder zu uns zurückfindest. Ohne dich kann ich hier nichts tun, um die Welt wieder in Ordnung zu bringen.«

Emma verstummte in der Hoffnung, dass Nathan die Pause

füllen würde. Erhoffte sie sich zu viel, wenn sie daran glaubte, dass dieser Laut, den er von sich gegeben hatte, kein Zufall gewesen war? Bei ihrem Glück redete sie wegen eines kleinen Rülpsers auf ihn ein, und all die Hoffnung, die sie gerade schöpfte, war lediglich das Resultat einer Luftblase.

»Wir hatten doch gesagt, dass wir es gemeinsam angehen würden. Als Partner. Wir haben morgen unseren Termin in der Kinderwunschklinik. Die nächste Phase dieser Geschichte. Das ist doch der Teil, den wir zusammen machen wollen. Ich weiß nicht, wie ich das ohne dich schaffen soll.« Emma war noch nicht bereit, ihn zu verlieren. Es gab so vieles, was sie ohne ihn nicht schaffen würde. Das hier war nicht vorgesehen gewesen. Sie war auf einen solchen Verlust, bei dem nur noch sein Körper anwesend war und sonst nichts mehr von ihm, nicht vorbereitet.

Das hier war der Moment, in dem eigentlich die Klappe zum Einsatz kommen sollte. Jemand vom Filmteam das Make-up für die Nahaufnahme auffrischte. Für den Moment, wenn er aufwachte und es zum glücklichen Wiedersehen kommen würde. Nathan wäre plötzlich wieder voller Leben, sie würden sich umarmen und er würde zu ihr sagen: *Ich bin für dich da*, ganz so, als habe sie nichts mehr zu befürchten.

Aber da war nichts. Nada. Null.

Wenn sie wüsste, dass sie ihn wachrütteln könnte, dann würde sie es tun, aber die Mediziner hatten es schon mit allen möglichen Tricks versucht und sie unterzogen Nathan jeder erdenklichen Untersuchung, um der Sache auf den Grund zu gehen.

»Ich bin für dich da.« Vielleicht war gar nicht sie es, die diese Beteuerung benötigte. »Meine Behandlung wird zwar bald beginnen, aber ich werde dennoch für dich da sein. Was auch immer geschieht, ich werde sicherstellen, dass es dir gut geht. Und Mum wird auch für dich da sein. Gemeinsam werden wir das schaffen.« Sie vermochte kein weiteres Wort mehr herauszubringen, denn sie musste ihre Tränen hinunterschlucken. Er sollte nicht mitbekommen, dass sie weinte.

Keine Reaktion.

Sie nahm ihre Brille ab und wischte sich die Tränen fort. Mehr Mut vermochte sie ihm nicht zu machen. Es gab so vieles im Reich des Unbekannten, da fiel es einem schwer, das Richtige zu sagen. Und traurigerweise wusste Emma nur eines mit Sicherheit: dass sie heute Abend allein nach Hause zurückkehren musste.

27

Gibt es Neuigkeiten, Liebes?«

Als sie den hoffnungsvollen Ton in der Stimme ihrer Mutter vernahm, kamen Emma erneut die Tränen.

Sie wischte sie sich so gut es ging weg, bevor sie das Wohnzimmer betrat. »Keine Veränderung«, teilte sie ihrer Mutter auf die gleiche hölzerne Art und Weise mit, wie es die Schwestern im Krankenhaus auch immer taten.

»Das wird schon, mein Schatz. Irgendwann wird er wieder zu sich kommen, und wenn es so weit ist, werden sie es uns wissen lassen. Ruh dich etwas aus. Du hattest wieder einen langen Tag. Ich glaube, es würde uns beiden guttun, früh zu Bett zu gehen.«

Carole hatte recht. Emma war nach all der Unsicherheit der letzten Tage hundemüde. Und dennoch würde es ihr schwerfallen einzuschlafen.

Es brach ihr das Herz, dass sie mit so wenig Hoffnung, ob er je wieder aufwachen würde, zu Bett ging. Nach all den Tagen der Verzweiflung, die hinter ihr lagen, hatte sie nicht einmal die Gelegenheit gehabt, über das nachzudenken, was auf sie zukam.

Sie war zum ersten Mal wirklich verliebt. Es war schlicht absurd zu glauben, dass sie ihr ganzes Leben darauf gewartet hatte, und dann passierte es ihr ausgerechnet jetzt, unter diesen überaus schwierigen Umständen. Und natürlich musste es ihr ausgerechnet jetzt klar werden, wo Nathan unerreichbar war. Und da es natürlich nicht die märchenhafte Romanze ihrer Kinderträume war, über die sie immer und immer wieder in ihren geliebten Büchern gelesen hatte, hatte ihn auch kein Kuss auf die Lippen wieder aufzuwecken vermocht – was sie wusste, weil sie es beim Hinausgehen versucht hatte.

Sie hatte keine andere Wahl, als zu versuchen einzuschlafen. Nathan hatte es ihr schließlich oft genug gesagt: Manchmal bleibt einem nichts anderes übrig, als die Dinge eine Stunde nach der anderen anzugehen. Sie würde sich erst entscheiden, was sie mit dem Termin anfangen sollte, wenn sie sich etwas ausgeruht hatte.

Als das Telefon läutete, riss es sie aus einem Schlaf, mit dem sie gar nicht gerechnet hatte.

Es war zwei Uhr in der Früh.

Um diese Uhrzeit bekam man für gewöhnlich keine erfreulichen Anrufe.

28

Vierundzwanzigster Tag

»Wo ist Emma?«

Offenbar hatte Nathan diese Frage ständig wiederholt, seit er um halb zwei aufgewacht war.

Als Emma eintraf, war Nathan bereits angezogen und lief wie ein Tier im Käfig neben seinem Bett auf und ab.

»Da bist du ja. Ich dachte, du wolltest hier warten.« Er zog sie an sich und schloss sie in seine Arme.

Emma erwiderte die Umarmung mit einem überbordenden Gefühl der Erleichterung, das ihren ganzen Körper durchströmte. Aber sie ließ zugleich auch eine gewisse Vorsicht walten. Etwas stimmte nicht.

»Hat schon jemand mit dir gesprochen?« Es war halb drei. Emma hatte keine Ahnung, ob überhaupt jemand da war, der mit Nathan reden konnte.

»Sie sagen mir dauernd, dass ich an meinem Bett warten soll, bis der Arzt kommt. Ich verstehe nicht, warum ich hierbleiben soll, wenn du mich nach Hause bringen kannst. Sie haben mir immer nur gesagt, dass du nicht da bist, und das habe ich nicht verstanden. Aber jetzt bist du ja da, und alles ist gut. Wir können gehen.«

Aus Nathans Gebrabbel schloss sie, dass er offenbar nicht

alles aus einem vollkommen rationalen Blickwinkel zu beurteilen vermochte.

»Das hier ist nicht mehr die Tageschirurgie. Sie mussten dich stationär aufnehmen. Du bist nicht so schnell aufgewacht, wie sie gehofft hatten.«

»Prima! Ein kleines Nickerchen kann nicht schaden. Ich sehe keinen Grund, warum wir uns nicht auf den Heimweg machen sollten.«

Vier Tage waren seit Nathans Eingriff vergangen, aber ganz offenbar hatte er kein Zeitgefühl und wusste nicht, welcher Wochentag heute war. Schwer zu sagen, welche Informationen sie ihm geben sollte. Es wäre ihr lieber, wenn ihm jemand mit einer medizinischen Ausbildung erklären würde, was geschehen war.

Emma blickte zur Schwesternstation hinüber in der Hoffnung, dass jemand vom Krankenhauspersonal auf sie aufmerksam wurde. Irgendjemand sollte mit Nathan sprechen und die Lücken füllen.

Eine der Schwestern bemerkte sie tatsächlich und kam herüber.

»Der diensthabende Arzt ist auf dem Weg. Sie wissen, dass Nathan wach ist. Sagen Sie Bescheid, falls Sie etwas benötigen.«

Eine Anleitung, wie man mit merkwürdigen Situationen umgeht, wäre nicht schlecht. Lag es nun bei ihr, Nathan darüber zu informieren, was geschehen war? Sie bezweifelte, dass die Nachtschwester oder der diensthabende Arzt auch nur die leiseste Ahnung von seiner seltsamen, unerklärlichen Bewusstlosigkeit hatten.

Für einen Moment gab sich Emma dem Gefühl der Erleichterung hin und umarmte ihn noch einmal ganz fest. Es tat so unendlich gut, ihn wieder in den Armen halten zu können, aber es war irgendwie anders … Er schien ihre Umarmung gar nicht richtig zu erwidern. Aber auch wenn er ein bisschen verwirrt war, so war er wenigstens wieder bei Bewusstsein. Und auch wenn er keine Ahnung hatte, dass er seit Tagen weg gewesen war, hatte er sie wenigstens erkannt. Das war immerhin ein großer Trost, an dem sie sich festhalten konnte.

»Wie spät ist es?« Es mochte eine Weile gedauert haben, aber es sah so aus, als würde er langsam zur Besinnung kommen und die geschlossenen Vorhänge und das gedämpfte Licht zur Kenntnis nehmen.

»Halb drei in der Früh«, sagte Emma und klang dabei wie eine erschöpfte Mutter, die aus dem Schlaf gerissen worden war.

»Wow. Das war aber ein ganz schön langes Nickerchen.«

Emma war sich nicht sicher, was sie darauf antworten sollte. Sie verfügte natürlich nicht über den notwendigen Fachjargon, um ihm eine umfassende und korrekte Erklärung zu liefern.

»Woran erinnerst du dich?« Sie sah keine Notwendigkeit, Nathan mit traumatischen Erläuterungen zu versehen, wenn er gar keine Erinnerung mehr an das hatte, was geschehen war. Sollte er vergessen haben, dass er während der Operation aufgewacht war, wollte Emma auf keinen Fall irgendwelche Erinnerungen daran auslösen. Das könnte ihn vielleicht wieder in diesen Zustand zurückversetzen, in dem er nicht ansprechbar gewesen war. Und das würde sie nicht ertragen – sie hatte ihn doch gerade erst wiederbekommen.

»Dass ich in den OP geschoben wurde.«

Nathan erwähnte mit keinem Wort, was geschehen war: dass er bei Bewusstsein gewesen war, als er eigentlich bewusstlos sein sollte, und bewusstlos gewesen war, als er eigentlich bei Bewusstsein sein sollte.

»Die werden dich nicht mitten in der Nacht entlassen. Wir müssen erst einmal hier warten und mit dem Arzt sprechen.« Emma schaffte es, Nathan dazu zu bewegen, zu seinem Bett zurückzukehren. Er hatte vor ihrem Eintreffen vermutlich schon genug Patienten gestört.

»Aber ich bin gar nicht müde. Was sollen wir denn machen?«

»Schlafen. Ich will einfach nur schlafen.« Diese aufwühlenden letzten Tage forderten jetzt ihren Tribut. Die Ungewissheit hatte sie um den Schlaf gebracht, und nun war sie wach und würde doch in ein paar Stunden selbst zur Patientin werden.

»Dann lass uns schlafen. Ich habe zwar nicht das Bedürfnis, aber du kannst mein Bett benutzen, während wir warten.«

Das Angebot war viel zu verlockend, um zu widerstehen, auch wenn es ganz und gar nicht den Krankenhausvorschriften entsprach. Es war ein Bett, und im Moment war alles besser als nichts.

Als Emma unter die Decke geschlüpft war, folgte ihr Nathan. Intimer war sie noch nie mit einem Mann gewesen. Es war kaum Platz für sie beide, daher hatten sie keine andere Wahl, als sich eng aneinanderzukuscheln.

Er streichelte sanft über ihren Arm, und das war so beruhigend, dass Emma in einen derart tiefen Schlaf fiel, wie sie es noch nie erlebt hatte.

Aber sie hatte fest vor, wieder daraus zu erwachen.

Und sie hoffte, dass es Nathan auch tun würde.

29

Emma war all die Termine so leid. Es kam ihr vor, als hätte sie wochenlang nichts anderes mehr getan, als ins Krankenhaus zu fahren, und daher entschied sie, einmal etwas anderes zu unternehmen.

Die Ärzte hatten Nathan entgegen seinen Erwartungen nicht sofort entlassen wollen, sondern darauf bestanden, erst noch einige Untersuchungen vorzunehmen, um sicherzustellen, dass diese Episode wirklich und wahrhaftig abgeschlossen war. Aber er sollte gegen vier Uhr nachmittags fertig sein und dann würden sie sich gleich auf den Weg zu ihrem gemeinsamen Termin machen.

Anstatt auf ihn zu warten (und Emma war schließlich schon seit einem außergewöhnlich frühen Zeitpunkt im Krankenhaus gewesen), hatten ihr die Schwestern vorgeschlagen, nach Hause zu gehen, um sich auszuruhen und frisch zu machen, und später wieder zurückzukommen. Das hatte sie auch für eine kurze Weile beherzigt, sich aber dann entschieden, noch etwas Zeit mit ihrer Mutter zu verbringen.

»Das ist aber nicht die richtige Haltestelle, oder?«, fragte Carole, als Emma einige Haltestellen früher als üblich auf den Knopf drückte.

»Heute schon.«

Es fühlte sich komisch an, so nahe an der Bibliothek zu sein, ohne dorthin zu gehen. Dank des Attests ihres Arztes war es ihr erspart geblieben, mit ihrem Chef reden zu müssen, was bedeutete, dass er auch nicht nachgefragt hatte, warum sie immer noch nicht wieder zur Arbeit erschienen war.

»Hier entlang, Mum.« Es war nicht weit. Und als sie dort waren, schob Emma ihre Mutter voller Vorfreude durch die Flügeltüren.

»Was soll das? Was machen wir hier?«

»Ich fand, wir sollten uns heute einmal etwas gönnen.«

Derselbe Kellner wie bei Emmas erstem Besuch führte sie zu ihrem Platz. Von ihrem Tisch aus blickte man auf den Hof. Die plätschernde Fontäne im Teich war das einzige Geräusch, das zu vernehmen war.

»Wie wunderschön! Ich hatte ja keine Ahnung, dass das Hotel so groß ist und so etwas Hübsches verbirgt!«

»Ich dachte mir, dass es dir gefällt«, sagte Emma lächelnd. Seit sie hier gewesen war, hatte sie ihre Mutter einmal herbringen wollen.

»Es ist wirklich schön hier. Aber jetzt erzähl mir, wie es Nathan geht. Ich dachte, wir würden zum Krankenhaus fahren.«

»Ich treffe mich heute Nachmittag mit ihm. Dann werden sie ihn hoffentlich entlassen haben und wir können gemeinsam unseren Termin wahrnehmen. Die Ärzte wollten noch ein paar zusätzliche Untersuchungen machen, bevor er nach Hause darf. Sie sagten, es hätte keinen Sinn, früher zu kommen, da er nicht auf der Station sein wird. Ich solle mich lieber ausruhen. Das hier trifft es zwar nicht ganz, aber ich finde, dass es perfekt ist, um zu entspannen.«

Nachdem sie ihren Imbiss bestellt hatten, dauerte es auch nicht lange, bis er serviert wurde. Er sah genauso gut aus, wie Emma ihn in Erinnerung hatte, bloß dass sie dieses Mal auf den Champagner verzichteten.

»Unglaublich.« Carole fielen angesichts der Reichhaltigkeit des Angebots beinahe die Augen aus dem Kopf.

»Danke, Mum. Für alles.« Vor einer Weile noch hätte Emma dies für unmöglich gehalten. Und vielleicht wäre es auch so gewesen, wenn ihre Mutter nicht bei ihrem Fallschirmsprung mit Nathan diesen Mut geschöpft hätte.

»Ich glaube, ich bin es, die sich bei *dir* bedanken sollte, mein Schatz. Du hast in den letzten Jahren so viel für mich getan. Ich fürchte, ich habe es irgendwann fast schon als selbstverständlich angesehen. Nun bin ich an der Reihe, mich um dich zu kümmern, so weit es mir möglich ist.«

Emma nahm die Hand ihrer Mutter. »Wir können uns ja weiterhin umeinander kümmern. Aber jetzt genießen wir erst einmal unseren Imbiss. Darf ich dir Tee einschenken?«

Sie hatten sich für den Klassiker entschieden: English Breakfast Tea. Er wurde mit losen Blättern aufgebrüht, und für Emma war es ein Vergnügen, ihn zunächst durch das Teesieb zu gießen, bevor sie einen Schuss Milch hinzufügte.

»Damit hast du mir wirklich eine Freude gemacht, mein Schatz. Würdest du mir bitte ein Sandwich geben?«

Emma legte eins der klein geschnittenen Brote auf den Teller ihrer Mutter und nahm sich selbst auch eins. Es war beruhigend, dass in dem Hotel nicht so viel los war. Sollte Carole beim Essen irgendwelche Zuckungen haben, würde sie deshalb niemand anstarren.

»Ich bin so froh, dass wir hergekommen sind. Ich war schon

einmal hier – an dem Tag, an dem ich aus dem Büro rausgerannt bin und mir alles irgendwie zu viel wurde. Aber es fühlte sich irgendwie nicht richtig an, es ohne dich zu machen.«

Wie sich herausstellte, hatte Caroles Fallschirmsprung auch Emma mehr Mut gemacht, die eigene Komfortzone zu verlassen. Sie war zu mehr fähig, als sie jemals gedacht hatte. Hoffentlich würde es ihr in den kommenden Wochen und Monaten gelingen, an dieser Überzeugung festzuhalten.

Als sie sich über ihre zierlich zugeschnittenen Sandwiches mit Frischkäse und Gurken hermachten, genossen sie beide das Gefühl, einfach einmal etwas zum Vergnügen zu tun.

Es machte zwar all das, was vor sich ging, nicht leichter, aber es war auf jeden Fall eine genüssliche Auszeit. Eine kleine Oase der Ruhe mitten im Sturm. Das Elend der Welt blieb für den Moment draußen.

Glücklicherweise fanden die Ärzte bei all den Untersuchungen, denen sich Nathan unterzog, nichts, was sie dazu veranlasst hätte, ihn weiter dort zu behalten.

Emma hatte ihre Mutter wieder nach Hause gebracht und war anschließend pappsatt, aber bereit für ihren Termin mit Nathan, ins Krankenhaus zurückgekehrt. Wenigstens sah es in diesem Klinikbereich so aus, als hätte man sich über die Gestaltung des Wartezimmers Gedanken gemacht. In feiner Abstimmung mit der Wandfarbe hingen hier Bilder in allen möglichen Schattierungen der Farbe Lila. Es gab zwar keine Tee- und Kaffee-Ecke, wie sie gehofft hatte, aber zumindest einen Wasserspender.

»Ist es auch wirklich in Ordnung für dich, dass wir das hier machen?«, erkundigte sich Emma zum hundertsten Mal.

Sie musste sich einfach sicher sein. Und das war nicht gerade leicht, wenn der Mensch, dem sie diese Frage stellte, gerade erst aus einem dreitägigen Koma erwacht war.

»Sie haben uns erklärt, dass die Chancen geringer sind, wenn sie deine Eizellen und mein Sperma separat einfrieren. Und da wir keine Ahnung haben, was die Zukunft bringt, können wir zumindest in dieser Hinsicht die Chancen zu unseren Gunsten erhöhen. Das ist absolut sinnvoll«, erklärte Nathan. Ganz offenbar hatte er das Informationsmaterial, das man ihnen mitgegeben hatte, aufmerksam durchgesehen.

Emma wünschte, sie könnte seine Überzeugung teilen. Im Augenblick schien ihr rein gar nichts einen Sinn zu ergeben.

»Und was ist mit der Zeit danach? Was ist, wenn wir heute in fünf Jahren gar keinen Kontakt mehr zueinander haben, andere Leute kennenlernen und unsere einzige Möglichkeit aber darin besteht, ein Kind miteinander zu haben?« Emma flüsterte, da sie vermeiden wollte, dass jemand vom Klinikpersonal mitbekam, dass ihr Status als nächste Angehörige nicht ganz der war, der er zu sein schien. Sie wollte hier nicht die Pessimistin spielen, aber sie mussten pragmatisch an die Sache herangehen. Es war keine Entscheidung, die man leichtfertig treffen sollte.

»Aber wir wissen doch gar nicht, wie das Leben in fünf Jahren aussehen wird. Wir wissen ja noch nicht einmal, wie es in fünf Monaten aussehen wird. Wir wissen lediglich, was wir hier und jetzt haben, und wenn sie sagen, dass das unsere beste Chance ist, dann sollten wir sie nutzen.«

»Das wird uns für immer aneinander binden, das ist dir hoffentlich klar.«

»Macht dir das Angst?«

Im Augenblick machte Emma alles Mögliche Angst. Die Vorstellung, dass Nathan einschlief und nicht mehr aufwachte. Ihre Operation. Der Gedanke, ihre Mutter womöglich allein zurückzulassen. Es gab so viele Dinge, die ihr Angst machten, aber der Gedanke daran, einmal ein Kind mit Nathan zu haben, gehörte nicht dazu. Im Gegenteil: Es klang wie eine reizvolle Unmöglichkeit. »Nein, es macht mir keine Angst. Ich fürchte mich eher davor, dass es möglicherweise niemals passieren wird.«

»In dem Fall sollten wir es durchziehen und dafür sorgen, dass es passieren könnte.«

Emma nickte. Es gab so viele Dinge zu überdenken, aber das hier gehörte nicht dazu. Wer wusste schon, was ihnen die Zukunft bringen würde. Die Verbindung ihrer beider DNA diente dem Zweck, sich die Hoffnung zu bewahren.

Was auch immer die Zukunft bereithielt, davon sollte sie so viel wie möglich enthalten.

Nathans Tagebuch

Seit der Operation war ich wie benebelt. Das, was einmal leicht war, war jetzt mühsam, und Dinge, die einmal einfach waren, waren nun kompliziert.

Während der Narkose lief mein Traum in Dauerschleife. Ich hörte immer und immer wieder das Babyweinen, aber ich hatte immer noch keine Ahnung, was es zu bedeuten hat. Was war bloß damit gemeint?

Doch als sie uns bei dem Termin genau erklärten, warum ein eingefrorener Embryo in der Zukunft größere Chancen auf Erfolg haben würde, als wenn man Eizellen und Sperma separat einfror, da war es mir mit einem Mal klar.

Ich wusste, dass wir es tun sollten. Leben erschaffen und schauen, wohin es uns führt.

30

Emma

Emma gab ihr Bestes, sich aus der Diskussion zwischen ihrer Mutter und Nathan herauszuhalten.

»Es ist wirklich kein Problem, und jetzt will ich nichts mehr davon hören. Im Moment funktioniert es so am besten. Wir sollten die Lösungen annehmen, die uns das Leben bietet.« Carole hatte in der letzten Woche voll und ganz das Kommando gehabt.

»Aber wirklich nur, wenn Sie sich auch ganz sicher sind. Ich möchte nicht aufdringlich sein«, sagte Nathan.

»Hören Sie auf, sich Gedanken zu machen, und bringen Sie Ihre Tasche nach oben.« Der austreckte Zeigefinger von Emmas Mutter, der ihm den Weg wies, duldete keinen Widerspruch, auch wenn er zitterte.

Carole hatte in den letzten Tagen ohne Emmas Hilfe all das geregelt, was ihr möglich war, um ihnen das Leben zu erleichtern. Sie hatte eine Pflegerin für morgens und abends organisiert, damit Emma sich nicht darum kümmern musste. Sie hatte endlich ihren elektrischen Rollstuhl bekommen und lernte, sich ohne die Hilfe ihrer Tochter damit durch das Haus zu bewegen. Sie hatte sich mit der Unterstützung von Emmas Bruder James, der zwar selten zu Besuch kam, aber ein Computercrack war, Onlinekonten eingerichtet, damit sie ihre Einkäufe von zu Hause tätigen konnte.

»Wie fühlst du dich, Liebes? Setz dich doch bitte hin.« Es kam Emma so vor, als hätte sich das Wohnzimmer in eine Kommandozentrale verwandelt, von der aus ihre Mutter alles leitete.

Emma setzte sich. Glücklicherweise tat ihr der Hintern nach der Hormonspritze nicht weh.

»Sind Sie sich auch ganz sicher, dass das okay ist? Ich will mich wirklich nicht aufdrängen.« Nathan gesellte sich wieder zu ihnen, nachdem er seine Tasche abgestellt hatte, und nahm neben Emma auf dem Sofa Platz. Durch sein Gewicht senkte sich das Sofa und brachte sie ihm näher. Es tat gut, wieder seine Wärme zu spüren.

»Das Zimmer steht ohnehin leer. Ich schaffe es auf keinen Fall, dort hinaufzukommen, um es zu benutzen. Wenn Ihre Mitbewohner Ihnen keine Hilfe sind, während Sie sich erholen, dann ist es auf jeden Fall besser, wenn Sie hierbleiben. Dann können Emma und ich ein Auge darauf halten, ob es Ihnen gut geht.« Carole bewegte ihren Rollstuhl ein wenig, woran sich Emma erst noch gewöhnen musste.

In Wahrheit meinte ihre Mutter damit, dass sie in der Nähe sein würden, sollte Nathan erneut ins Koma fallen. Da die Ärzte nicht herausgefunden hatten, warum es überhaupt passiert war, hatten sie ihnen nicht die Sorge nehmen können, dass es möglicherweise wieder geschah.

»Das ist wirklich sehr nett von Ihnen. Vielen Dank«, erwiderte Nathan.

»Ich glaube nicht, dass die Ärzte dich rausgelassen hätten, wenn in den nächsten Tagen niemand in der Nähe wäre, um dich im Auge zu behalten«, sagte Emma.

Nathans Mitbewohner arbeiteten den ganzen Tag und konnten sich nur dann kurzfristig freinehmen, wenn es um einen familiären Notfall ging. Babysitter für den Mitbewohner zu spielen fiel offenbar nicht darunter.

»Nun, ich bin froh, hier zu sein.«

»Und wir sind froh, Sie hier zu haben«, erwiderte Emmas Mutter. »Und jetzt, wo Sie bei uns wohnen werden, schlage ich vor, dass wir uns duzen!«

Emma lächelte, als Nathan erfreut zustimmte. Sie war auch froh, ihn hier im Haus zu haben, denn es war beruhigend, in der Lage zu sein, falls nötig nach ihm zu sehen.

Es dauerte nicht lange, bis die Lieblings-Quizsendung ihrer Mutter begann, und kurz danach kam die Pflegerin vorbei. Nathan und Emma zogen sich nach oben zurück. Emma kam sich ein bisschen wie eine Betrügerin vor, denn im Moment ging es ihr ausgezeichnet, und sie hätte sich liebend gern um das Abendessen ihrer Mutter gekümmert und sie zu Bett gebracht.

»Ist es in Ordnung, wenn ich in dein Zimmer rüberkomme? Es ist irgendwie komisch, mich in das Zimmer deiner Mutter zurückzuziehen.«

»Ja, klar.« Emma gab sich Mühe, es ganz entspannt klingen zu lassen, als sei sie daran gewöhnt, dass Männer sich in ihrem Zimmer aufhielten.

Sie war sich mit einem Mal sehr bewusst, was sich alles darin befand, und es kam ihr so vor, als betrachte sie die Gegenstände zum ersten Mal. Die Kiesel, die sie an Stränden gefunden und in Briefbeschwerer verwandelt hatte. Das ganze Regalbrett mit Notizbüchern voller unvollendeter Gedichte und Ideen für Geschichten. Sogar die Bücher sagten etwas aus, von dem sie nicht wollte, dass es irgendjemand mitbekam – wie zum Beispiel ihre

Vorliebe für das Beobachten von Vögeln. Hier waren all die intimsten Seiten ihres Wesens zur Schau gestellt. Ihr war gar nicht klar gewesen, wie aufschlussreich dieser private Bereich für jemand anderen sein musste.

Nathan begann die Regale zu überfliegen. »Aus welchem Buch hast du mir im Krankenhaus vorgelesen?«

Emma, die sich nicht ganz sicher war, wo sie sich nun, da sie Gesellschaft hatte, in ihrem eigenen Zimmer hinsetzen sollte, entschied sich für die Bettkante. »Ich dachte, du hättest gar nicht mitbekommen, dass ich dir vorgelesen habe.«

»Habe ich auch nicht. Aber ich vermute, dass du es getan hast. War es eins von denen hier?«

»Nein, ich bin davon ausgegangen, dass sich unsere Geschmäcker, was das angeht, ein bisschen unterscheiden.«

»Ich habe nie genug Zeit mit Lesen verbracht.«

Eine unangenehme Stille entstand, während sich Nathan weiter in den Bücherregalen umsah und Emma nicht die richtigen Worte zu finden vermochte. Das fiel ihr so schwer, weil sie sich nicht sicher war, was zwischen ihnen beiden vor sich ging.

»Wir sollten einen Namen für deine Hilfsorganisation finden und eine Liste machen, was alles zu erledigen ist«, sagte sie, denn sie war zu dem Schluss gekommen, dass es das Beste wäre, über etwas Praktisches zu reden.

»Und wir müssen das mit dem Kurztrip zu den Puffins regeln. Wir sollten versuchen, es noch vor deiner OP hinzukriegen. Hinterher ist dir vielleicht für eine Weile nicht danach. Wenn du magst, kann ich mich ja mal schlau machen. Mal sehen, ob es eine einfache Reise ist und wie schnell wir den Ball ins Rollen bringen können.«

Da sie wusste, wie rasch Nathan ihrer Mutter zu einem Fallschirmsprung verholfen hatte, war sich Emma ziemlich sicher, dass es schon bald geschehen würde, wenn sie ihm die Organisation überließ. »Das wäre toll«, erwiderte sie, immer noch unsicher, was sie sagen oder wie sie sich verhalten sollte. Seit ihrem Kuss war so viel geschehen. Womöglich erinnerte er sich gar nicht mehr daran.

Sie gähnte. Es war zwar noch früh am Abend, aber nicht wirklich überraschend, dass sich nach den letzten vierundzwanzig Stunden langsam Anzeichen von Erschöpfung einstellten.

»Du brauchst Ruhe und Schlaf. Ich kümmere mich darum, dass bei deiner Mutter alles okay ist. Du solltest früh ins Bett gehen«, sagte Nathan, der ihre Müdigkeit bemerkte. Es hatte in den letzten Tagen zu viele Veränderungen in der Frage gegeben, wer eigentlich Pfleger und wer Patient war. Noch fehlte ihr die Bereitschaft, die Rolle der Patientin einzunehmen, aber Nathan hatte recht damit, dass sie sich ausruhen musste. Die letzten paar Tage hatten sie zutiefst erschöpft.

»Du solltest dir aber auch etwas Ruhe gönnen«, sagte Emma, obwohl sie ihn keinesfalls aus ihrem Zimmer verjagen wollte. »Du bist seit drei Uhr letzter Nacht wach. Du musst doch auch müde sein, oder?« Jegliche Hoffnung darauf, dass Nathan sich ihr womöglich nähern würde, zerschlug sich, als er Richtung Tür ging.

»Komischerweise bin ich hellwach. Ich glaube, ich könnte noch ein oder zwei Tage ohne Schlaf auskommen. Es hat scheinbar seine Vorteile, wenn man übernarkotisiert wird.«

»Es ist aber nicht gut, echten Schlaf auszulassen.« Emma vermochte es zwar nicht genau zu benennen, aber etwas war anders an Nathan, seit er aufgewacht war. Diese Unruhe hatte sie vorher nicht an ihm bemerkt. »Komm her.« Sie tätschelte die Stelle auf dem Bett neben sich. Vielleicht würde sich alles nicht mehr so merkwürdig anfühlen, wenn es ihr gelänge, die Kluft zwischen ihnen zu überbrücken.

Nathan zögerte einen Moment, als wolle er ihre Einladung annehmen, überlegte es sich dann aber noch einmal und zog sich zurück. »Du musst dich ausruhen. Ich werde ein paar Dinge erledigen. Denn kein Schlaf bedeutet auch keine Träume, und die werde ich ganz bestimmt nicht vermissen. Gute Nacht, Emma.« Er winkte ihr zum Abschied zu und verschwand.

Das Herz wurde ihr schwer. War der Nathan, den sie aus dem Krankenhaus mit nach Hause gebracht hatte, überhaupt derselbe Mann, den sie vor ein paar Tagen dorthin gebracht hatte? Er war stiller und irgendwie weniger engagiert – die Abfuhr, die er ihr erteilt hatte, war der Beweis dafür. Er bewegte sich auf die gleiche Weise und sagte das Richtige, aber irgendetwas fehlte.

Wenn er sich natürlich nicht mehr an ihren Kuss am Morgen seiner verpfuschten Operation erinnerte, wäre das möglicherweise die Erklärung. Seine Körpersprache ließ nicht vermuten, dass er noch etwas davon wusste. Und daher war Emma ratlos, wie sie sich verhalten sollte. Sie hatten vereinbart, in der Zukunft gemeinsam Eltern zu werden, und dennoch fühlte sie sich diesem Mann, dem sie vor ein paar Tagen noch so nahe gewesen war, schrecklich fremd.

So wie er sie geküsst hatte, bevor sie am Krankenhaus ankamen, war bei ihr der Eindruck entstanden, er hätte ihr am liebsten die Kleider vom Leib gerissen. Doch heute Abend kam es ihr so vor, als hätte es einen solchen Gedanken in ihrer beider

Leben nie gegeben. Sie waren einander wieder fremd. Lediglich vereint durch ihre Angst vor dem Krebs.

Emma war dermaßen müde, dass sie sich auf dem Bett zusammenrollte, ohne sich für die Nacht umzuziehen oder die Zähne zu putzen. Das hatte etwas viel zu Geordnetes, entsprach zu sehr der Normalität. Und im Augenblick war ihr weder nach dem einen noch nach dem anderen zumute.

Sie kam sich vor, als würde sie an einem Fallschirm hängen. Doch der Wind lenkte sie nicht sanft in eine Richtung, sondern er zerrte an ihr, schubste sie mal hierhin, mal dorthin, im ständigen Wechsel. All die Verpflichtungen, die sie hatte, die unglaublichen Umstände, in denen sie sich wiederfand, die Freundschaft, die mehr als das war und doch nicht. Sie fragte sich angesichts all dieser Verstrickungen, ob sie überhaupt etwas richtig machte.

Es verdeutlichte ihr, dass ein einziger Tag die Macht hatte, alles zu verändern. Dass Dinge, die einen für den Moment glücklich machten, sich im nächsten Moment schon völlig wandeln konnten. Mit jeder Stunde, die verstrich, fand Veränderung statt. Statt niemals eine Stunde zu verschwenden würde sie sich manchmal lieber an die Stunden klammern, damit sie niemals vergingen.

Es fiel ihr schwer, damit klarzukommen, dass sich die Bedürfnisse eines jeden Menschen in diesem Haus – und ihr eigenes Leben noch dazu – veränderten.

Sie war nicht mehr länger diejenige, die sich um andere kümmerte, und würde schon bald diejenige sein, um die sich andere kümmern mussten.

Nathan hatte sich von einem Freund in mehr verwandelt und gleichzeitig auch in weniger als das. Wenn sie doch nur nicht so müde wäre, um sich darüber klar zu werden, in was genau er sich verwandelt hatte. Es war ein Jammer, dass sie nicht in der Lage war, wach zu bleiben, denn sie wusste, wie sehr sich bis zum Morgen wieder alles aufs Neue verändert haben würde.

31

Nathan

Eine Minute hatte sechzig Sekunden.

Eine Stunde sechzig Minuten.

Der durchschnittliche Erwachsene schlief sieben bis acht Stunden pro Nacht.

Das waren Fakten, die zutrafen.

Und das wusste Nathan, weil sein Gehirn auf Hyperantrieb geschaltet hatte. Als er erfuhr, wie lange er geschlafen hatte, ergab das für ihn beinahe einen Sinn, wenn man die Häufigkeit bedachte, mit der sich sein Traum in einem unerbittlichen Kreislauf wiederholt hatte. Es war ein schier nie endendes, einfach nicht aufhören wollendes Surren gewesen, und in seinem komatösen Zustand hatten auch seine verworrenen Gedanken nicht Halt gemacht. Was mochte dieser immer wiederkehrende Ausschnitt nur bedeuten? Und warum diese Veränderung?

Bedauerlicherweise hatte er in seinem nahezu meditativen Zustand auch keine Antwort darauf gefunden. Das Ganze hatte seine Sorge nur noch weiter geschürt. Momentan durchforstete er das Internet in der Hoffnung, einige seiner Überlegungen ad acta legen zu können. Das tat er nun schon seit weitaus mehr Stunden, als es irgendjemand mitten in der Nacht eigentlich tun sollte. Es war ein Versuch, seinen Kopf mit etwas zu füllen, während der Rest des Hauses schlief.

Dabei war es nicht gerade hilfreich, dass er sich in einem fremden Zimmer befand. Er wollte nicht auf der Suche nach Ablenkung die Schubladen durchstöbern, denn er hatte nicht vor, in Caroles persönlichen Dingen herumzuwühlen. Auf ihrer Frisierkommode lagen Schmuckstücke neben halbfertigen Stickprojekten. Eine Puppe starrte ihn mit unverwandtem Blick an, als täte er etwas Schlimmes.

Und da war es wieder. Es brauchte nicht viel, um die Erinnerung zu wecken.

Sogar im Wachzustand präsentierte sich der Traum in seiner Gesamtheit und unzensiert. Es schien fast so, als wollte er, dass er ihn spürte. Als wollte der Traum ihn nicht in Ruhe lassen.

Nathan versuchte, ohne viel Lärm zu verursachen einen Hoodie aus seiner Tasche hervorzukramen, und warf ihn über die Puppe. Ihre Augen machten ihm Angst, und das ließ ihn an den letzten Teil des Traums denken. Den neuen Teil. Das Babyweinen. Er hatte es als Anstoß betrachtet, sich gemeinsam mit Emma für die Fruchtbarkeitsbehandlung zu entscheiden. Aber was wäre, wenn es nicht als Ermutigung diente, sondern als Warnung?

Sollte nicht ein Mann, der sein ganzes Leben lang von seinem eigenen Tod geträumt hatte, diese neue Variante positiv bewerten? Ein Baby symbolisierte doch Hoffnung, oder etwa nicht? Eine Zukunft, die sich fortsetzen würde, auch wenn er nicht mehr da war. Dass das, was er sicherzustellen versuchte, letztendlich auch passierte. Doch etwas in ihm war voller Angst.

War der Traum also so etwas wie eine Warnung? Dieser Gedanke wollte und wollte ihn nicht loslassen. Vielleicht hatte der

Traum ihm das Wissen um seinen möglichen Tod beschert, damit er dem Knoten mehr Beachtung schenkte. Wer weiß, wie lange er ihn sonst einfach ignoriert hätte. Und vielleicht war das Babyweinen eine Warnung anderer Art. Nämlich, zurzeit nur ja nicht zu riskieren, Vater zu werden.

Das Ganze glich dem Versuch, Kondensstreifen zu verfolgen. Er war vernünftig genug, um sich bewusst zu machen, dass nichts davon wirklich einen Sinn ergab. Er war bloß nicht clever genug, um herauszufinden, was er tun sollte.

Er wusste lediglich, dass ihn dieses ärgerliche, pausenlose Nachdenken gerade davon abhielt, mit Emma zu kuscheln. Er hatte den Ausdruck in ihren Augen gesehen. Er war sich bewusst, dass sie mehr gewollt hatte, als nur mit ihm zu plaudern. Aber wenn er ihr so nahe käme, würde er auch mehr von ihr wollen, als sich nur mit ihr zu unterhalten.

Und dem musste er einen Riegel vorschieben.

Er wusste, dass er sich zu sehr den Kopf über alles zerbrach, aber der Traum, der ihm immer und immer wieder durch den Kopf ging, hielt ihn davon ab, klar zu denken.

Egal, wie sehr er sich auch in der Zukunft Kinder wünschte, er wollte keinesfalls irgendetwas tun, was das Hier und Jetzt gefährden könnte. Und da er bereits so viele Stunden wach war, lief seine Fantasie auf Hochtouren, dass Emma möglicherweise von ihm schwanger werden könnte.

Miteinander zu schlafen barg immer das Potenzial, Leben zu erschaffen, und nun, da Emma mit der Fruchtbarkeitsbehandlung begonnen hatte, um die Entnahme der Eizellen zu ermöglichen, wäre die Chance sogar noch größer.

Deshalb musste es hier aufhören. Es war eine Entscheidung. Eine Verpflichtung. Sie durften nicht riskieren, etwas zu tun, das am Ende möglicherweise Konsequenzen für Emmas Gesundheit hatte.

Das Geräusch in seinem Kopf war so klar und deutlich, dass es sich nicht übertönen ließ. Er hatte es bereits mit verschiedenen Methoden versucht, aber es gelang ihm noch nicht einmal mit seiner Lieblingsband, den Smashing Pumpkins.

In seinem Kopf weinte ein Baby. Es waren definitiv nicht die Laute, die ein zufriedenes, glückliches Baby von sich gab. Und auch kein Brüllen, wie es ein hungriges Baby von sich gab oder eins, das noch kein Bäuerchen gemacht hatte oder dessen Windeln gewechselt werden mussten.

Es war das Weinen eines Babys, das keine Mutter hatte.

Nathan wusste, dass er nicht mit Emma schlafen durfte. Denn wenn er es täte und sie schwanger würde, war ihm schon jetzt klar, wie ihre Entscheidung aussähe.

Sie würde die Behandlung abbrechen.

Sie würde das Baby retten.

Und das durfte er nicht zulassen.

Nathans Tagebuch

Es ist schon erstaunlich, was man so alles in den frühen Stunden vor dem Morgengrauen erledigt bekommt, wenn man nicht schlafen kann. Ich bin in einer einzigen Nacht produktiver gewesen als in der gesamten letzten Zeit zusammengenommen. Mir ist alles recht, um mich abzulenken und meine Gedanken davon abzuhalten, wieder zu dem Traum zurückzukehren.

Ich habe mich mit Indoor Skydiving befasst und bin zu der Entscheidung gelangt, Rudis Hineinschnuppern in diesen Sport zu finanzieren.

Ich habe alles, was man von einem Laptop aus tun kann, getan, um endlich den Stein ins Rollen zu bringen und eine gemeinnützige Organisation zu gründen.

Ich habe Emmas Reise zu den Puffins geplant und gebucht.

An eins habe ich mich allerdings noch nicht herangewagt: den Versuch, die Weltherrschaft zu übernehmen. Ich glaube, dazu werde ich diesem Leben nicht kommen – insbesondere, wenn man bedenkt, dass meine Tage gezählt sind. Außerdem kann man nicht alles erledigen, wenn alle anderen schlafen.

Worauf es im Moment ankommt, ist Ablenkung. Die ist entscheidend.

Ansonsten müsste ich mich der Realität stellen …

Emma hat Krebs.

Ich bin mir ziemlich sicher, dass ich schon bald herausfinden werde, dass ich ihr Schicksal teile. Von jetzt an ist jeder Tag ein Segen. Ich betrachte schlaflose Nächte als ein kostbares Geschenk zusätzlicher Zeit – und Zeit sollte man nicht verschwenden.

32

Achtundzwanzigster Tag

Emma

Aufwachen! Zeit zum Packen.«

Emma war noch nicht einmal unter der Bettdecke hervorgekrochen. Sie benötigte morgens immer erst einmal eine Tasse Tee, bevor sie ansprechbar war. Normalerweise kochte sie sich heimlich eine, bevor ihre Mutter wach wurde, und schlich damit zurück in ihr Zimmer, um sie dort in aller Stille zu genießen.

»Packen?«, krächzte sie. »Wieso?«

»Die Puffins warten.«

Emma benötigte nicht nur Flüssigkeit, damit ihre Stimme funktionierte, sondern auch Nahrung, um ihr Gehirn in Gang zu bringen. »Puffins?«

»Du wolltest doch Puffins in freier Natur sehen. Alsoooooooooo …« Nathan betonte das Wort mit diesem Singsang in der Stimme, der besagte, dass er auf etwas ganz Besonderes und gleichzeitig Offensichtliches hinauswollte.

Emma begriff, dass er von ihr erwartete, den Satz zu beenden. Aber das würde nicht passieren, denn sie war in einem Schockzustand. Im Augenblick war sie sich nicht einmal sicher, welcher Wochentag heute war. Oder wie viele Stunden sie geschlafen hatte. Oder ob sie zu spät dran war, um ihrer Mutter zu helfen. Eigentlich hatte es sogar einige Augenblicke gedauert, bis sie sich daran erinnerte, warum Nathan überhaupt hier war – in ihrem Haus, in ihrem Zimmer.

»... werden wir uns Puffins in der freien Natur ansehen!« Nathan sagte es mit einem alarmierenden Frohlocken in der Stimme. Begeisterung schwebte in der Luft, als er den Höhepunkt erreicht hatte und darauf wartete, dass Emma zu ihm aufschloss.

Sie starrte ihn an. Das war schlicht zu viel, um es zu verarbeiten, während sie noch damit beschäftigt war, wach zu werden.

»Du willst doch immer noch Puffins in Freiheit sehen, oder?« Die Luft war schon ein bisschen raus, die Zuversicht in Nathans Stimme bereits um einiges verhaltener als zu Beginn.

»Natürlich! Aber im Moment bin ich noch gar nicht richtig wach. Ich brauche erst eine Tasse Tee. Wenn ich die erst mal getrunken habe, bin ich vielleicht imstande, mich dazu zu äußern.« Emma war ein Morgenmuffel, und das würde Nathan auch nicht mit einer noch so geballten Ladung Begeisterungsfähigkeit ändern. Wenn jemand den Eindruck erweckte, als versuche er eine Rolle in *High School Musical* zu ergattern, sorgte das bei jemandem, der kaum in der Lage war, einen klaren Gedanken zu fassen, nicht gerade für gute Laune.

»Dann werde ich mal Tee machen. Und Frühstück. Du wartest hier.«

Emma hatte nicht vorgehabt, sich von der Stelle zu rühren. Sie fühlte sich von all dem ziemlich überwältigt. Sie war mit einem beklommenen Gefühl zu Bett gegangen, und es trug nur noch zu ihrer Verwirrung bei, nun auf diese übereifrige Art und Weise geweckt zu werden. Selbst in Anbetracht von Nathans Credo, niemals eine Stunde zu verschwenden, wäre es ihr ganz lieb, wenn es einige Stunden gäbe, die ausdrücklich dem Schlaf vorbehalten waren.

Sie fühlte sich heute Morgen irgendwie eigenartig. Als würden einige Teile von ihr nicht wie gewohnt funktionieren. Vielleicht waren es die Nebenwirkungen der Hormonspritze. Was auch immer es war, sie verspürte ein Gefühl der Verunsicherung in ihrem ganzen Körper.

»Bitte sehr«, trällerte Nathan, der mit einem Tablett ins Zimmer zurückkehrte, auf dem sich ein gekochtes Ei, in Streifen geschnittenes Toast und ihre dringend benötigte Tasse Tee befanden. Er platzierte es auf ihrem Schoß, ehe er sich neben ihr auf der Bettkante niederließ.

Es grauste ihr aus irgendeinem Grund davor, dass er sie auffordern könnte, ihre Sachen zusammenzupacken. Da gab es immer noch ihre Mutter, an die sie denken mussten. Wahrscheinlich war es der Traum einer jeden Frau, solch einen Satz zu hören, aber im Augenblick war ihr mehr danach, zu Hause zu bleiben.

»Danke sehr«, brachte sie nach dem ersten Schluck von ihrem Tee hervor. Sie hatte wirklich nicht unhöflich sein wollen, aber sie war solche Überfälle am frühen Morgen nicht gewohnt.

»Entschuldige, ich dachte, du wärest wach, als ich reinkam. Ich wollte dich nicht erschrecken.«

»Bloß weil man die Augen auf hat, bedeutet das noch lange nicht, dass man auch schon ganz da ist«, erwiderte sie mit einem Lächeln. So war es jedenfalls bei ihrer Mutter. Vielleicht lag es in ihren Genen, dass sie kein Morgenmensch war.

»Bist du denn jetzt halbwegs wach?«

Emma nahm einen weiteren Schluck von ihrem Tee. Das war zwar nicht einmal genug, um den Motor anzuwerfen, aber da es sich um Nathan handelte und sie wirklich nicht so reagieren sollte, wie sie es getan hatte, gab sie sich ausnahmsweise mit zwei Schlucken zufrieden. »Ich bringe zusammenhängende Sätze zustande. Das ist doch ein gutes Zeichen, oder?«

»Das sollte reichen. Also, ich habe mich in der Nacht mal mit der Puffin-Thematik beschäftigt. Die Bempton Cliffs in Yorkshire wären einen Versuch wert. Die Königliche Gesellschaft für Vogelschutz kümmert sich um das Naturschutzgebiet. Die Chancen stehen nicht schlecht, dort einen Puffin zu sehen. Und es wäre der nächstgelegene Ort. Wir könnten den Trip in zwei Tagen schaffen. Es ist allerdings eine ziemlich lange Zugfahrt, also, wenn du willst, könnten wir auch etwas länger bleiben. Wenn wir heute starten, sollte es mit deinen Tabletten und Spritzen hinkommen.« Nathan wirkte total aufgedreht, sprach so schnell, dass Emma beinahe nicht mitkam.

»Hast du überhaupt geschlafen?«

»Nicht wirklich.«

»Hatte ich mir schon gedacht. Fühlst du dich nicht erschöpft?«

»Nein. Gar nicht. Tut mir leid, dass ich dich mit meiner überschwänglichen Begeisterung geweckt habe. Du musst müde sein. Meinst du, du bist in der Lage, etwas zu unternehmen?«

Emma war immer noch nicht wach genug, um beurteilen zu können, wie sie sich eigentlich fühlte. Normalerweise hielt sie sich mit einer solchen Beurteilung zurück, bis sie wenigstens aufgestanden war. »Hört sich toll an. Und so lange ich nicht schon in zehn Minuten fertig sein muss, sollte es funktionieren.« Sie ließ sich ihr Essen schmecken. Es wäre zu schade, es kalt werden zu lassen, und sie hatte keine Ahnung, wie lange es dauern würde, ehe ihr wieder jemand das Frühstück ans Bett brachte.

Das Eigelb war perfekt: wachsweich und in der Mitte noch flüssig, sodass es herauströpfelte, als sie einen Toaststreifen hineintunkte. Der Anblick machte sie nur noch hungriger, daher konnte sie wohl Magen-Darmbeschwerden als Ursache für ihr Unwohlsein ausschließen. »Hast du dir auch etwas gemacht?« Sie war ein wenig verlegen, dass ihr jemand beim Essen zusah.

»Nein, nur für dich und deine Mutter. Ich habe mir etwas von dem Toast genommen, während ich darauf gewartet habe, dass die Eier kochen.«

Der Gedanke, dass ihre Mutter auch in den Genuss dieses Service gekommen war, brachte Emma zum Lächeln. Aber gleichzeitig erinnerte es sie auch daran, weshalb sie sich nicht einfach so auf und davon machen konnte, um sich einen Puffin in der freien Natur anzusehen. »Ich kann hier nicht so ohne Weiteres weg. Es muss jemand für sie da sein.«

»Ich habe bereits mit ihr darüber gesprochen. Ihre Pfleger kommen jetzt regelmäßig vorbei, und sie hat noch jemanden angerufen, der im Laufe des Tages eintreffen und dann bei ihr bleiben wird. Sie findet es gut, dass wir diesen Trip zusammen machen. Sie freut sich für uns.«

Emma kaute auf einem Toaststreifen herum, um nicht gleich antworten zu müssen. Es kam ihr so vor, als hätten sich alle gegen sie verschworen – auch wenn es nicht unbedingt eine Strafe war, die sie da austeilten. Es ging um ihren Herzenswunsch. Vielleicht war das der Grund, warum sie nicht gerade Luftsprünge machte … Sie war noch nicht bereit für etwas Endgültiges.

»Wer wird denn bei ihr bleiben?«

»Dein Bruder.«

»Echt?« Es war so lange her, dass James einmal etwas Nützliches getan hatte, da konnte man glatt vergessen, dass er überhaupt zu irgendwelchen Heldentaten fähig war.

»Ja, echt. Ich glaube aber, dass deine Mutter ihm gar keine Wahl gelassen hat. Also, wie sieht's aus? Kommst du mit?«

»Spricht nichts mehr dagegen.« Das war vielleicht nicht ganz die jubelnde Reaktion, die sich Nathan erhofft hatte, aber andererseits ersparte sie es sich, irgendwelche Entschuldigungen herunterzurasseln, warum sie eigentlich gar nicht mitkommen konnte. Sie hatte schon viel zu viel Zeit verschwendet, ohne richtig zu leben. Da würde sie sich eine solche Gelegenheit nicht entgehen lassen – vor allem dann nicht, wenn sie ihr quasi auf dem Präsentierteller gereicht wurde, vollständig organisiert, ohne dass sie noch einen Finger rühren musste. »Lass mir Zeit zum Frühstücken und Anziehen, dann komme ich runter und spreche mit Mum.« Sie wollte sichergehen, dass ihre Mutter das Ganze wirklich so positiv sah.

Die Unternehmung war allerdings schon ziemlich übereilt und sie wusste, dass das der eigentliche Grund für ihr Zögern war. Vielleicht stand sie doch noch irgendwie unter Schock. Es hatte sie schon umgehauen, Frühstück im Bett serviert zu bekommen, da war eine Reise obendrauf eigentlich zu viel für einen einzigen Morgen.

Andererseits sollten Puffins doch glücklich machen. Sie hatte so viele zerlesene Bücher, bei deren Lektüre sie von einer solchen Möglichkeit geträumt hatte. Außerdem würde es ihr guttun, einmal von ihren Verpflichtungen befreit zu sein. Aber aus irgendeinem Grund war da so etwas wie ein glänzender Film, der ihren Blick verschleierte und verhinderte, dass sie sich über die ganze Sache freuen konnte, und sie verstand nicht, warum das so war.

An manchen Tagen war es vermutlich einfach schwerer, eine Maske aufzusetzen und so zu tun, als sei alles in Ordnung. Heute würde ihr wohl nicht einmal eine Kriegsbemalung helfen, um die Risse zu überdecken, die das Leben hinterließ.

33

Nathan

Nathan verstaute sein Traumtagebuch in der Reisetasche. Wenn es jemand in die Finger bekäme, würde der ihn vermutlich für verrückt halten. Er war sich bei seinem momentanen Schlafmangel ja selbst unsicher, ob er nicht langsam den Verstand verlor. Im Moment half ihm auch der stärkste Kaffee nicht weiter.

Emma schlief gerade – die Bewegungen des Zugs hatten sie in den Schlaf gewiegt. Nathan wünschte, ihm würde es genauso gehen. Er war noch nie zuvor in seinem Leben bis zu einem solchen Punkt übermüdet gewesen, dass er gar nicht mehr wusste, was er mit sich anfangen sollte. Wenn das so weiterging, müsste er sich noch Schlaftabletten verschreiben lassen.

Was gäbe er darum, wenn er seinen Kopf auf Emmas Schulter legen und wie sie ein Nickerchen machen könnte. Aber aus irgendeinem Grund wollte ihm sein Körper nicht erlauben, sich auszuruhen, und er wollte es nicht riskieren, sie zu wecken, wo sie doch gerade so friedlich schlief. Außerdem sollte er ihr vermutlich besser nicht so nahe kommen.

Jedes Mal, wenn sie umstiegen, plagten ihn Schuldgefühle, weil er sie wecken musste, aber auf der nächsten Etappe schlief sie gleich wieder ein. Ganz offensichtlich war es nicht die Reise, die sie so müde machte, sondern der Hormoncocktail, den sie ihr gestern in den Körper gejagt hatten und der nun seinen Tribut forderte.

Während wunderschöne Landschaften am Zugfenster vorüberzogen – Koppeln mit Pferden, breite Flüsse und Felder, die zu blühen begannen –, hoffte er inständig, dass er das Richtige getan hatte. Es war ihm einfach nicht gelungen, dieses schreckliche Gefühl abzuschütteln, dass es niemals wieder einen richtigen Zeitpunkt dafür geben würde. Zum ersten Mal erkannte er, dass dies aber vielleicht nicht die gesündeste Art und Weise war, ans Leben heranzugehen. Hätte er ein paar Tage gewartet, wäre Emma nicht so müde gewesen und hätte mehr von all dem mitbekommen. Und es würde sich erst noch zeigen, wie sie die nächsten Tage bewältigt bekam. Es blieb ihm nichts anderes übrig, als von Stunde zu Stunde zu sehen, wie es lief und ihr immer wieder die Möglichkeit zu geben, sich auszuruhen.

Da war noch ein anderer Grund, der ihm Sorgen bereitete. Es gab gewisse Dinge, auf die er keinen Einfluss hatte, und die Jahreszeit, in der sie sich gerade befanden, gehörte dazu. Und das bedeutete, dass sie womöglich nicht einmal einen einzigen Puffin zu Gesicht bekommen würden.

Es war schön und gut, seinen Träumen nachzujagen, doch es war niemals leicht, zu akzeptieren, dass sie sich nicht verwirklichen ließen.

Aber da er nun einmal der war, der er war, schwor er sich, sein Bestes zu geben, egal, was auch geschah.

34

Emma

Am Morgen hatte Emma zum Wachwerden noch eine Tasse Tee ausgereicht, doch nun benötigte sie Streichhölzer, um die Augen offen zu halten. Bei jeder Gelegenheit fielen ihr die Lider zu, und jedes Mal, wenn Nathan sie weckte, hatte sie keine genaue Vorstellung davon, wo sie sich gerade befanden.

Er hielt sie zwar auf dem Laufenden, aber sobald sie sich den Namen eines Ortes gemerkt hatte, waren sie in ihrem nächsten wachen Moment auch schon wieder woanders.

»Wir sind fast da. Nur noch ein paar Stationen.«

Nathan schüttelte Emma zum wiederholten Male, bis sie halbwegs wach war und in der Lage, mit ihm auszusteigen. Sie hatte inzwischen längst den Überblick verloren, wie oft er sie schon geweckt hatte. »Wo sind wir?« Sie hätten sich genauso gut schon längst wieder auf den Rückweg in den Timberley Drive gemacht haben können, anstatt Richtung Nordosten, quer durchs Land, nach Yorkshire zu fahren.

»Wir sind endlich am Ziel. In Bempton. Ich rufe uns ein Taxi, das uns zum Cottage bringt. Wir werden uns dann morgen im Naturschutzgebiet umsehen. Heute ist es schon zu spät dafür.«

Emma nickte. Sie war wirklich die schlechteste Reisegefährtin, die man sich vorstellen konnte. Aber wer hätte gedacht, dass eine kleine Spritze eine solche Wirkung auf sie haben würde. Wenigstens war sie bloß schläfrig. Hätte sie sich die Seele aus dem Leib gekotzt, wäre so eine Reise noch mal eine ganz andere Hausnummer gewesen.

Im Taxi entdeckte sie ihre Fähigkeit wieder, die Augen offen zu halten. Das Örtchen Bempton mit seinen schmucken weißen Häusern und den malerisch grünen Wiesen sauste an ihnen vorbei. Sie hielten vor einem Haus, das sich direkt gegenüber der Kirche und dem Friedhof befand. Es war schon spät, aber die Szenerie wurde durch Flutlicht zum Leben erweckt, das Schatten warf, wo es ihr lieber gewesen wäre, wenn es keine gegeben hätte.

Nathan bezahlte den Taxifahrer, und Emma fiel ein, dass sie ihm bisher noch keinen Penny gegeben hatte. Er musste für die Zugfahrt und die Unterkunft bereits bezahlt haben. »Lass mich wissen, was ich dir für all das hier schuldig bin. Schließlich ist das hier mein Herzenswunsch.«

»Mach dir deshalb mal keine Gedanken. Lass uns lieber reingehen, ins Warme.« Nathan fummelte an einem kleinen Kasten herum, den Emma als einen Schlüssel-Safe erkannte, für den man einen Code benötigte, um ihn zu öffnen. So etwas hatte sie daheim an ihrem eigenen Haus auch, damit die Pfleger bei ihren regelmäßigen Besuchen Zugang zu einem Haustürschlüssel hatten.

Emma folgte Nathan in das kleine Cottage hinein, das im Inneren viel größer war, als es von außen aussah. Obwohl es sich im Grunde nur um ein offenes Wohnschlafzimmer handelte, war es ein wirklich schicker Raum. Und dass er so großzügig angelegt war, lag an dem Anbau, der vermutlich einmal als Schweinestall gedient hatte. Auf den ersten Blick schien er keine Fenster zu haben und gar nicht zum Gebäude zu gehören, doch sobald man das Cottage betrat, wurde offensichtlich, dass dort der Schlafbereich untergebracht war. Und das Fehlen normaler Fenster wurde durch ein Dachfenster wettgemacht.

Die Haustür führte direkt in den Wohnbereich mit einer offenen Küche. Emma schaute sich gleich einmal um, blickte in Schränke, öffnete Türen, machte sich mit der Umgebung vertraut. Es gab nur einen einzigen separaten Raum, in dem sich Dusche und Toilette befanden. Als sie nach draußen spähte, entdeckte sie einen kleinen Hof, auf dem sie in der Abendsonne hätten sitzen können, wenn es nicht so kalt gewesen wäre. Es war ein zauberhaftes Refugium. Emma war davon überzeugt, dass es ihr in der Kürze der Zeit niemals gelungen wäre, etwas so Uriges und Wunderbares zu finden. Es standen sogar Bücher in den Regalen, von denen sie einige auch zu Hause hatte, ganz so, als wäre dies ein Verweis darauf, dass diese Unterkunft wie gemacht für sie war.

»Wo hast du dieses Cottage gefunden?«, fragte sie.

»Auf Airbnb. Ich dachte, es würde dir gefallen.«

»Es ist ganz wundervoll«, sagte Emma und blickte sich noch einmal um.

Und bevor sie überhaupt einen einzigen Puffin gesehen hatte, passierte es: Sie spürte, wie sich ein Lächeln auf ihrem Gesicht ausbreitete. Als ob das hier passieren sollte, sie hier sein sollte.

Es gab nur zwei Dinge, die sie beunruhigten.

Erstens war sie noch nicht bereit, in naher Zukunft zu sterben. Die Tatsache, dass sie das hier als ihren letzten Wunsch genannt hatte, machte sie nervös. Sie wollte auf keinen Fall, dass es tatsächlich so kam.

Und zweitens gab es nur ein Schlafzimmer. Mit einem Bett. Es dürfte schwer werden, keinen Gedanken daran zu verschwenden, was genau das bedeutete. Es blieb ihr nichts anderes übrig, als bis zur Schlafenszeit abzuwarten …

35

Lange vor der Schlafenszeit galt Emmas Hauptsorge ihrem immer größer werdenden Hunger. Sie konnte sich nicht erinnern, seit dem Frühstück irgendetwas gegessen zu haben – und die Anreise hatte fast acht Stunden gedauert. Während sie mit dem Zug durchs Land gezuckelt waren, hatte sie das Mittagessen verschlafen,

»Ich bin am Verhungern. Gibt es hier irgendwas Essbares?«, fragte sie, denn es schien ihr besser zu sein, sich auf die Dinge zu konzentrieren, die sich in den Griff bekommen ließen.

In der Küche stand ein Tablett mit einem Vorrat an üblichen Getränken und zwei einzeln verpackten Plätzchen. Aber damit ließe sich ihr gegenwärtiger Appetit wohl kaum stillen. Seit Nathan sie heute Morgen geweckt hatte, war das Beisammensein mit ihr alles andere als ein Vergnügen für ihn gewesen, da wollte sie der Liste ihrer unsympathischen Eigenschaften nicht auch noch hinzufügen, dass sie total gereizt reagierte, wenn sie Hunger hatte.

»Ganz in der Nähe ist ein Fish-and-Chips-Laden. Nur fünf Minuten Fußweg. Wenn du möchtest, könnte ich schnell hinlaufen und sehen, ob er auf hat. Ansonsten gibt es noch zwei Lokale nicht weit von hier, die auch Essen liefern.«

»Hast du das wirklich alles in einer einzigen Nacht herausgefunden?« Kaum zu glauben, dass das hier gestern überhaupt noch nicht geplant gewesen war.

Nathan zuckte mit den Schultern. »Essen ist wichtig. Ich wollte sichergehen, dass wir nicht irgendwo in der Pampa landen, da wir ja nicht mit dem Wagen hier sind und uns unterwegs den Kofferraum mit Lebensmitteln vollladen konnten.«

»Dann bin ich für Fisch and Chips.«

»Was soll ich mitbringen?«

»Ich komme mit. Die frische Luft wird mich hoffentlich wach machen. Ich war schon lange nicht mehr so müde. Und wir wollen doch nicht riskieren, dass du dich hier womöglich verläufst.«

Es war eine Entschuldigung, um mit Nathan zusammen zu sein. Sie hatte schon viel zu viel von diesem Tag verpasst. Sie wünschte, sie wäre öfter wach gewesen, um sich nichts von ihrem Abenteuer entgehen zu lassen.

Es war merkwürdig, irgendwo zu sein, wo es so viel malerischer war als zu Hause. Hier gab es in der Dorfmitte lediglich einen Pub und ein Postamt und ansonsten nur Häuschen wie aus dem Bilderbuch und atemberaubende Blicke auf die hügelige Landschaft. Sie wusste, dass jedes Städtchen und Dorf anders war, jedes seine eigenen kleinen Besonderheiten hatte, aber bisher hatte sie sie nur im Fernsehen oder im Internet gesehen oder in ihrer Fantasie, wenn sie in Büchern vorkamen, die sie las. Es war kurios, in einem Ort zu sein, in dem es mitten auf der Straße eine Anschlagtafel mit Ankündigungen für Bastelgruppen und Jahrmärkte gab.

Es kam ihr eigenartig vor, neben Nathan herzugehen – Seite an Seite, nicht Arm in Arm. Die Ungezwungenheit, die einmal zwischen ihnen geherrscht hatte, hatte sich in Luft aufgelöst.

Es war erstaunlich, wie aus einer Lücke von drei Zentimetern eine für beide Seiten unüberwindbare Kluft werden konnte. Viel schlimmer noch war für Emma, dass sie sich nicht sicher war, ob Nathan es überhaupt wollte. Obwohl sie sich geküsst hatten, war er, nachdem er im Krankenhaus wieder aufgewacht war, nie mehr darauf eingegangen. Emma bewegte sich langsam einen Zentimeter näher. Sie versuchte, sich eine Frage einfallen zu lassen, etwas, womit sie die Unterhaltung in Gang bringen konnte, ohne dass es peinlich wurde. »Weißt du inzwischen, wie deine Hilfsorganisation heißen soll?«

»Ich hatte schon mal an ›Luftsprünge‹ gedacht. Aber so eine richtig zündende Idee hatte ich noch nicht. Ich suche nach einem Namen, in dem sich der Zweck widerspiegelt.«

Sie erreichten eine Kreuzung und bogen um die Ecke. Weiter vorn war das Neonschild eines Imbisses zu sehen. Es war wirklich bloß ein Fußmarsch von fünf Minuten gewesen – wenn überhaupt. Die Tatsache, dass das Schild erleuchtet war, machte ihr Hoffnung, dass sie schon bald etwas in den Magen bekommen würde.

»Also, was hättest du gern?«, fragte Nathan.

Einmal alles, was auf der Karte steht, klänge wahrscheinlich ein bisschen zu verfressen. Aber Emma hatte einen solchen Bärenhunger, dass sie gute Chancen hätte, eine solche Bestellung zu vertilgen. »Möglicherweise sind meine Augen größer als mein Magen, aber ich würde gern Fisch and Chips essen und dazu noch eine Wurst im Backteig.«

Vielleicht gehörte es ja zu den Nebenwirkungen der Spritzen, dass sie in die Breite gehen würde. Und das wäre mit

Sicherheit der Fall, wenn sie jetzt immer einen so mächtigen Appetit hätte, der gerade durch die Salz- und Essigschwaden, die sich mit dem Backfischgeruch mischten, nur noch mächtiger wurde. Für den Moment schob sie es auf die Tatsache, dass sie eine ausgefallene Mahlzeit nachholte.

Nathan war mit seiner Bestellung zurückhaltender und entschied sich für eine Fleischpastete mit Fritten. Da sie die einzigen Kunden waren, mussten sie nicht lange warten, bis ihr Essen fertig war und in Papier eingeschlagen wurde. Emma wusste es zu schätzen, dass die Hormonspritzen zumindest keine Gelüste nach eingelegten Zwiebeln bei ihr weckten.

Als sie sich wieder auf den Rückweg machten, bemühte sie sich, die Unterhaltung am Laufen zu halten.

»Wie wäre es denn mit ›Nathan-Foxdale-Stiftung‹?«

»Das hätte schon was, aber findest du nicht, dass es so klingt, als wäre ich bereits tot? Als wäre das Ganze zur Erinnerung an mich eingerichtet worden?«

»Wahrscheinlich hast du recht. Und wir werden ja hoffentlich beide noch da sein, wenn deine Hilfsorganisation erst einmal ganz offiziell gegründet worden ist.« Emma hoffte es wirklich, und sie wünschte, Nathan würde auch endlich daran glauben.

»Wie wäre es denn mit ›Herzenswünsche erfüllen‹?«, sagte Nathan. »Schließlich hat die ganze Sache doch im Grunde damit angefangen.«

»Ja, das ist es! Und so kann man es auch für andere Dinge verwenden. Beispielsweise Leuten, die nicht so wahnsinnig sind, aus einem Flugzeug springen zu wollen, eine simple Reise wie diese hier zu finanzieren.«

»Stimmt. Und auf diese Weise ist es auch mehr eine gemeinsame Idee von uns beiden ... Wie das Ganze ja ursprünglich auch begonnen hat.«

Emma errötete vor Stolz. Die Vorstellung, dass hieraus etwas Gutes entstehen würde, gab der Sache noch einmal einen größeren Sinn. Passend zum ›uns‹ entschied sie, sich bei Nathan unterzuhaken. Es war als Zeichen der Unterstützung gedacht und ein Schritt ihrerseits, um sich nicht länger so merkwürdig in seiner Gegenwart zu fühlen.

Aber es gab keine Möglichkeit, ein solches Manöver auf eine geschmeidige, lässige Art und Weise durchzuführen – vor allem dann nicht, wenn man so bewusst darüber nachdachte, wie sie es gerade tat. Andererseits: Wie war das noch von wegen »Niemals mehr eine Stunde verschwenden«? Es war an der Zeit, Mut zu beweisen. Emma entschied sich, ins kalte Wasser zu springen. Sie kam sich wieder wie ein unbeholfener Teenager vor – obwohl, hatte sie diese Phase eigentlich jemals durchlaufen? Nathan war der erste Mann, der sie richtig geküsst hatte. Emma schaffte es, ohne über ihre eigenen Füße zu stolpern, eine Hand unter seinem Arm durchzuschieben, an dem er die Tüte mit ihrem Essen trug, die dadurch nun zwischen ihnen baumelte. Sie war sich nicht ganz sicher, auf welche Reaktion sie gehofft hatte. Vielleicht eine, die der nicht unähnlich war, als sie sich zum ersten Mal geküsst hatten. Und sie gespürt hatte, dass er ihr am liebsten innerhalb der nächsten fünf Sekunden die Kleider vom Leib gerissen hätte. Aber wie sich herausstellte, wechselte er die Tüte mit dem Essen nicht einmal in die andere Hand, um zu verhindern, dass sie weiter gegen ihr Bein schlug.

»Alles in Ordnung bei dir?« Sie hatte keine Ahnung, was sie sonst fragen sollte, um zu entschlüsseln, warum er so verändert war, und dabei gleichzeitig zu verhindern, dass sie damit alles andere, das er durchgemacht hatte, wieder aufwühlte.

Nathan ergriff Emmas Hand und hielt sie kurz fest, bevor er sie wieder losließ. »Wir können kein Paar sein. Ich habe viel darüber nachgedacht, und es geht einfach nicht.«

Sie waren nicht mehr weit vom Friedhof entfernt. Lediglich noch gute hundert Meter und sie hätten die Kirche erreicht, die sich gegenüber von ihrem kleinen Cottage befand.

Das Herz wurde Emma ganz furchtbar schwer und sie blieb stehen, starrte Nathan für einen Moment an, fragte sich, was ihn zu diesem Sinneswandel bewogen haben mochte.

Es war zwar niemand sonst auf der Straße, aber Emma fühlte sich durch seine Erklärung hier in der Öffentlichkeit verletzt und bloßgestellt. Die Zeugen mochten lediglich aus den armen Seelen auf dem Kirchfriedhof bestehen, aber es war dennoch hart, so etwas hier draußen gesagt zu bekommen.

»Verstehe«, erwiderte sie und versuchte, sich ihre Gefühle nicht anmerken zu lassen. Sie ging weiter Richtung Cottage, wollte nicht weiter darüber nachdenken.

»Das soll nicht heißen, dass ich es nicht will – das tue ich durchaus – aber …«

Emma hörte gar nicht mehr zu. Sie war viel zu sehr damit beschäftigt, einen Fuß vor den anderen zu setzen. Es war gut, sich auf etwas Physisches konzentrieren zu können, um den drohenden Tränenschwall zu verhindern.

Sie hätte auf ihr Bauchgefühl hören sollen. Sie war sich bewusst, dass sich etwas verändert hatte. Seit er aufgewacht war, hatte sie es gespürt. Vielleicht gab es eine andere Frau, mit der er gern zusammen sein wollte.

Das Cottage und diese Reise, die ihr so romantisch und

einzigartig vorgekommen waren, hatten offenbar nicht die gleiche Bedeutung für ihn. Anscheinend hatte er Mitleid mit ihr wegen der Krebsbehandlung, die ihr bevorstand. Es ging hierbei einzig und allein um die Erfüllung ihres Herzenswunsches und hatte nichts damit zu tun, dass er etwas für sie empfand.

Das war zusammen mit seinem Knoten verschwunden.

36

Es gab keine Möglichkeit für Emma, zu verbergen, wie sehr sie Nathans Worte getroffen hatten. Zum Cottage zu hasten war schön und gut, aber sie hatte dabei nicht bedacht, dass sie keinen Schlüssel besaß. Und sie war auch nicht schnell genug gelaufen, denn Nathan hatte mit ihr Schritt gehalten.

»Hör zu, es tut mir leid. Ich hätte nicht einfach so damit herausplatzen sollen. Ich muss es dir erklären.«

Nathan legte ihr die Hand ins Kreuz.

Emma entzog sich der Berührung sogleich und trat hastig zur Seite. »Du hast dich sehr klar ausgedrückt.« Sie musste sich nicht auch noch die Gründe anhören, warum er sich nicht zu ihr hingezogen fühlte. Sie sollte sich auf sich konzentrieren und das bedeutete im Augenblick vor allem eins: Essen. »Ich muss jetzt endlich was in den Magen bekommen.«

Er schloss ohne ein weiteres Wort zu verlieren die Haustür auf, und Emma stürmte sogleich in den Küchenbereich und machte sich auf die Suche nach Tellern und Besteck. Nathan folgte ihrem Beispiel, packte das Essen aus und half dabei, es auf die Teller zu verteilen, die sie dann gemeinsam zu dem kleinen Esstisch an der Wohnzimmerwand hinübertrugen. Emma wurde sich bewusst, dass jetzt nur noch eine

Kerze fehlte, um einem romantischen Moment alle Ehre zu machen.

Dabei ging diese Mahlzeit nicht im Entferntesten in diese Richtung. Es war mal wieder typisch für sie: Da nahm sie einmal ein Mann auf eine solche Reise mit – was so ziemlich das Romantischste war, was jemals jemand für sie getan hatte – und dann stellte sich heraus, dass es absolut nichts mit Liebe zu tun hatte. Stattdessen war es nichts weiter als eine freundschaftliche Geste, damit sie noch etwas erlebte, bevor ihre Krebstherapie dies nicht mehr zuließ. Oder der Krebs das Steuer übernahm.

»Ich würde es gern erklären«, sagte Nathan, als sich Emma die ersten Chips in den Mund schob.

Es war eine große Portion. Keine, um die man herumsprechen konnte, ohne dabei zu ersticken.

»Es ist nicht so, dass ich es nicht will. Für mich ist es wirklich ein großes, unerwartetes Glück, dass du in mein Leben getreten bist. Mir ist noch nie jemand begegnet, der so hübsch und so selbstlos ist wie du. Aber es hat sich etwas verändert.«

Wäre Emma nicht so mit ihrem Essen beschäftigt gewesen, hätte sie »Lalala« gesungen und sich dabei die Finger in die Ohren gesteckt. Sie konnte darauf verzichten, in einer einzigen Erklärung von ihm zu hören, warum sie wundervoll war und doch wieder nicht. Sie schluckte den letzten Rest der Chips hinunter, was sie endlich in die Lage versetzte, einzuwenden: »Du bist mir wirklich keine Erklärung schuldig. Ist schon okay. Wir müssen nicht darüber reden.«

Emma schossen so viele Erklärungen durch den Kopf – angefangen davon, dass er sich etwas Unappetitliches von einer Ex eingefangen hatte, bis zu der Möglichkeit, dass er sie doch nicht so attraktiv fand und ihren Kuss nun als einen Fehler betrachtete. Sie brauchte keine Bestätigung, was davon zutraf.

Nathan hatte sein Essen noch nicht angerührt. Was Emma allerdings nicht davon abhielt, sich über ihres herzumachen. Sie hatte einen unbändigen Appetit. Das allein reichte aus, um sie zum Weinen zu bringen.

»Ich muss es dir sagen, aber es dürfte ziemlich verrückt klingen.«

Das war eine gute Beschreibung für all das, was in den vergangenen Wochen passiert war. Allmählich glaubte sie, dass sie nichts mehr überraschen konnte, aber es bestand durchaus die Möglichkeit, dass es Unglück brachte, das zu glauben. Sie erlaubte sich eine Pause zwischen zwei Bissen. »Eigentlich dachte ich, dass es verrückter nicht mehr geht, aber lass mal hören.«

»Es hat mit meinem Traum zu tun.« Da war ein Zögern in seiner Stimme. »Er hat sich verändert.«

Emma wusste, dass es etwas zu bedeuten hatte, wenn er so etwas sagte. Es ergab zwar keinen Sinn, doch anstatt nach weiteren Chips zu greifen, schob sie ihre Hand bis zur Tischmitte. Wenn er sich an etwas festhalten wollte, war sie für ihn da. Aber sie würde nicht noch einmal den Fehler begehen, sich voll und ganz auf ihn einzulassen, bloß um dann zurückgewiesen zu werden, als wäre sie die ganze Zeit außen vor gewesen. Es war lediglich eine freundschaftliche Geste, um ihm zu zeigen, dass sie bereit war zuzuhören. »Erzähl weiter.«

»Ich weiß nicht mal, was ich davon halten soll. Von dieser Veränderung, meine ich.« Nathan nahm ihre Hand und betrachtete sie eingehend, als wäre das eine Hilfe.

»Was ist denn?«, ermunterte sie ihn.

Er starrte mit todmüdem Blick auf seine Pastete hinab, die er immer noch nicht probiert hatte. »Du weißt doch, dass ich immer gedacht habe, ich würde in diesem Jahr sterben? Wegen dieses Traums, der immer wiederkehrt?«

Es war doch so offensichtlich, wieso war sie noch nicht vorher darauf gekommen! »Hast du deine Ergebnisse bekommen?« Emma hätte sich ohrfeigen können, dass sie ihm die Frage noch nicht früher gestellt hatte. Wenn sie ihm die Ergebnisse während seines Krankenhausaufenthalts mitgeteilt hatten, war es ja kein Wunder, dass sich sein Verhalten geändert hatte! Wieso hatte sie ihn bloß nicht schon früher gefragt?

»Nein. Die werden erst vorliegen, wenn wir wieder in Salisbury sind. Damit hat es auch gar nichts zu tun. Es geht nur um den Traum.«

»Was ist damit?«

»Er hat sich verändert. Zuerst dachte ich, es wäre ein Irrtum und ich hätte etwas in meinem Schlaf gehört, aber es passiert immer wieder. Jedes Mal höre ich im Schlaf das Gleiche.«

»Und was hörst du?«

»Der größte Teil meines Traums ist unverändert. Ich befinde mich in einem Krankenhauszimmer, ringe um Atem, jemand ist da, aber ich weiß nicht, wer es ist.«

»Und was ist anders? Was hörst du?«

»Babyweinen. Jedes Mal, wenn der Traum zu Ende geht, weint jetzt ein Baby.«

»Oh.« Das war ebenso abstrakt wie der Rest des Traums. Emma verstand Nathan einfach nicht. Suchten uns in unseren Träumen nicht lediglich Tagesängste heim? Das war zumindest in ihren Träumen meist der Fall. Was auch immer sie bedrückte, tauchte nachts auf. Vielleicht hatte Nathan Angst davor, Vater zu werden. »Was glaubst du, was es zu bedeuten hat?«

Nathan hielt ihre Hand fester. »Ich wünschte, ich wüsste es. Vielleicht gar nichts. Aber es läuft für mich immer darauf hinaus, dass das Ganze eine Bedeutung haben muss. Wieso sollte ich es sonst träumen? Ich hatte ja eine ganze Weile Zeit, darüber nachzudenken, und jedes Mal, wenn ich dieses Babyweinen höre, bin ich mir so gut wie sicher, dass es ein Teil von mir ist.«

»Und wenn es so wäre?« Vielleicht hatte Nathan doch Bedenken bezüglich des gemeinsamen Embryos. Sie könnte es verstehen, wenn es so wäre.

»Anfangs dachte ich, der Traum sei so etwas wie eine Aufforderung, mir meine Zeugungsfähigkeit zu erhalten. Aber nun glaube ich, dass der Traum eine Warnung ist.«

»Und wovor warnt er dich?« Emma steckte sich weitere Chips in den Mund. Der Zeitpunkt war zwar nicht perfekt, aber sie brauchte einfach etwas zu essen.

»Es ist nicht so, dass ich etwas dagegen hätte, wenn wir uns näherkommen, aber ich drehe langsam durch. Also, mir ist völlig klar, dass ich vorgreife, aber ... aber ich habe Angst, dass ... na ja ... wenn wir uns *zu* nahe kommen, du ... du von mir schwanger werden könntest.«

Dieses Mal wäre Emma doch fast ein bisschen an den Chips erstickt. »Ich glaube, wir sind beide erwachsen genug, um zu wissen, dass man sich schützen kann, um das zu verhindern.«

In gewisser Weise fühlte sie sich erleichtert. Sie war so beunruhigt gewesen, was sie wohl falsch gemacht hatte, aber es war bloß ein Traum, der Nathan abhielt. Etwas, das überhaupt nichts mit ihr zu tun hatte. Doch das Wissen darum änderte nichts an dem Schmerz, den sie empfand, und sie war nicht imstande, ihn anzusehen.

Nathan fuhr sich mit der Hand durchs Haar, als könne er

sich damit irgendwie wieder in den Griff bekommen. »Aber das ist auch kein hundertprozentiger Schutz. Nichts ist absolut sicher. Es gibt nur eine einzige Möglichkeit, wie wir verhindern können, dass es passiert. Wir können im Moment keine unerwarteten Babys gebrauchen. Ich weiß, wie hart das klingt, aber wir müssen dafür sorgen, dass du gesund bleibst.«

Emma war zum ersten Mal in ihrem Leben völlig baff. Sie war schon einige Male kurz davor gewesen – am nächsten dran, als in der Bibliothek einmal ein Buch zurückgegeben worden war, in dem die meisten Seiten braune Flecken gehabt hatten, die, dem Geruch nach zu urteilen, keine Schokolade gewesen waren. Aber selbst damals hatte es ihr nicht für einen Moment die Sprache verschlagen, es ihr unmöglich gemacht, auch nur ein einziges Wort von sich zu geben. Emma versuchte zu begreifen, was Nathan da gerade gesagt hatte.

»Also, nur damit ich dich richtig verstehe ... In deinem Traum kommt jetzt ein Babyweinen vor, und das hast du als einen Grund interpretiert, dass wir keinen Sex haben sollten? Falls der überhaupt zur Debatte gestanden hätte – was momentan eine ziemlich optimistische Annahme deinerseits ist.«

»Ich weiß, dass das bescheuert klingt. Aber wenn du schwanger wärest, könntest du keine Chemo machen. Und durch die Fruchtbarkeitsbehandlung, die du begonnen hast, besteht vermutlich eine noch größere Chance, dass du schwanger werden könntest. Versteh doch! Ich habe diesen Traum schon so viele Male geträumt. Beinahe jede Nacht meines Lebens. Ich weiß, dass er wahr werden wird. Und ich habe einfach das Gefühl, dass es eine Warnung ist. Es hat mich fast um den Verstand gebracht, darüber nachzudenken. Aber ich wüsste wirklich nicht, was es sonst bedeuten sollte.«

Emma hatte mit vielem gerechnet, aber das hier war so weit hergeholt, dass sie nicht so recht wusste, was sie damit anfangen sollte.

»Wovon hat dich dein Traum denn bisher eigentlich noch abgehalten?« Langsam stieg Zorn in ihr auf.

»Was meinst du damit?«

Sie schob ihren Stuhl energisch zurück, verspürte nach dieser Kränkung das Bedürfnis, auf Abstand zu gehen. »Genau das, was ich gesagt habe. Wovon hat dich dein Traum bisher noch abgehalten? Auf was hast du aufgrund dieses Traums in all den Jahren verzichtet?«

»Na ja, eigentlich auf gar nichts.«

»Also hat er dich in all der Zeit von nichts abgehalten?« Es war schwer zu begreifen, wie unerträglich diese Feststellung war.

Nathan zuckte mit den Schultern, als sei das, was er sagte, logisch und würde irgendeinen Sinn ergeben. »Wenn überhaupt, dann hat er eher das Gegenteil bewirkt. Er hat mich dazu gebracht, all die Dinge zu tun, vor denen ich Angst hatte.«

»Und jetzt hat er dich dazu gebracht, Angst vor mir zu haben.« Die Kränkung, die Emma empfand und eigentlich gar nicht zeigen wollte, schlich sich in ihre Worte.

»Ich habe keine Angst vor dir.«

»Was denn sonst? Wenn du dein bisheriges Leben damit verbracht hast, jedes nur erdenkliche Risiko einzugehen, warum solltest du dir ausgerechnet jetzt Gedanken darüber machen? Warum sollte dir diese doch sehr geringe Wahrscheinlichkeit, ein Kind zu zeugen, Angst einjagen?« Kränkung und Wut stürzten nun wie ein Wasserfall aus ihr hervor.

»Weil ich Angst habe, dich zu verlieren!«

»Du verlierst mich so oder so! Es ist ein Traum, Nathan. Das ist alles. Du darfst nicht zulassen, dass dein Leben von irgendetwas beherrscht wird – ganz besonders nicht von etwas, das schlicht gar nicht wahr ist. Dieser Traum sollte keinen Einfluss auf dich – auf uns beide – haben. Dies geschieht nur, weil du es zulässt.«

»Aber wenn er nicht wahr ist, warum träume ich ihn dann immer wieder?«

Das alles war ein bisschen viel, wenn man verletzt und erschöpft und hungrig war. Außerdem wäre Freud vermutlich qualifiziert gewesen, um Nathans Fragen zu beantworten, aber mit Sicherheit nicht Emma.

»Menschen haben durchaus wiederkehrende Albträume. Es ist nur deshalb von Bedeutung, weil du dich so daran festklammerst.« Sie stand auf.

»Ich wusste nie, wie ich damit umgehen sollte.«

Emma griff nach ihrem Teller. Sie musste hier weg – selbst wenn sie sich nur ins Badezimmer flüchten konnte. Und sie würde ihre Fish and Chips mitnehmen. »Ich glaube nicht, dass ich die Richtige bin, um dir zu helfen. Zumindest heute nicht.«

»Bitte bleib hier! Lass uns weiterreden!«

Aber Emma war bereits verschwunden.

Als sie sich auf den Badezimmerboden sinken ließ, kam sie sich wie eine Närrin vor. Da hätte sie sich besser etwas anderes einfallen lassen sollen! Aber sie war zu hungrig, um darüber nachzudenken, ob es aus hygienischer Sicht wirklich unbedenklich war, in einem Raum zu essen, in dem sich die Toilette befand.

Doch durch das Essen fühlte sie sich auch nicht besser – nur weniger hungrig.

»Emma«, sagte Nathan durch die geschlossene Badezimmertür. »Du kannst nicht den ganzen Abend da drin bleiben. Ich werde auf dem Sofa schlafen. Und morgen früh fahren wir dann wieder nach Hause.«

»Würdest du mal die Klappe halten? Ich muss nachdenken.«

Es gab gewisse Momente im Leben, in denen das Nachdenken unerlässlich war. Die Leute taten es bloß nicht oft genug. Denken war die Voraussetzung fürs Handeln, und dieses Handeln hätte Konsequenzen. Im Augenblick musste Emma über Konsequenzen nachdenken, denn das, was sie als Nächstes tun würde, wäre von großer Bedeutung.

Nathan hatte einen wiederkehrenden Traum, der sein Handeln beeinflusste. Es waren zwar nicht gerade Stimmen in seinem Kopf, die ihm sagten, was er tun sollte, aber immerhin hörte er leider in erster Linie auf diesen Traum.

Manchmal konnte man so lange nachdenken, wie man wollte, ohne dass es eindeutige Antworten gab. Was für den einen ein Traum war, war für den anderen blanker Unsinn. Emma machte sich nicht länger Gedanken darüber, wie sie mit dieser Phase in ihrer Beziehung klarkommen sollte. Sie machte sich viel mehr Sorgen um Nathan und dass er sich sein Leben von einem Traum diktieren ließ. Sie mussten bereits mit einer Realität klarkommen, die schwierig genug war. Da konnten sie zusätzlich zu dieser schweren Bürde nicht auch noch seine Traumfantasien gebrauchen.

37

Nathan

Nathan blieb nichts anderes übrig, als Emmas Wunsch nach etwas Ruhe und Frieden zu respektieren. Er war sich bewusst, dass seine Erklärung verrückt klang. Ihre Reaktion bestätigte dies.

Da er sich im Cottage nirgendwohin zurückziehen konnte, um Emma den Freiraum zu gewähren, den sie benötigte, musste er sich etwas einfallen lassen.

»Ich bin mal für eine Weile weg«, sagte er zu der geschlossenen Badezimmertür.

Draußen wusste er nicht so recht, was er mit sich anfangen sollte. Er war sehr müde. Seine schlaflose Nacht rächte sich nun. Als ihm klar wurde, dass ihm die nötige Energie für einen langen Marsch fehlte, ging er über die Straße zum Friedhof hinüber, in der Hoffnung, dort irgendwo eine Bank zu finden, um sich auszuruhen.

So hatte er sich die ganze Unternehmung nicht vorgestellt. Er liebte Emma. Aber da er noch niemals auf eine solche Weise für eine Frau empfunden hatte, war er ratlos, wie er ihr vermitteln sollte, was er fühlte. Er wollte, dass sie erfuhr, wie sehr er sie liebte, aber irgendwie ließ ihn alles, was er unternahm, wie einen Vollidioten aussehen.

Wer verliebte sich denn schon und tat alles, um den anderen glücklich zu machen, hielt ihn aber gleichzeitig auf Abstand? Und um wen oder was genau eigentlich zu schützen?

Das Babyweinen war erst vor Kurzem in seinem Traum aufgetaucht und dennoch hatte ihn das Rätsel seiner Bedeutung völlig vereinnahmt. Er hatte daraus geschlossen, dass Emma von ihm schwanger werden würde und die möglichen Konsequenzen daraus waren zu schmerzhaft, um überhaupt darüber nachzudenken. Es schien leichter, einfach die Entscheidung zu treffen, dass sie nicht miteinander schlafen sollten. Allerdings hatte er dabei nicht für einen Moment in Betracht gezogen, ob es das war, was Emma wollte.

Der Wind blies ihm entgegen, als er um die Kirche herumging. Offenbar schien es hier niemanden zu geben, der eine Bank benötigte, um sich darauf auszuruhen, daher entschied er sich stattdessen für eine halbwegs windgeschützte Rasenfläche in der Nähe eines Grabs, in dem eine Frau namens Doris Moore beerdigt war.

Er war froh, dass er nur mit dem Wind zu kämpfen hatte und nicht auch noch mit Regen. »Ich hoffe, es macht dir nichts aus, dass ich mich so aufdränge. Ich brauche nur ein stilles Plätzchen zum Nachdenken.« Nathan hatte keine Ahnung, welche Umgangsformen es bei Gesprächen am Grab zu beachten gab. Einerseits kam es ihm ein wenig unpassend vor, aber andererseits hatte wahrscheinlich seit Langem kein Besucher mehr bei Doris vorbeigeschaut.

»In der letzten Zeit ist bei mir eine Menge passiert«, sagte er, als könnte ihn Doris hören. »Ich war mir immer sicher, dass sich mein Leben mit siebenundzwanzig verändern würde. Die meisten Leute in meinem Alter freuen sich darauf, zu heiraten oder

Kinder zu bekommen, aber ich habe stattdessen eine fixe Idee vom Sterben. Dafür bin ich zwar noch etwas jung, schon klar, aber ich habe immer gewusst, dass dieses Jahr mein letztes sein wird. Dass es das Jahr sein wird, in dem ich sterbe. Wusstest du es auch schon, bevor es dann tatsächlich passiert ist?«

Da war eine Stelle mit Klee im Rasen neben Doris' Grab. Nathan strich mit seiner Hand darüber hinweg, um zu sehen, ob ein vierblättriges Kleeblatt dabei war. Er musste etwas finden, das ihm Glück bringen würde. »Ich glaube, Menschen wissen es in der Regel gar nicht. Es ist zugegebenermaßen anders, wenn man eine Diagnose bekommen hat oder man dir sagt, wie viel Zeit dir vermutlich noch bleibt, aber es zu wissen, bevor es tatsächlich passiert – das ist nicht unbedingt die Regel, oder?«

Es war unheimlich auf dem Friedhof, weil nur der Außenbereich der Kirche von Strahlern erleuchtet wurde. Das erzeugte Schatten, wo es gar nichts zu sehen gab, und schuf Bilder, die es gar nicht gab. Wenn Nathans Fantasie so rege wäre wie nachts in seinen Träumen, könnte er sich ohne Probleme vorstellen, dass der Geist von Doris neben ihm saß. Aber wenigstens konnte er sich sicher sein, dass sie nicht so bald antworten würde. Jedenfalls hoffte er das.

»Und vermutlich ist es auch nicht unbedingt die Regel zuzulassen, dass Träume das Verhalten beeinflussen, oder?«

Doris antwortete nicht, obwohl Nathan eine Pause einlegte. Als er das Knarren eines Baumes im Wind vernahm, fragte er sich, ob möglicherweise andere Geister in die Unterhaltung eingreifen wollten. Der Gedanke reichte ihm, seine Jacke fester um sich zu ziehen.

»Ich glaube, ich habe nie auf die richtige Weise darüber nachgedacht. Ich frage mich, wie wohl der Rest der Welt reagieren würde, wenn jeder bereits bei der Geburt wüsste, wann er stirbt. Ich hoffe, dass nicht jeder so handeln würde wie ich. Ich hoffe, dass sich einige Menschen etwas freundlicher verhalten würden. Dass sie im Gegensatz zu mir etwas tun würden, das es wert ist, getan zu werden. Ich bin mir nicht einmal sicher, warum ich mir solch ein rastloses und getriebenes Leben ausgesucht habe.«

Nathan beugte sich mit dem Kopf zu der Stelle hinüber, wo der Klee wuchs, ignorierte dabei die kühle Bö, die der Wind ihm um die Ohren blies. Er hoffte, bei näherer Betrachtung vielleicht doch noch ein vierblättriges Kleeblatt zu entdecken, aber das Licht war eigentlich schon zu schwach.

»Ich glaube, der Grund war, dass ich versucht habe, den Traum zu widerlegen. Fast so, als wäre ich bereit gewesen, in jüngeren Jahren zu sterben, damit er unrecht hatte. Was für eine verdrehte, verkorkste Denkweise ist das denn, Doris?«

Die Inschrift auf Doris Grabstein war nicht mehr richtig zu entziffern. Daher ließ sich nicht sagen, wie alt sie gewesen war, als sie starb, wie lange ihr Leben gedauert hatte. Aber spielten diese Daten wirklich eine Rolle? Nathan meinte sich zu erinnern, irgendwo einmal ein Zitat gelesen zu haben, dass der wichtige Teil der Strich dazwischen sei und all die Tage, für die er stand. Wie viele es sein würden, konnte man unmöglich wissen. Selbst wenn er von der Annahme ausging, dass er mit siebenundzwanzig sterben würde, hatte er immer noch keine Ahnung, an welchem der dreihundertfünfundsechzig Tage es geschehen würde. Er sollte etwas aus dem Strich in der Mitte machen und nicht von dem Endpunkt besessen sein.

»Und wieder einmal habe ich alles falsch gemacht. Wie hat das Weinen eines Babys in einem Traum nur einen solchen Einfluss auf mein Leben haben können? Sollte ich am Ende wirklich Leben erschaffen, wäre das denn wirklich so schlimm? Und sollte es mit Emma passieren – der Frau, in die ich mich verliebt habe –, wäre das denn so schlimm?«

Nathan benutzte jetzt beide Hände für seine Suche nach dem vierblättrigen Kleeblatt – als ob ihm dieses Fleckchen Erde das Glück gewähren könnte, das ihm der Rest seines Lebens vorenthielt.

»Weißt du, das Problem ist, dass ich es nie geschafft habe, den Grund für diesen Traum herauszufinden. Ich habe das Gefühl, dass er einem Zweck dient, und das Rätsel besteht darin, herauszufinden, welchem. Ich habe ihn immer bloß als Warnung verstanden. Er hat mir gezeigt, was passieren wird, also habe ich versucht, das Beste aus meinem Leben zu machen, alles dafür getan, um es lebenswert zu machen. Ist schon komisch, nicht? Denn wenn man sich dann dem Ende nähert, ist es alles andere als das und man sieht plötzlich, was man versäumt hat und was falsch gelaufen ist. Verstehst du, was ich meine, Doris?«

Es war schwer zu sagen, ob Doris die gleichen Gedanken gehabt haben mochte. Würde überhaupt jemand sein Leben so verbringen, wie Nathan es getan hatte? »Ich wünschte nur, es wäre auch etwas wirklich Erfüllendes dabei gewesen. Hoffentlich habe ich nicht zu lange mit dieser Idee für eine Hilfsorganisation gewartet.«

Es wurde immer kälter, und das Licht war keine große Hilfe bei Nathans Suche nach einem vierblättrigen Kleeblatt. Es war an der Zeit aufzugeben, Zeit für den nächsten Schritt. Das hätte er schon vor einer ganzen Weile tun sollen. Wenn er im Cottage nicht mehr willkommen sein sollte, würde er sich mit Hilfe seines Handys den nächstgelegenen Pub suchen müssen. Als er in seinen Taschen nachsah, stellte er fest, dass er das Handy offenbar im Cottage liegen gelassen hatte.

Aber er war noch nicht ganz bereit, sich von Doris zu verabschieden. Nicht, bevor er ihr die ganze Geschichte erzählt hatte.

»Weißt du, die Sache ist die. Die Ärzte haben einen Knoten bei mir gefunden. Er ist jetzt nicht mehr da – sie haben ihn wegoperiert. Aber so einfach ist das nicht, stimmt's? Sie müssen dafür sorgen, dass es einem gut geht, dass nichts wiederkommt. Und ich frage mich, hat das überhaupt Sinn? Hat es Sinn, die Qualen zu verlängern, wenn ich doch ohnehin weiß, dass es mich umbringen wird?«

Nathan zog seine Jacke fest um sich. Es war Zeit, zu gehen, ob er wollte oder nicht. Der eisige Wind hatte dafür gesorgt, dass es ihm vorkam, als wären seine Gliedmaßen inzwischen tiefgefroren, und wenn er nicht bald auftaute, würde das Gefühl darin womöglich nie wiederkehren.

»Es war nett, mit dir zu plaudern, Doris. Es tut gut, die Dinge laut auszusprechen, ohne sich Gedanken darüber machen zu müssen, welches Gewicht diese Worte haben oder was du deshalb von mir denken könntest.« Es war schon verrückt, dass er so selten mit jemandem über diesen Traum sprach, der einen so großen Einfluss auf sein Leben hatte, und er sich lediglich seinem Tagebuch anvertraute. Emma war der erste Mensch, mit dem er ganz offen darüber gesprochen hatte. Und mit dieser Offenheit hatte er ihre Gefühle verletzt. Was für ein Durcheinander. »Ich hoffe, dass wir uns auf der anderen Seite begegnen – wo auch immer das sein mag.«

»Nathan!«

Er versuchte gerade aufzustehen und wäre beim Klang seines Namens beinahe ins Stolpern geraten. Hoffentlich war Doris nicht doch noch aufgetaucht, damit sie sich früher begegnen konnten, als ihm lieb war. Er war noch nicht ganz bereit, Geist zu spielen.

Doch er wusste, dass es nur eine einzige Person hier in der Gegend gab, die seinen Namen rufen würde.

»Nattthhhaaannn!«

Emma rief ihn von der Tür des Cottages, und wenn ihn sein Gespür trotz der Kälte nicht trog, schwang eine gewisse Angst in ihrer Stimme mit.

Obwohl Nathan vor Kälte zitterte, bewegte er sich so schnell es ihm möglich war in ihre Richtung. »Was ist los?«, rief er ihr entgegen.

»Das Krankenhaus hat versucht, dich zu erreichen. Ich glaube, es ist dringend.«

38

Nathan wusste bereits, dass ihn das Krankenhaus zu erreichen versuchte. Er hatte sich aber alle Mühe gegeben, diese Tatsache zu ignorieren. Egal, welche Dringlichkeit sie den Ergebnissen auch beimessen mochten, er hatte beschlossen, dass es keine Auswirkungen auf seine gemeinsame Zeit mit Emma haben würde. Obwohl er gerade selbst ziemlich gute Arbeit leistete, um ihnen diese Zeit zu verderben.

Emma sah zum Anbeißen aus, wie sie in ihrem weiten Wollpullover mit panisch geröteten Wangen im Licht der Eingangstür dastand.

»Mensch, bin ich froh, dass es dir gut geht. Kommst du rein?«

Nathan lächelte. Den meisten anderen Leuten, die er kannte, wären wohl in dieser Situation einige Kraftausdrücke über die Lippen gekommen, aber nicht so bei Emma. »Wenn ich willkommen bin?«, erwiderte er fragend.

Emma winkte ihn ins Zimmer. Ganz offenbar war ihr kalt. Der Pullover allein hatte es eigentlich schon verraten, aber die Tatsache, dass sie zitterte, lieferte ihm eine zusätzliche Bestätigung.

»Wieso hast du es mir nicht gesagt?«

»Was gesagt?«

Auch wenn Emma zu frieren schien, war es ein wärmerer Empfang, als er zu hoffen gewagt hatte. Er wollte nur verhindern, dass sie gleich wieder miteinander stritten. Das hatten sie am heutigen Abend schon zur Genüge getan.

»Dass die Ärzte mit dir sprechen wollen. Dass du eigentlich im Krankenhaus sein solltest und nicht hier.«

»Das wusste ich nicht. Zumindest nicht so genau.« Er hatte es allerdings schon vermutet. Auf der Hinreise, im Zug, hatte er den Anruf ignoriert. Hatte Emma nicht wecken wollen, die ihren Schlaf brauchte. Außerdem war er der Ansicht gewesen, dass sie eine Nachricht hinterlassen würden, wenn es wirklich wichtig wäre.

Stattdessen hatten sie wieder angerufen. Und wieder und wieder. »Woher weißt du es?« Er fragte sich, wie Emma so sicher sein konnte, wenn nicht einmal er selbst genau Bescheid wusste.

Emma reichte ihm sein Smartphone. »Du hast eine Textnachricht von deiner Krebskrankenschwester. Sie klingt ziemlich dringend. Du solltest dort anrufen.«

»Wir müssen zunächst einmal das Haus warm kriegen. Das ist das Erste, was wir jetzt tun sollten.« Hier war es so kalt wie draußen auf dem Friedhof.

»Wir müssen zurück nach Hause.«

»Willst du denn zurück?« Nathan könnte es ihr nicht verdenken, wenn es so wäre. Er war ihr gegenüber viel zu kühl und abweisend gewesen, und obendrein war es hier drin wirklich eisig.

»Nein, so war das nicht gemeint. Aber du musst zurück ins Krankenhaus.«

Nathan vernahm die Frustration in Emmas Stimme – ganz

so, als wäre es eine völlige Unmöglichkeit, vernünftig mit ihm zu reden. Wie sollte er es ihr auch nur ansatzweise erklären?

»Hör zu, es ist schon spät. Heute Abend gehen wird nirgendwo mehr hin, und wir dürfen auf keinen Fall von hier verschwinden, ohne vorher das getan zu haben, weshalb wir eigentlich hergekommen sind. Welchen Sinn hätte die weite Reise, wenn wir nicht einmal versuchen würden, morgen ein paar Puffins zu sehen? Dadurch wird sich nichts ändern.«

Es gab einen Kaminofen und Nathan machte sich daran, ein hübsches Nest aus Kleinholz und Papier zu bauen, das er nur noch anzünden musste. »Ob ich sie nun heute oder morgen oder übermorgen anrufe, das wird die Ergebnisse nicht ändern. Mein Leben wird nicht besser, wenn ich jetzt nach Hause rase, um herauszufinden, was ich ohnehin schon weiß.«

»Aber du weißt es doch noch gar nicht! Du weißt nicht, was sie unternehmen wollen oder wann deine Behandlung beginnen sollte.«

Das Kleinholz fing Feuer, Nathan fachte es an und legte Holz nach, damit es für den Rest des Abends brennen würde. »Ich weiß, dass es keine guten Neuigkeiten sind. Und du weißt es auch. Das Krankenhaus würde nicht versuchen, mich aufzuspüren, bloß um mir einen Geschenkkorb zu überreichen, weil ich ein so guter Patient bin. Wir sollten die Ungewissheit als Chance begreifen und sie nutzen, solange wir es noch können.«

»Aber was ist, wenn sie dich wieder aufnehmen müssen? Was ist, wenn sie so schnell wie möglich mit einer Behandlung beginnen wollen, damit du eine bessere Chance hast? Du musst sie anrufen.«

»Komm her.« Nathan zog Emma auf das Sofa herunter, wo sie beide in den Genuss der intensiver werdenden Wärme des

Feuers kamen. Nathan schüttelte eine gefaltete Decke auf, die über der Rückenlehne lag, damit sie sich beide darunterkuscheln konnten. Das hier war kein Abend, um sich über irgendwelche »Vielleichts« Gedanken zu machen. Es gab so viele davon. Sie verfolgten ihn schon sein ganzes Leben. Sie hatten das Gleichgewicht dieser Reise gestört. Aber man sollte ihnen nicht die Macht verleihen, ihn vom Leben abzuhalten. Oder Emma. »Was auch immer es ist, es kann warten. Ein oder zwei Tage werden keinen so großen Unterschied machen, dass man sich deshalb graue Haare wachsen lassen muss.«

»Wie kannst du das nur derart locker sehen? Machst du dir denn überhaupt keine Sorgen?« Er spürte, wie die Anspannung ihren Körper verließ, sie sich näher an ihn schmiegte und ihm dabei wärmer wurde als durch jedes Feuer.

Zum ersten Mal während dieser Phase des Schlafentzugs spürte Nathan, wie ihn die Müdigkeit überkam, aber er hatte einen guten Grund, sie vorläufig zu ignorieren. »Ich schleppe seit Jahren ein ganzes Angstknäuel mit mir herum. Es ist schon seltsam, wie einen Angst dazu bringen kann, komische und verrückte Sachen zu machen, aber nie wirklich das, was man eigentlich will. Es hat keinen Sinn, sich Gedanken über Dinge zu machen, die sich nicht ändern lassen.«

»Aber der Traum hat sich verändert, und deshalb hast du dir Sorgen gemacht.«

»Und das hätte ich nicht tun sollen.« Seine Friedhofsunterhaltung mit einer Frau, die schon wer weiß wie lange unter der Erde lag, hatte Nathan vor Augen geführt, wie idiotisch er sich benahm. »Das Ganze ist ein perfektes Beispiel dafür, sich vor Schatten zu fürchten, die gar nicht da sind. In meinem Leben ging es zu oft um Dinge, die gar nicht existieren, dabei hätte ich mich mehr um das kümmern sollen, was tatsächlich da war. Und ich möchte mich bei dir entschuldigen, weil ich es zugelassen habe, dass es Auswirkungen auf uns beide hatte. Ich hätte nie zulassen dürfen, dass es mir bei dem, was ich für dich empfinde, in die Quere kommt.« Nathan strich Emma übers Haar und staunte, wie sich ihre Körper aufeinander zubewegt hatten, als wären sie Magnete, die der Anziehung nicht zu widerstehen vermochten.

In ihrem kleinen Kokon vermochte er das Schlagen ihres Herzens zu hören, und er war sich ziemlich sicher, dass es im Einklang mit seinem eigenen schlug. Seine Gefühle für diese Frau waren Achterbahn gefahren. Es war ihm vorgekommen, als würde er sich im freien Fall befinden: der Adrenalinstoß, der alles wie Magie erscheinen ließ, gefolgt von dem Wissen, dass er fiel und dass es, wenn alles schiefging, niemanden gab, der ihn rettete. Absolut niemanden.

»Ich liebe dich, Emma.«

Es war heraus, bevor sein Verstand eingreifen konnte. Aber das war gut so, denn er wollte kein Leben führen, in dem er nicht die Worte sagen konnte, auf die es ankam. Vor allem, da er es bereits seit ihrem ersten Kuss gewusst hatte.

Emma strahlte wie ein Honigkuchenpferd, und Nathan war froh, dass er den Mut besessen hatte, die Worte auszusprechen.

»Ich verstehe es nicht ganz, aber ich liebe dich auch.«

»Was gibt's denn da zu verstehen? Liebe ist Liebe, oder etwa nicht? Mehr müssen wir doch gar nicht wissen.« Das war vermutlich das erste Mal in seinem Leben, dass er die Worte auch wirklich so gemeint hatte. Es war wirklich Liebe. Wenn es einen erwischt hatte, gab es kein Entkommen mehr.

Es blieb ihm nichts anderes mehr übrig, als diese vollen, hinreißenden Lippen zu küssen, die sich ihm so perfekt präsentierten. So verlockend, ohne es darauf anzulegen. Warum nur hatte er nicht hiervon geträumt? Von dieser Vorfreude? Er nahm jedes Detail von Emmas schönem Gesicht in sich auf, das ausnahmsweise einmal nicht von ihrer Brille verdeckt wurde: die Sommersprossen auf ihrem Nasenrücken, ihre Rehaugen, ihre langen, dunklen Wimpern. All das, was sie zu Emma machte.

Und auch sie nahm diesen Augenblick begierig in sich auf: seine funkelnden, grünen Augen und seine leicht gebräunte Haut. Sie zogen sich gegenseitig, Millimeter für Millimeter, unausweichlich an.

Als sich ihre Lippen schließlich aufeinanderpressten, bewegten sie sich synchron, und es war wirklich der Stoff, aus dem Träume gemacht sein sollten.

Jede Sekunde dieses Kusses erregte ihn auf eine Weise, die er bis jetzt zu ignorieren versucht hatte, aber es war schwer zu sagen, warum er sich so dagegen gewehrt hatte. Wenn etwas zwischen ihnen passieren sollte, dann sollte er voll und ganz wach sein und sich nicht in ständig wiederkehrenden, endlosen Träumen verlieren. Er sollte den Moment genießen und sicherstellen, dass Emma ihn ebenso genoss wie er.

Nathan löste sich aus der Umarmung und den Küssen, die immer leidenschaftlicher wurden. Er musste sich vergewissern, dass sie das hier ebenso sehr wollte wie er. »Wir müssen das nicht tun. Wenn du zu irgendeinem Zeitpunkt aufhören willst, dann sag es einfach.«

»Ich muss erst noch etwas loswerden. Ich … ich habe das noch nie gemacht«, gestand ihm Emma mit leiser Stimme.

»Das ist okay. Du hast das Sagen. Wenn du dich bei irgendetwas nicht wohlfühlst, dann hören wir auf.« Nathan verspürte eine Nervosität, wie er sie lange nicht mehr empfunden hatte, und er hätte darüber beinahe das Wesentliche vergessen.

Es war Emma, die eine Hand unter sein Oberteil schob und ihre sanfte Berührung brachte ihn wieder auf Touren.

Das hier war die Frau, die er liebte. Es war nur natürlich, dass er mit ihr schlafen wollte. Und daher geschah es mit einer großen Leichtigkeit, seinen Fingerspitzen zu erlauben, sich unter den flauschigsten Pullover, den er je gefühlt hatte, zu schieben.

Es dauerte ein wenig, bis er sich vorgearbeitet hatte, aber dann spürte er ihre nackte Haut, die weich und warm und seidig war. Emmas Brustkorb bebte, als sie spürbar erregt einen tiefen Atemzug nahm.

»Bist *du* dir denn sicher?«, erkundigte sie sich. »Bevor wir irgendetwas anderes tun. Bevor wir weitermachen.«

Sie blickten einander für einen Moment in die Augen, und jeder von ihnen fragte den anderen, ohne die Worte dabei aussprechen zu müssen. Was auch immer in der Vergangenheit geschehen war, spielte keine Rolle. Was auch immer in der Zukunft geschehen würde, spielte keine Rolle. Das Einzige, was zählte, war das Hier und Jetzt.

»Wir müssen verhüten, aber ich bin mir sicher«, sagte Nathan. Angesichts der Umstände verstand sich das Verhüten von selbst – und dies umso mehr, wenn man seine Ängste in Betracht zog. Aber er musste diese Ängste loslassen. Es war ein Traum. Nichts davon basierte auf der Realität. Er war siebenundzwanzig und noch nicht tot.

»Ich bin mir auch sicher.« Emma blickte ihn mit ihren großen Augen an, und ihr neu entdecktes Selbstbewusstsein törnte ihn auf eine Weise an, die ihn überraschte.

Wie Emma ihn überhaupt in jeder Hinsicht auf eine wunderbare Art und Weise überraschte.

Welche Fragen ihn zuvor auch immer umgetrieben haben mochten, sie waren vergessen, als sie einander von zu vielen Stoffschichten befreiten. Er nahm den Anblick ihres nackten Körpers begierig in sich auf, und auch wenn eine Dringlichkeit darin lag, wie sich sein Puls beschleunigte, wollte er nichts übereilen. Wollte jeden einzelnen Moment auskosten.

39

Neunundzwanzigster Tag

Emma

Als Nathans Smartphone Emma mit einem Lied der Smashing Pumpkins weckte, strömte immer noch eine wohlige Wärme durch ihren Körper. Nach mehrmaligem Drücken der Schlummertaste hatten sie sich voneinander ablenken lassen, ihr Zusammensein genossen und waren dann wieder fest eingeschlafen. Für Emma war es eine Premiere, erst am Nachmittag aufzustehen. Sie hatte sich eine Tasse Tee gemacht und dann eine ganze Weile mit der Frage verbracht, wie energisch sie vorgehen sollte, um nun auch den immer noch schlafenden Nathan dazu zu bringen aufzustehen. Sie war gerade dabei, ihm ins Ohrläppchen zu kneifen, als er endlich begann, Lebenszeichen von sich zu geben. Sie war noch nie so erleichtert gewesen, jemanden im Schlaf stöhnen zu hören. Als er im Koma gelegen hatte, hatte er kaum einen Laut von sich gegeben. Und ihre Erleichterung war noch größer gewesen, als er aufwachte und sie sich über ihre Pläne für den Rest des Tages unterhielten. Da sie einen Großteil des Tages verschlafen hatten, wagten sie sich viel später als geplant hinaus. Sie zogen mehrere Schichten übereinander an, was sich als sehr vorausschauend erwies, als sie aus dem Cottage in den beißenden Wind traten.

»Hast du das Krankenhaus schon zurückgerufen?« Trotz

allem, was passiert war, war sich Emma bewusst, dass es dringendere Dinge gab, die sie nicht ewig ignorieren konnten.

»Nein und wir sollten uns dadurch auch nicht den Tag verderben lassen. Ich werde mein Handy abstellen, damit wir nicht gestört werden.«

»Tu das bitte nicht.« Emma fühlte sich ohnehin schon unwohl, weil er die Heimfahrt aufschob, aber er hatte sie überredet, erst zu beenden, was sie begonnen hatten.

»Wenn es dich beruhigt, werde ich es anlassen. Ich will dem Ganzen ja keinen Dämpfer verpassen, aber ich muss dich vorwarnen, denn es könnte sein, dass wir überhaupt keine Puffins sehen werden. Das hier ist nicht gerade die beste Jahreszeit, um sie zu beobachten«, sagte Nathan und zog sie an sich, während sie die Straße entlanggingen. »Ich fürchte, wir bewegen uns ein bisschen außerhalb der Saison.«

»Also setzen wir dein Leben aufs Spiel, obwohl wir nur eine geringe Chance haben, das zu sehen, worauf wir gehofft hatten?«

»Man weiß ja nie, vielleicht haben wir Glück. In der Hinsicht scheint sich ja einiges zum Besseren zu wenden«, erwiderte er mit einem Augenzwinkern und zog sie noch näher an sich.

Es war kalt – definitiv Kuschelwetter. Bei dem Gedanken an die letzte Nacht lief ihr ein wohliger Schauer über den Rücken. Sie war sich nicht sicher, welche Erwartungen sie mit ihrem ersten Mal verbunden hatte, aber mit Nathan war es so viel mehr gewesen, als sie sich jemals erhofft hatte. Sie hatte ihre Nase immer in irgendwelche Romane gesteckt, begeistert von der romantischen Vorstellung, sich für »den Richtigen« aufzusparen. Letzte Nacht war ihr klar geworden, dass sie ihn wirklich gefunden hatte. Es hatte sich voll und ganz gelohnt, all die Jahre auf ihn zu warten.

»Hoffentlich hast du recht«, sagte sie. Es wäre eine Schande, den weiten Weg gemacht zu haben, um dann zu erfahren, dass die Chancen schlecht standen. Sie hatten noch genug Kämpfe auszufechten. Diesen sollten sie nicht verlieren. »Glaubst du an Glück?«

»Ich glaube daran, dass man für sein eigenes Glück verantwortlich ist. Wie heißt es doch so schön: Jeder ist seines Glückes Schmied! Wenn man etwas unbedingt will, dann tut man auch alles, um es zu erreichen.«

»Soll das etwa heißen, dass du ins Wasser springen und zu den Puffins schwimmen wirst?«

»Wenn es nötig ist.« Nathan zuckte mit den Schultern, als ob so etwas selbstverständlich wäre. »Oder wiederkommen, wenn es mehr von ihnen gibt. Ich glaube allerdings nicht, dass man für sein Glück eine ausgewachsene Lungenentzündung riskieren sollte.«

Es war jetzt weit und breit kein Haus mehr zu sehen und sie liefen weiter die lange Straße hinunter, die sie zur Steilküste führte. Emma war froh, dass sie eine Mütze trug. Ihre Haare wären ihr sonst nur so um den Kopf geflogen. Der starke Wind machte ihnen zunehmend zu schaffen, je näher sie den Klippen kamen, und man konnte sich nur noch schreiend verständigen. Emma hakte sich fest bei Nathan ein, um nicht weggeweht zu werden.

Sie gingen weiter über einen Klippenweg, um zu den Aussichtspunkten zu gelangen, von denen aus sie einen Blick auf die wunderschönen Vögel zu erhaschen hofften. Trotz des kräftigen Winds konnten sie die Schreie der Möwen hören, die von den Klippen herübergetragen wurden.

Die Nordsee erstreckte sich bis zum Horizont. Es war ein grauer Tag mit einem Hauch von Frühling. Hin und wieder durchbrachen ein paar hartnäckige Sonnenstrahlen die dicke Wolkendecke als Beweis dafür, dass die nächste Jahreszeit vor der Tür stand. Es lag Hoffnung in dieser Erneuerung, dem Kreislauf des Lebens. Die abgefallenen braunen und gelben Blätter des letzten Jahres waren nun wieder Teil des Erdreichs geworden und dienten als Nahrung für neues Wachstum. Emma wünschte, sie könnte die Chemotherapie auf die gleiche Weise sehen: Das Unerwünschte loswerden und neues Wachstum ermöglichen. Aber sie wusste, dass es in der Realität keine solch romantische Seite daran zu entdecken gab. Das Schlimmste stand ihr noch bevor. Mitsamt der Operation, die sie benötigte, würde es noch einige Wochen dauern, bevor sie es durch ihren persönlichen Winter geschafft hätte.

Sie blieb für einen Moment stehen, um den Blick über den gewundenen Weg zu den zerklüfteten grauen Klippen zu genießen. Um sie herum waren Büsche und Wiesen, die grüne Landschaft trug blaurote, weiße und gelbe Sprenkel, wo sich erste Blumen bemerkbar machten. Der Wind ließ ihre Blüten vor dem grauen, bewölkten Hintergrund tanzen. Diese kleinen, schwankenden Farbtupfer machten Emma Hoffnung, dass sie ein paar Puffins mit dem gleichen Farbkontrast an ihren Schnäbeln sehen würden, und daher marschierte sie weiter und holte Nathan wieder ein.

Sie war erleichtert, als sie endlich am Besucherzentrum eintrafen. Sie atmete tief durch, froh, eine Entschuldigung zu haben, um ihren müden Beinen etwas Ruhe zu gönnen. Eigentlich hatte sie immer geglaubt, dass sie halbwegs in Form war (auch wenn sie nicht so viel Sport machte, wie sie eigentlich sollte), aber angesichts des ganzen zusätzlichen Drucks, unter dem ihr Körper stand, hatte sie der Fußmarsch doch ziemlich angestrengt.

»Meinst du, sie können uns helfen? Sie werden doch bestimmt wissen, ob es heute bereits irgendwelche Sichtungen gegeben hat«, sagte Emma hoffnungsvoll.

»Dann lass uns mal die Daumen drücken und fragen.«

Im Vorraum stand eine große Statue von einem Puffin, und sie posierten gleich für ein albernes Selfie. Es war das erste Foto von ihnen beiden – und in dieser neuen Welt der sozialen Netzwerke war ein gemeinsames Foto schon ein großer Schritt. Manche würden vielleicht sogar sagen: ein gewaltiger.

»Gibt es heute auch ein paar echte da draußen zu sehen, Kumpel?« Nathan sprach mit dem Helfer, als wären sie alte Freunde. Wobei »Alt« zumindest auf den Mann hinter dem Tresen zutraf, der an die achtzig sein musste.

»Ich zeige Ihnen die besten Stellen, an denen Sie es versuchen können.«

Während Nathan sich die Orte auf der Karte zeigen ließ, die lohnenswert waren, durchstöberte Emma den Shop. Hier konnte man allerlei Souvenirs und Geschenke kaufen. Sie hatte ein Auge auf einen dekorativen Puffin geworfen, der sich gut auf ihrem Bücherregal zu Hause gemacht hätte.

»Hier lang. Uns bleibt nicht mehr viel Zeit, sonst ist es zu dunkel.«

Emma ergriff Nathans Hand, die er ihr hinhielt. Draußen hatte das Licht tatsächlich bereits begonnen, sich zu verändern – das Grau der Wolken kündete an, dass sich der Tag dem Ende zuneigte. Sie waren wirklich spät aufgestanden und zu ihrem Ausflug gestartet – wenn auch mit gutem Grund. Bei dem

Gedanken daran strömte erneut eine wohlige Wärme durch ihren Körper.

»Der alte Herr, der das hier ehrenamtlich macht, sagte, dass wir in dieser Richtung am ehesten welche sehen werden. Da nistet ein Pärchen. Wenn wir Glück haben, ist einer von ihnen an der üblichen Stelle. Es ist wohl ein Stück weiter zu laufen, aber wenn wir uns beeilen, haben wir eine gute Chance, sie zu sehen.«

Der Weg gabelte sich, und Nathan wählte die rechte Abzweigung. Emma folgte ihm, und sie bewegten sich mit schnellen Schritten über den Pfad Richtung Klippen.

Der Landstrich war beeindruckend, ein Gebiet, das offensichtlich wegen seiner blühenden Pflanzenwelt geschützt wurde. Obwohl sie noch nicht nahe genug herangekommen waren, vermochte Emma einige Nischen in den weiter entfernten Klippen auszumachen, in denen Vögel nisteten. Ihr tiefes Krächzen hallte wider, als würden sie sich alle miteinander unterhalten.

Der Pfad entlang der Küste war stürmisch, und es gab einige Aussichtspunkte, an denen sie unterwegs hätten haltmachen können, aber Nathan befand sich ganz offensichtlich auf einer Mission. Die anderen Vögel – meist Basstölpel und Silbermöwen – waren wunderschön, aber nicht der Grund, warum sie hergekommen waren.

Emma wurde langsamer, spürte, wie erschöpft Körper und Geist waren. Im Moment hielt jeder Tag neue Überraschungen bereit, und irgendwann würde sie zwangsläufig in einen Schockzustand verfallen. Sie hoffte nur, dass es nicht gerade oben auf einer Klippe passieren würde, wo der Wind so stark war, dass er sie hinunterwehen könnte.

»Alles in Ordnung?«, erkundigte sich Nathan, der bemerkte, dass Emma zurückblieb.

»Bin bloß müde. Waren ein paar heftige Tage.« Ein paar heftige Wochen, traf es wohl eher. Und ein ziemlicher Fußmarsch. Man unterschätzte die Entfernungen hier leicht. Der Weg hatte sich ganz schön hingezogen.

»Komm her.« Nathan drehte sich um und ging etwas in die Knie.

Emma zögerte, hatte keine Ahnung, was er von ihr wollte.

»Komm schon, ich nehme dich huckepack.«

Emma war inzwischen zu erschöpft, um mit ihm zu diskutieren. Sie legte die Arme um seinen Hals, er umfasste ihre Oberschenkel, und los ging's.

»Es ist nicht mehr weit«, sagte er.

»Das will ich um deinetwillen hoffen!«, erwiderte sie.

Wenn man so getragen wurde, waren die rhythmischen Bewegungen wirklich angenehm. Emma schloss die Augen und legte ihren Kopf auf Nathans Schulter. »Ich danke dir. Selbst wenn wir keine Puffins sehen sollten, war das hier ganz wunderbar.«

Sie öffnete die Augen wieder und genoss den Ausblick auf die Klippenwände mit ihren Nischen. Was für ein Wunder, hier zu sein! Aus ihrer Perspektive ließ sich ein Vogeltupfer nicht vom anderen unterscheiden, aber sie vermochte inmitten all des Schwarz und Weiß nirgendwo ein Orange und Gelb aufblitzen sehen. Ohne die Hilfe eines Fernglases waren die Klippen zu weit entfernt, um all die Vögel auszumachen, die in den Felswänden nisteten.

»Okay.« Nathan setzte Emma wieder auf dem Boden ab. »Am besten legen wir uns auf den Bauch und schauen mal.«

Er nahm das Fernglas von seinem Hals und kroch vorwärts über den Boden, als wäre er in der Armee.

Der Himmel wurde immer dunkler. Die Wolken verdeckten nun jegliche Spur von Blau, das versucht hatte, durchzubrechen. Es wirkte ziemlich bedrohlich, zumal sie nicht daran gedacht hatten, Regenjacken anzuziehen.

Emma schaute sich erst einmal an, was Nathan vorhatte, und für einen Moment stellte sie sich das Schlimmste vor. Was wäre, wenn ein Teil der Klippenwand unter dem Gewicht ihrer Körper zusammenbrach und sie beide in den Tod stürzten?

»Darf man sich überhaupt über den Rand hinauslehnen?« Die Frage war schon aus ihrem Mund heraus, bevor sie sich Gedanken darüber machen konnte, dass es sie wie eine schreckliche Langweilerin klingen ließ. Es kam ihr vor, als hätte sie eine kleine Beraterin für Arbeits- und Gesundheitsschutz in ihrem Kopf, die jederzeit bereit war, zu jedem beliebigen Szenario ihren Senf dazuzugeben.

»Der alte Herr meinte, das sei die beste Art, einen Blick zu erhaschen.«

Emma verkniff sich die Frage, ob ein Mann in dem Alter für so etwas überhaupt noch gelenkig genug war oder ob es sich vielleicht um einen Scherz gehandelt hatte. Das wäre eine Möglichkeit, ohne allzu große Anstrengung Touristen loszuwerden. Hier war weit und breit kein Mensch und der Wind so stürmisch, dass niemand ihre Schreie hören würde.

Emma tat es schon wieder. Sie ließ zu, dass ihr Denken ihr Handeln bestimmte. Dabei sollte sie längst neben Nathan auf dem Boden liegen.

Anstatt weiter darüber zu spekulieren, was noch alles schiefgehen könnte, kroch sie über den Boden, bis sie auf einer Höhe mit ihm war, dennoch darauf bedacht, nicht über den Rand zu fallen.

Das Gras fühlte sich rau und kalt an auf ihrer Haut, und auch wenn es nicht nass war, wurde ihr gleich kälter, als sie mit ihm in Berührung kam.

»Möchtest du mal durchschauen? Ich will bloß was nachsehen.« Nathan reichte Emma das Fernglas.

Durch die Gläser war es leichter, einen Blick auf die gegenüberliegende Klippenwand zu werfen. Entlang der ganzen Küste ragten hier die zerklüfteten Klippen unterschiedlich weit ins Meer hinein und schufen von der Natur gestaltete Nischen. Es war offensichtlich, warum die Vögel hier nisteten und die Aushöhlungen in den Klippen nutzten, um Schutz vor den starken Winden zu finden.

Emma benutzte das Fernglas, um sich einige der Nester auf der gegenüberliegenden Seite genauer anzuschauen. Keines von ihnen wurde von Puffins bewohnt, soweit sie es erkennen konnte, aber es war faszinierend zu sehen, wie die Vögel es schafften, sich an die Felswand zu klammern und den Elementen standzuhalten. Es schien ein unmögliches Kunststück zu sein, und dennoch gelang es ihnen, trotzten sie dem Wind und seinen Versuchen, sie zu ärgern.

Sie bewunderte gerade ein weiteres Nest, als Nathan ihren Arm streifte, während er sich weiter nach vorn schob. Emma riss sich von dem spektakulären Kampf der Vögel gegen den Wind los, um zu sehen, was er jetzt schon wieder vorhatte. Er lehnte inzwischen mit Kopf und Schultern über den Klippenrand.

»Was machst du denn da?« Sie war nicht gerade in der besten Position, um ihn festzuhalten, falls er fallen sollte.

»Schhhh!« Nathan legte kurz den Zeigefinger an seine Lippen und bedeutete ihr, es ihm gleichzutun.

Es wäre keine kluge Entscheidung, sich mit dem Kopf über den Klippenrand zu beugen, aber was hatte es ihr im Leben bisher gebracht, immer die Vernünftige zu sein? Emma zuckte mit den Schultern und bewegte sich vorwärts.

Nathan legte wieder den Zeigefinger an seine Lippen und zeigte nach unten.

Emma schob sich langsam nach vorn, bis sie in der Lage war, über den Klippenrand zu blicken. Es war so ziemlich die heikelste Lage, in der sie sich jemals befunden hatte. Sie hatte nicht viel übrig für schwindelnde Höhen – was einer der Gründe war, warum sie lieber auf einen Fallschirmsprung verzichtete –, aber es war die Sache wert, wenn sie dadurch den scheuen Puffin zu sehen bekam. Das Emblem ihrer Kindheit. Symbol ihrer Tagträume.

Und da war er.

Er war leicht zu erkennen, nachdem sie sich weit genug nach vorn geschoben hatte. Es war nur einer, und er saß ungefähr drei Meter unter ihnen. Er hockte aufgeplustert mitten in seinem Nest und präsentierte ihr seinen schwarzen Rücken. Doch dann – ganz so, als hätte er gespürt, dass er beobachtet wurde – drehte der Puffin seinen Kopf, um zu sehen, wer da über den Klippenrand spähte. Auch ohne Fernglas vermochte Emma die seltsame Augenfarbe des Vogels zu erkennen. Seine Augen waren dunkel, fast schon schwarz, und von einer orangefarbenen Linie umrandet. Fast so als wären sie entworfen worden, um aufzufallen. Und als wäre das nicht genug, hatte er Streifen auf seinem Schnabel, der jetzt, da sich die Paarungszeit näherte, prächtig anzusehen war. Die schwarzen, orangefarbenen und gelben Streifen bildeten einen auffälligen Kontrast zum Grau der Klippen und der schwarz-weißen Zeichnung des Vogels.

Einen Puffin in seiner natürlichen Umgebung zu erleben war so viel mehr als das Logo zu betrachten, mit dem sie aufgewachsen war oder irgendwelche Fotos. Er beäugte Emma mit der gleichen Neugierde, die sie ihm entgegenbrachte, und für einen Moment musterten sie einander, als wären sie die merkwürdigsten Lebewesen auf Erden. Sie verharrte und nahm den Anblick dieses prächtigen, ungewöhnlichen Vogels in sich auf. Sie fühlte sich mit einem Mal so lebendig und verspürte eine Zufriedenheit, als wäre sie genau an dem Punkt angelangt, an dem sie gerade sein sollte. Als hätte sie ein Ziel erreicht. Es kam ihr so vor, als würde ihr der Anblick dieses Puffins, nach dem sie sich schon ihr ganzes Leben gesehnt hatte, die frische Kraft geben, die sie benötigte. Die Kraft, den Krebs zu besiegen. Die Kraft, zu überleben.

»Wow«, flüsterte Emma, außerstande, ihre Gedanken auszusprechen.

»Cool, was?« Nathan lehnte sich immer noch über den Rand und starrte in dieselbe Richtung wie sie. »Könnte ich mir noch mal kurz das Fernglas leihen?«

Ihre Anwesenheit schien den Puffin nicht zu stören. Der Vogel war offenbar an neugierige Zuschauer gewöhnt.

Emma zog sich das Fernglas vorsichtig vom Hals und achtete darauf, dass es nicht hinunterfiel, als sie es Nathan reichte.

Das Nest war so nah, dass sie nicht einmal daran gedacht hatte, durch das Fernglas zu schauen. Aber da sich der Puffin geradezu über ihre Anwesenheit zu freuen schien, würde sie, wenn Nathan fertig war, auch einmal durchschauen, um einen genaueren Blick auf Schnabel und Augen zu werfen, die so außergewöhnlich waren. Er war das einzige Exemplar seiner Art weit und breit und sie empfand es als eine Ehre, ihn aus der

Nähe, in seinem natürlichen Lebensraum, beobachten zu dürfen. Sie konnte sich wirklich glücklich schätzen. Ihr Herzenswunsch hatte sich erfüllt.

Nathan reichte Emma das Fernglas ebenso vorsichtig wieder zurück. Als sie hindurchschaute, kam es ihr so vor, als würde der Vogel es genießen, beobachtet zu werden. Er schien seinen Promi-Status in dieser ruhigen Ecke von Yorkshire zu akzeptieren, posierte, als wolle er sichergehen, dass sie seine beste Seite zu sehen bekam.

Mit einem Mal wurde ihre gegenseitige Bewunderung durch einen Klingelton gestört.

»Tut mir leid. Ich hätte es doch besser ausschalten sollen.« Nathan rutschte ein Stück zurück, um sich aufzusetzen und den Anruf entgegennehmen zu können.

Das tat er aber nicht.

Stattdessen brachte er das Handy zum Schweigen und machte sich daran, es wieder in seine Tasche zu stecken.

»Wenn das das Krankenhaus ist, solltest du drangehen.« Emma warf einen letzten Blick auf ihren Puffin und rutschte dann auch zurück auf sicheren Boden.

»Es war eine andere Nummer. Aber es ist mir ohnehin egal, solange wir noch nicht wieder zu Hause sind.«

Nathan war manchmal unmöglich. Sie hatte keine Ahnung, wie sie ihm begreiflich machen sollte, dass es große Bedeutung hatte, zu wissen, woran man war. Wenn sie versuchten, ihn zu erreichen, dann gewiss nicht ohne guten Grund.

»Du weißt doch, dass ich dich liebe, oder?«

Nathan nickte. »Und ich liebe dich.«

»Würdest du dann bitte auf dich aufpassen und alles dafür tun, dass es dir gut geht? Ich habe dich gerade erst gefunden und will dich nicht gleich wieder verlieren.« Das war die Wahrheit. Alles begann gerade erst. Es war noch zu früh, darüber nachzudenken, dass es enden könnte – und mit etwas Glück würde es das auch nicht. Mit etwas Glück war sein Traum wirklich nichts weiter als ein Traum.

»Ich will dich auch nicht verlieren. Aber ich möchte keinen aussichtslosen Kampf führen.«

»Was soll das heißen?« Emma hatte zwar eine Ahnung, wollte aber sichergehen.

»Ich glaube nicht, dass ich etwas über Therapiekonzepte erfahren will, wenn ich keine Aussicht auf Heilung habe.«

»Aber das weißt du doch gar nicht.« Emma scheiterte mit ihrem Versuch, ruhig zu bleiben und einen kühlen Kopf zu bewahren.

Nathans Handy klingelte erneut, als wolle es die Wichtigkeit des Anrufs betonen.

Sie widerstand der Versuchung, danach zu greifen und den Anruf selbst entgegenzunehmen. Dann wüssten sie wenigstens, was los war. Stattdessen flehte sie ihn mit den Augen eines hilflosen Welpen an. Was sinnlos war, wie ihr schnell klar wurde. Wenn Nathan sich etwas in den Kopf gesetzt hatte, dann tat er es auch. In gewisser Weise machte sie diese Rücksichtlosigkeit gegenüber ihren Gefühlen wütend – aber zugleich war ihr auch klar, dass niemand einen Teil von sich selbst wegen etwas opfern sollte, was ein anderer Mensch empfand. In gewisser Weise bewunderte sie ihn für seinen Eigensinn. Wenn man aufhörte, man selbst zu sein, ging dabei immer etwas verloren. Vielleicht war Emma genau das in ihrem Leben wieder und wieder passiert. Als ein Mensch, der immer mehr an andere dachte als an sich selbst, hatte sie sich vermutlich irgendwann selbst verloren. Aber das würde ihr von nun an nicht mehr passieren.

»Hallo«, sagte Nathan.

Emma spürte, wie ihr das Herz in die Hose rutschte, als ihr klar wurde, dass er den Anruf nun doch entgegengenommen hatte.

»Montag. Geht in Ordnung.«

Das waren seine einzigen Worte in der kurzen Unterhaltung.

»Ist alles okay? Was haben sie gesagt?« Angst füllte den Raum, an dem Emmas Herz gewesen war.

»Es ging nur um meinen nächsten Termin. Es gab nie Grund zur Sorge.«

Aber Emma würde sich immer um Nathan sorgen, ob sie es wollte oder nicht. Denn manchmal wurden Träume wirklich wahr. Ihre Nacht mit Nathan und der Puffin heute waren Beweise dafür. Sie musste einfach an der unwirklichen Hoffnung festhalten, dass die einzigen Träume, die wahr wurden, die schönen waren. Denn, ehrlich gesagt, dieser eine Traum, den Nathan immer und immer wieder träumte, war ihr größter Albtraum. Und sie wollte auf gar keinen Fall, dass er Wirklichkeit wurde. Weder jetzt noch irgendwann.

40

Zweiunddreißigster Tag

Nathan

Nathan hatte nicht erwartet, dass es so erfüllend sein würde, Herzenswünsche wahr werden zu lassen. Und es hatte etwas Ansteckendes. Er wollte es wieder tun. Und zwar noch vor Montag. Nicht etwa, um sich abzulenken, sondern weil es ihm Freude bereitete.

Natürlich hätte es noch Zeit gehabt. Letztlich hatte alles noch Zeit – bis einem dann plötzlich keine Zeit mehr blieb und es zu spät war.

Aber das würde er nicht zulassen. Stattdessen stand er nun mit Emma vor Rudis Wohnungstür, und draußen vor dem Haus warteten Tim und Leanne, um sie zu fahren. Das graue Mietshaus, in dem Rudi mit seinem Vater wohnte, rief Nathan in Erinnerung, warum er das hier unbedingt machen wollte. Nicht bloß das, was sie heute machten, sondern weit darüber hinaus. Immer wieder. Er würde alles dafür tun, um diese Hilfsorganisation zum Laufen zu bringen.

Rudi öffnete ihnen die Tür.

»Was macht ihr denn hier?«, fragte er, sichtlich erfreut.

»Ich habe dir doch gesagt, dass es eine Überraschung gibt«, sagte sein Vater, der in seinem Rollstuhl im Korridor hinter Rudi auftauchte.

Rudi blickte mit einem verwirrten Ausdruck von seinen Besuchern an der Tür zu seinem Dad hinüber.

»Startklar?«, wandte sich Nathan an Tony, Rudis Vater, mit dem er inzwischen schon einige Male telefoniert hatte.

»Ich wäre einsatzbereit«, erwiderte der.

»Was geht denn hier ab?«, fragte Rudi.

»Vielleicht erinnerst du dich noch daran, wie du mir erzählt hast, was du unheimlich gern mal machen würdest«, sagte Nathan. Allein der Gedanke daran brachte ihn zum Lächeln.

»Was? Das gibt's doch nicht!«

»Du bist zwar noch zu jung, um mit dem Fallschirm aus einem Flugzeug abzuspringen, aber du bist alt genug fürs Indoor Skydiving. Wie sieht's aus? Hättest du Lust drauf?«

»Echt jetzt?« Die Begeisterung war Rudis Gesicht anzusehen, als sein Blick von Emma und Nathan zu seinem Vater wanderte.

»Echt jetzt«, bestätigte Emma, die ebenso strahlte wie Rudi.

»Und wenn alle bereit sind, kann's losgehen. Unsere Fahrgelegenheit wartet«, erklärte Nathan und signalisierte mit einer Handbewegung, dass sie aufbrechen sollten.

Rudi zog seine Schuhe an und packte alles, was er benötigte, in Rekordzeit zusammen.

»Das ist so cool«, sagte er, als sie alle in Tims großem Van saßen. Tim war im Begriff, sich im Bereich Extremsport selbstständig zu machen, und der Wagen war seine erste Anschaffung in dieser Richtung. Nathan fand es nützlich, einen guten Kumpel mit einem Van zu haben, der eine Hebebühne hatte und von hinten zugänglich war. Er hoffte, dass der Wagen zudem bequem sein würde, da sie eine Stunde Fahrtzeit vor sich hatten.

»Der heutige Tag wird toll werden«, verkündete er an Rudi

gewandt, sobald sie alle im Wagen saßen und auf dem Weg waren. »Aber mir ist natürlich klar, dass es nicht ganz das Gleiche sein wird, wie wenn man aus einem Flugzeug springt. Und deshalb habe ich Geld gesammelt, damit du, sobald du alt genug bist, das echte Ding machen kannst.«

Der Spendenseite, die Nathan im Internet für seine Hilfsorganisation eingerichtet hatte, war dank der Macht der sozialen Medien eine phänomenale Unterstützung zuteil geworden. Er bezahlte zwar jetzt Rudis Indoor Skydiving aus eigener Tasche, aber er wusste bereits, dass die Hilfsorganisation in der Lage sein würde, seinen zukünftigen Fallschirmsprung aus einem Flugzeug zu finanzieren.

»Ich darf also beides machen?«, fragte Rudi mit großen Augen.

»So ist der Plan. Das heute ist also nur ein Vorgeschmack.« So gern Nathan auch den nächsten Sprung gemeinsam mit ihm gemacht hätte, verkniff er sich dennoch irgendwelche Versprechungen in dieser Richtung. Zumindest war er heute in der Lage, dabei zu sein. Sollte Rudi Angst haben, es allein zu versuchen, würde Tim mit ihm hineingehen, während Nathan Rudis Vater Gesellschaft leistete. Er hätte wirklich gern mitgemacht, aber die Wunde an seiner Seite war selbst für einen Teufelskerl wie ihn noch zu frisch, um in einem Windkanal zu fliegen.

»Du wirst eine Menge Spaß haben, Kumpel!« Rudis Vater stupste das Handgelenk seines Sohnes an, da er aufgrund einer Rückenmarksverletzung nicht in der Lage war, seinen Arm höher zu heben.

Nach ihrer Ankunft dauerte es nicht lange, bis Rudi bereit war. Wie sich herausstellte, benötigte er überhaupt keine moralische Unterstützung von irgendeinem der Erwachsenen, um den Mut aufzubringen mitzumachen. Leanne und Tim filmten die ganze Sache, damit er eine bleibende Erinnerung an diesen Moment hätte. Die anderen sahen von der Besucherplattform aus zu.

Nathan erinnerte so vieles an AirFly ... die Overalls, die Einrichtung, die gespannte Erwartung. Allerdings brauchte man hier weder Fallschirme noch Flugzeuge.

Ein Mitarbeiter wartete darauf, dass Rudi die große, kreisförmige Glaskammer betrat, und sobald er drin war, befand er sich auch schon in der Luft und wurde von dem Mitarbeiter, der ihn während des Fluges anleitete, niedergedrückt. Zunächst vollführten sie ein paar Drehungen, damit Rudi sein Gleichgewicht fand und nach einem »Daumen hoch« ging es mit Hilfe des Mannes immer weiter nach oben.

Die beiden sahen aus, als würden sie fliegen. Ohne das für das Fallschirmspringen typische Zubehör wirkten sie wie Superhelden. Da Nathan ständig aus Flugzeugen sprang, hatte er so etwas wie das hier noch nie ausprobiert, aber offenbar schien es großen Spaß zu machen. Er freute sich, dass Rudi etwas so Großartiges erlebte. Vielleicht – und es war ein großes Vielleicht – wäre dies ein Job, den er ausüben konnte, falls er nicht mehr Fallschirmspringen durfte. Aber solche Gedanken waren gefährlich. Im Moment wollte er nicht über den heutigen Tag hinausdenken.

Rudi drehte sich mit ausgebreiteten Armen und Beinen im Windkanal und ließ sich nach oben tragen. Durch den starken Wind, der mit hoher Geschwindigkeit gegen sein Gesicht drückte, war es schwer zu sagen, ob er völlig verängstigt war oder gerade die tollste Zeit seines Lebens hatte.

»Das war ME-GA-COOL!«

Sollte Nathan noch irgendwelche Zweifel gehabt haben, waren die nach Rudis euphorischer Erklärung rasch ausgeräumt. Genau wie nach Caroles Sprung spürten jetzt alle dieses Hochgefühl. Nathan nahm eine Wärme in seinem Inneren wahr, wie er sie vor diesen letzten Wochen noch nie empfunden hatte. Diese Wochen waren die Furcht einflößendsten seines ganzen Lebens gewesen, und dennoch hatte er sich in dieser Zeit unglaublich lebendig gefühlt, sich durch sie daran erinnert, was wirklich wichtig war.

Nachdem Rudi seinen Vater umarmt und sich bei allen bedankt hatte, kam er auf Nathan zu.

»Wenn ich aus einem Flugzeug springe, kann ich dann mehr Spenden für deine Hilfsorganisation sammeln?«

Es gab nicht viel, was Nathan bis ins Mark zu treffen vermochte. Aber dieser Satz tat es. Plötzlich benötigte er ein Taschentuch. Dieser Junge war noch nicht einmal ein Teenager, aber er besaß eine Einsicht, die man eher bei einem viel älteren Menschen vermutet hätte. Eigentlich war Nathan derjenige, der Rudi helfen sollte, doch der Junge besaß offenbar ein so großes Herz, dass er sich gleich bei ihm revanchieren wollte.

»Genau das ist der Grund, warum wir die Sache auf die Beine stellen: um den Leuten unvergessliche Erlebnisse zu ermöglichen. Es wäre mir eine große Ehre, wenn du dich entscheiden würdest, deinen Sprung zu nutzen, um Spenden für ›Herzenswünsche erfüllen‹ zu sammeln«, sagte Nathan.

Erst später, als er mit Emma nach Hause zurückgekehrt war (und dieses Mal nicht die Flucht aus ihrem Schlafzimmer ergriffen hatte), wurde ihm wirklich bewusst, was für ein großer Tag dies für Rudi gewesen sein musste.

»Rudi wird das nie vergessen.«

»Und er wird dich niemals vergessen.«

Ungeachtet dessen, was er ein Leben lang geglaubt hatte, hoffte Nathan wirklich, dass Rudi nicht die Chance bekommen würde, ihn zu vergessen. Vielleicht hatte er ja doch noch etwas Kampfgeist in sich.

41

Vierunddreißigster Tag

Nathan hatte noch nie das Amt eines Geschworenen innegehabt.

Er hatte noch nie etwas aus jeder Rubrik der Speisenkarte bestellt.

Er hatte noch nie zwei unterschiedliche Socken angezogen – weder aus Versehen noch mit Absicht.

Er hatte sich noch nie von Kopf bis Fuß mit Matsch bespritzt.

Er hatte noch nie ein ganzes großes Stück Käse auf einmal gegessen.

Obwohl er immer versucht hatte, das Leben auszukosten, war es schon erstaunlich, wie schnell ihm, während er im Wartebereich saß, lauter Dinge einfielen, die er noch nicht gemacht hatte. Mit jeder Minute, die verstrich, fügte er dieser Liste weitere Dinge hinzu. Er hoffte, dass er bald hineingerufen wurde, bevor die Liste noch weiter ausuferte. Nachdem er angefangen hatte, über all das nachzudenken, was er noch nicht gemacht hatte, konnte er gar nicht mehr aufhören, und Dutzende anderer verpasster Gelegenheiten begannen sich anzuhäufen.

»Ist alles in Ordnung?«, erkundigte sich Emma neben ihm.

Nein, war es nicht. Aber wie sollte er diese Frage beantworten, ohne dass sie sich noch mehr Sorgen machte?

»Ich wünschte bloß, sie würden sich etwas beeilen.« Zumindest das stimmte. Er wollte nicht mehr hier herumsitzen, während diese Liste in seinem Kopf immer länger und länger wurde. Emma legte eine Hand auf sein Knie, um ihn zu beruhigen, und er griff nach ihrer Hand, als wäre sie in der Lage, ihn hier an diesem Ort zu verankern. Denn eigentlich wäre er am liebsten weggerannt und hätte sich gar nicht erst die Mühe gemacht, herauszufinden, was bei diesem Termin zum Vorschein kommen würde. Nur wegen Emma blieb er hier.

»Mr. Foxdale, würden Sie bitte durchkommen?«, bat ihn seine Fachkrankenschwester.

Es war komisch, mit »Mister« angesprochen zu werden. Das kam ihm viel zu erwachsen vor – er war doch eigentlich noch gar nicht bereit, ein verantwortungsbewusster Mensch zu sein. Das war etwas, das sich die Leute für ihre Dreißiger vorbehielten. Aber da er nicht damit rechnete, dass er es bis dahin schaffen würde, war seine Zeit vielleicht bereits gekommen.

»Möchtest du, dass ich hier auf dich warte? Oder soll ich mit reinkommen?«, erkundigte sich Emma.

Nathan wollte sie bei sich haben. Daran bestand kein Zweifel. Sein ganzes Leben kam ihm leichter vor, wenn sie in seiner Nähe war. »Komm mit«, sagte er. »Du blickst da wahrscheinlich eher durch.« Emma war definitiv die Klügere von ihnen beiden. Wenn er den Ärztejargon nicht verstand, könnte er auf sie bauen. Und eigentlich wollte er, dass sie seine Hand hielt.

Er würde es zwar nie laut aussprechen, aber er hatte eine so furchtbare Angst wie noch nie zuvor in seinem Leben. Und auch wenn er bereits zu wissen glaubte, was er gleich hören würde, machte es das Ganze dennoch nicht leichter.

Als sie das Sprechzimmer betraten, kam es ihm vor, als würde dort eine ganze Armee von Medizinern auf ihren Patienten warten. Abgesehen von Miranda, der Fachkrankenschwester, und Dr. Howson, waren dort noch zwei weitere Ärzte sowie ein Student und eine Studentin. Sie stellten sich alle vor, aber Nathan registrierte ihre Namen gar nicht, weil er viel zu sehr damit beschäftigt war, all die Leute zu zählen.

»Danke fürs Kommen«, sagte Dr. Howson, ganz so, als schaue er bloß auf eine Tasse Tee und einen kleinen Plausch bei ihm vorbei. »Ist es in Ordnung für Sie, wenn unsere Medizinstudenten dem Termin als Beobachter beiwohnen?«

»Darf ich den beiden eine Frage stellen?«

Sämtliche Mediziner sahen sich an, als wäre so etwas noch nie vorgekommen.

»Falls es um eine medizinische Frage gehen sollte, bitte ich Sie zu berücksichtigen, dass beide immer noch lernen.«

»Und vielleicht ist ihnen das hier dann eine Hilfe.«

»Nun, wenn unsere Studierenden nichts dagegen haben, sehe ich keinen Grund, abzulehnen.«

Nathan war sich nicht sicher, warum er das eigentlich machte. Aber wenn er mit dem, was auf ihn zukam, richtig lag, dann wollte er, dass es auf die richtige Art und Weise passierte.

Die beiden Medizinstudenten sahen ihn nicht gerade erfreut an. »Ich habe im Wartezimmer viel nachgedacht. Sie alle kennen vermutlich meine Krankengeschichte. Und Sie wissen vermutlich auch, dass ich Fallschirmlehrer bin. Tandemmaster, um genau zu sein.« Die junge Frau und der junge Mann nickten an den richtigen Stellen. »Ich saß da draußen und habe an all die Dinge gedacht, die ich noch nie gemacht habe. Eigentlich dummes Zeug. Zum Beispiel, dass ich noch nie umgefallen bin, weil mir jemand die Schnürriemen zusammengebunden hat, oder dass ich noch nie auch nur einen einzigen Sonnenblumenkern gesät habe, um eine Pflanze daraus zu züchten.«

Nathan war sich nicht ganz sicher, worauf er eigentlich hinauswollte – abgesehen davon, ihnen einzuschärfen, was diese Erfahrung für ihn als Mensch bedeutete. Dass er nicht bloß ein namenloser, gesichtsloser Patient war. Dass das, was die Ärzte sagten, eine Rolle spielte. Dass die Worte, die diese Studenten in Zukunft wählten, jedem einzelnen ihrer Patienten für eine lange Zeit, vielleicht sogar für immer, im Gedächtnis bleiben würden.

»Also, meine Frage an Sie ist: Wie lautet mein Name? Und ich meine nicht Mr. Foxdale. Bitte aufzeigen, wer meinen Vornamen kennt!«

Die Studenten sahen einander an. Vielleicht hofften sie, dass ihnen die Antwort einfallen würde, wenn sie sich berieten. Nachdem sie einen kurzen Blick getauscht hatten, hob die Studentin die Hand.

»Also, ich habe auch noch nie einen einzigen Sonnenblumenkern gesät. Und Ihr Name lautet Nathan.«

Als er dies vernahm, hatte er zu seiner eigenen Überraschung plötzlich einen Kloß im Hals. »Danke«, krächzte er.

»Wir sollten uns bei Ihnen bedanken«, sagte Dr. Howson. »Das ist eine wichtige Lektion, an die wir uns alle erinnern sollten: Niemals die grundlegendste Patientenbetreuung vernachlässigen! Und ich entschuldige mich dafür, dass wir Sie mit Mr. Foxdale angesprochen haben, wenn Sie bei der Anrede die

Verwendung ihres Vornamens bevorzugen.« Der Arzt schob eine Schachtel mit Papiertüchern zu Nathan hinüber. »Also ist es für Sie in Ordnung, wenn unsere Studenten bleiben?«

Nathan griff nach einem Papiertuch. Er war überrascht, dass er bereits eins benötigte. Da er im Augenblick nicht in der Lage war, einen Satz zu formulieren, nickte er nur. Es war nie seine Absicht gewesen, die beiden vor die Tür zu setzen, er wollte ihnen bloß vor Augen führen, dass es hierbei nicht nur um klinische Aspekte oder Diagnosen ging. Ihre zukünftige Arbeit würde enorme Auswirkungen auf ihre Patienten haben – sowohl im positiven wie im negativen Sinn –, aber sie durften dabei vor allem eins nicht aus den Augen verlieren: dass hinter jeder ihrer Diagnosen ein Mensch mit einem Namen stand. Ein Individuum mit einer Lebenserwartung, die bewirkte, dass dieser Mensch vielleicht niemals dazu kommen würde, auch nur die Hälfte all der Dinge zu tun, die er tun wollte.

»Danke, dass sie bleiben dürfen.«

Nathan nickte. Er fühlte sich immer noch nicht wirklich bereit für das, was kommen würde.

»Es gibt keine einfache Weise, das zu sagen, Nathan … Wir haben die Ergebnisse der Lumpektomie vorliegen, und leider sind es nicht die Nachrichten, die wir uns erhofft hatten.«

Nathan liefen nun die Tränen über die Wangen. Er hatte nicht damit gerechnet, dass er so reagieren würde. Nach all den Jahren war er davon ausgegangen, es gefasst aufzunehmen. Doch stattdessen musste er feststellen, dass keine noch so große Anzahl von Träumen imstande gewesen wäre, ihn auf diesen Moment vorzubereiten. »Und wie lauten die Nachrichten?«

Der Arzt konzentrierte sich für einen Augenblick auf seine Notizen anstatt auf ihn und atmete tief durch, ehe er zu seiner

Antwort ansetzte. »Der Knoten, den wir Ihnen entfernt haben, war kanzerös und bedauerlicherweise metastatisch.«

Und da war er, der herbe Schlag.

Die Neuigkeit, die ihm den Atem nahm.

»Was bedeutet ›metastatisch‹?«, erkundige sich Emma neben ihm.

»Dass es sich hierbei um einen Sekundärtumor handelt, der Krebs also bereits gestreut hat.«

»Oh, scheiße!« Es kam nicht oft vor, dass Emma fluchte, und es war ein eindeutiger Indikator dafür, dass es sich um eine sehr schlechte Nachricht handeln musste.

Die Nachricht, auf die er gewartet hatte.

Die Nachricht, die bedeutete, dass er seine Kinder nie zur Schule bringen würde.

Er nicht einmal erfahren würde, ob es irgendwelche Kinder gab, die er zur Schule hätte bringen können.

Und mit jedem Gedanken schien die Luft im Raum knapper zu werden.

Er bekam keine Luft mehr. Keinen Sauerstoff, um ihn am Leben zu halten.

Der Schmerz begann, Richtung Herz hinaufzukriechen, und der Raum verschwamm.

»Atme, Nathan«, mahnte Emma und packte seine Hand.

Wenn er sich nur daran erinnern könnte, wie man das anstellte.

»Fall mir jetzt bloß nicht in Ohnmacht.«

»Nathan«, wiederholte Dr. Howson. »Holen Sie tief Luft.«

Sein Körper zwang ihn in dem Moment, heftig einzuatmen. Es war keiner dieser Atemzüge, die irgendwo in der Kehle stecken zu bleiben scheinen, sondern einer, unter dem sich sein ganzer Brustkorb wölbte.

»Genau so. Und noch ein paar mehr von der Sorte«, ermunterte ihn Emma.

Er nahm noch einen weiteren Atemzug, und sein Körper erinnerte sich plötzlich wieder daran, was er zu tun hatte.

»Möchten Sie ein Glas Wasser, Nathan?«, fragte der Student.

Nathan nickte, froh, dass er ihn nicht fortgeschickt hatte, wo er so praktische Lösungen parat hatte. Als er den Plastikbecher in der Hand hielt, gelang es ihm mit jedem Schluck, ein bisschen gleichmäßiger zu atmen. Das Letzte, was er jetzt gebrauchen konnte, war eine weitere ausgewachsene Panikattacke. Emma strich ihm über den Rücken und auch diese rhythmische Bewegung half.

»Es geht wieder. Fahren Sie fort.« Egal, wie groß Nathans Angst auch war, er musste es hören. Musste wissen, was auf ihn zukam.

»Ganz sicher?«

Nathan nickte.

»Gegenwärtig ist es unsere Priorität, den Primärtumor zu lokalisieren und zu schauen, welche Therapie wir Ihnen anbieten können.«

»Und das können Sie aus den Ergebnissen nicht ersehen?« Nathan wurde langsam nervös, wenn es um Antworten ging, die er noch nicht hatte. Er dachte, Krebs sei so gut darin, Spuren zu hinterlassen und damit anzugeben, was er alles vorhatte.

»Wir haben eine Vermutung, aber wir müssen es natürlich eindeutig feststellen. Wir haben Sie für einen Ganzkörper-Scan vorgemerkt, der so schnell wie möglich durchgeführt werden sollte, damit wir ein paar konkrete Antworten bekommen und um auszuschließen, dass wir etwas übersehen. Gibt es irgendwelche anderen gesundheitlichen Probleme? Irgendetwas, das wir wissen sollten? Irgendetwas, das vielleicht Ihrer Partnerin einfällt?«

Nathan schüttelte den Kopf – sowohl vor Schreck als auch, um damit zu untermauern, dass es da nichts gab. Außer ... vielleicht doch.

»Da wäre eine Sache.« Nathan schaute zu Emma hinüber, während er die Worte mit leiser Stimme sagte, unsicher, was die anderen davon halten würden.

»Ja?« Der Arzt blickte hoffnungsvoll von seinen Notizen auf.

»Ich hatte schon immer diesen einen, wiederkehrenden Traum. Dass ich mit siebenundzwanzig sterben werde.«

Es fühlte sich komisch an, diesen Satz laut auszusprechen, aber es war höchste Zeit, es endlich einmal einem Arzt zu sagen. Das Komische daran war der Versuch, es zu beschreiben. Träume sollten sich eigentlich nicht mit dem Tod befassen, sondern mit Sehnsüchten.

»Sorgen Sie dafür, dass wir auch eine MRT vom Gehirn bekommen. Diese Ergebnisse haben Vorrang«, sagte der Arzt zu seinem Assistenzarzt. »Sonst noch etwas? Irgendwelche anderen Träume?«

Nathan hatte nicht vor, ihm von dem Babyweinen zu erzählen. Denn dann würde der Arzt über die zusätzlichen Untersuchungen hinaus mit Sicherheut noch einen Psychologen hinzuziehen.

»Nein. Keine anderen Träume mehr.« Zumindest keine, die er noch zu seinen Lebzeiten realisieren würde. Die schienen alle gemeinsam mit dem Sauerstoff im Raum verschwunden zu sein.

Nathans Tagebuch

In der Welt der Medizin scheint es von großer Wichtigkeit zu sein, Dinge mit einem Etikett zu versehen. Es kommt einem fast so vor, als wüssten sie ohne ein Etikett nicht, wie man einen wirksamen Aktionsplan fürs Leben erstellt.

Sie sind auf der Jagd nach meinem Primärtumor. Gleichzeitig beschäftigen sie sich mit den Aspekten meiner Erkrankung, die sie nicht einzuordnen vermögen. Ist der Traum bloß ein Traum? Oder ist er ein Symptom? Ist er ein Anzeichen dafür, was mit mir nicht stimmt? Sie diskutieren über mich – oder besser gesagt über ihn –, als wäre ich überhaupt nicht anwesend. Als wüsste ich nicht, was vor sich geht. Man hat mich ins Krankenhaus eingewiesen. Mit der Erwähnung des Traums bin ich einen Schritt zu weit gegangen. Jetzt reden sie mit mir, als hätte ich den Verstand verloren.

Ich habe mehr als eine lebhafte Diskussion mit ihnen geführt. Sie hatten ja bereits einmal einen Scan von meinem Kopf gemacht – dafür hatte mein unerklärliches Koma gesorgt. Wenn es also dort einen Tumor gäbe, der meine Probleme verursacht, wäre er ihnen doch damals bestimmt schon aufgefallen. Aber offenbar war die Untersuchung nicht detailliert genug. Deshalb ist dieser andere Scan notwendig. Weil sie mir ein Etikett verpassen wollen. Wenn jemand Metastasen hat, muss offenbar ein Primärtumor aufgespürt werden. Und wenn jemand einen immer wiederkehrenden Traum hat, muss offenbar herausgefunden werden, ob beides miteinander zusammenhängt.

Sie geben sich nicht sonderlich viel Mühe, vor mir zu verbergen, welche Verbindung sie dabei sehen. Der Grund für meinen immer wiederkehrenden Traum ist ein Tumor – das ist ihr Gedankengang.

Ist es möglich, dass dieses Ding, das mich umzubringen versucht, schon die ganze Zeit über eine Warnung ausgesendet hat? Und ich nichts weiter getan habe, als immer weiterzuträumen?

42

Sechsunddreißigster Tag

Kochen hatte für Emma immer etwas Beruhigendes und daher entschied sie sich, ihrer Mutter lieber selbst das Essen zuzubereiten, als vom Pfleger ein Fertiggericht in der Mikrowelle aufwärmen zu lassen. Vielleicht lag es daran, dass sie beim Kochen nicht groß darüber nachdenken musste, was sie tat. Sie warf die Zutaten einfach in den Topf, weil sie ohnehin wusste, was alles in die Carbonara-Soße hineinkam. Das Rezept war ihr so vertraut, dass es weder Nachdenken erforderte noch Mühe bereitete.

Es kam ihr so vor, als hätte jemand in den letzten Wochen bei ihrem Leben aufs Gaspedal getreten und nicht vor, den Fuß so bald wieder herunterzunehmen. Es war nicht leicht, bei dem Tempo mitzuhalten. Es beschlich sie der Verdacht, sie hätte es selbst heraufbeschworen, weil sie sich beim Kochen für ihre Mutter so oft gefangen gefühlt und sich gewünscht hatte, dass einmal etwas Aufregenderes passieren würde. Und nun, da es geschehen war, wünschte sie sich fast, dass alles wieder so wäre wie früher.

Aber natürlich wollte sie das nicht wirklich. Sie wollte kein Leben ohne Nathan – ohne Küsse, ohne wirklich zu leben. Diese Beschleunigung ging zwar dermaßen schnell vonstatten, dass sie sich vorkam, als hätte sie ein Schleudertrauma, aber sie wollte nicht mehr zurück. Das einzige Problem war, dass das, was ihnen bevorstand, die Welt zu einem furchteinflößenden und tückischen Ort machte.

»Wie ist es gelaufen? Isst Nathan denn nicht mit uns? Ihr zwei scheint euch doch richtig gut zu verstehen«, sagte Carole, als Emma sie für das Essen am Tisch bereit machte.

Seit sie von ihrem Kurztrip zurückgekehrt waren, hatte Carole die eine oder andere Suggestivfragen gestellt, wollte Dinge bereden, die Emmas Ansicht nach nicht für mütterliche Ohren bestimmt waren. »Es ist wirklich prima, dass er hier ist«, sagte Emma, und dabei wollte sie es auch belassen.

Ehe sie sich versah, spürte sie, dass sie rot wurde. Das Gute daran, dass Nathan hier wohnte, war, dass der Zauber ihrer kleinen Reise angehalten hatte. Jede Nacht verbrachte er in Emmas Zimmer. Und jede Nacht hatte sie das Gefühl, sich selbst kneifen zu müssen, um sicherzustellen, dass sie nicht träumte.

»Du brauchst gar nichts weiter zu sagen. Du scheinst glücklich zu sein, und darüber bin ich froh. Und Nathan macht den Eindruck, als wäre er ein sehr netter Kerl. Wo steckt er denn heute Abend?«

Das andere Gute daran, mit dem ganzen Routinekram fortzufahren und all das zu erledigen, was man zum Überleben benötigte, war, dass man einfach so weitermachen konnte, als sei nichts geschehen. Wenn sie bloß nach wie vor einen Fuß vor den anderen setzen würde, müsste sie sich nicht eingestehen, was gerade wirklich geschah.

Doch genau das tat sie.

Auch wenn sie sich nach Kräften bemüht hatte, sich selbst

und der Welt etwas vorzumachen, schossen ihr nun die Tränen in die Augen und ließen sich nicht länger zurückhalten. Auf Autopilot zu schalten brachte auf Dauer nichts.

»Was ist denn los, mein Schatz? War es so schlimm? Was immer es ist, wir kriegen das schon hin.« Carole streckte eine zittrige Hand aus, um Emma zu trösten.

»Es ist nicht das, was du denkst.« Emma schüttelte energisch den Kopf. Sie wollte nicht, dass ihre Mutter etwas in den falschen Hals bekam. Aber sie war nicht imstande, ihr eine Erklärung zu liefern, ohne in Schluchzen auszubrechen.

»Was ist denn los, Kleines? Was es auch ist, du kannst es mir sagen.«

Das Atmen fiel Emma schwer. Es war fast unmöglich, die Luft für die Worte zu finden, die sie aussprechen musste. Denn wie war es möglich, etwas auszusprechen, was man sich nicht eingestehen wollte? Nicht einmal den Medizinern waren sie über die Lippen gekommen. Doch sie hatten in diesem Sprechzimmer in der Luft gehangen. Waren den Gesichtern der Ärzte anzusehen gewesen.

Emmas Mutter hielt sie in ihren Armen, während das Abendessen kalt wurde.

Es tat so gut, diese schützenden Arme um sich zu fühlen. Am liebsten wäre Emma in dieser Umarmung verharrt, die versprach, dass alles gut werden würde. Sie war wie eine Blase, die ihr einen kurzzeitigen Zufluchtsort vor der Erschöpfung und dem Kummer des wirklichen Lebens bot.

Doch es gab kein Entkommen. Nathan hatte ihr von Anfang an wiederholt erklärt, was ihn seiner Ansicht nach erwartete. Doch das half nicht im Geringsten, den Schmerz zu lindern, den sie nun empfand.

»Nathan wird sterben.« Die Worte laut auszusprechen machte es auch nicht leichter.

»Was? Wie kommst du darauf? Geht es ihm wieder schlecht? Ich dachte, er würde nur diese Operation benötigen.«

Emma hatte ihrer Mutter zuvor erzählt, dass es sich um einen Knoten handelte und die Ärzte hofften, es wäre Hautkrebs. Genau das hatte sie auch gehofft. Wie kam es nur, dass die kleinsten Dinge mitunter am Ende die furchteinflößendsten waren?

»Der Knoten ist ein Indiz dafür, dass sein Krebs gestreut hat. Sie wissen nicht einmal, von welcher Stelle in seinem Körper. Sie müssen den Primärtumor finden. Deshalb haben sie ihn dabehalten.« Nachdem dieser letzte Satz heraus war, fühlte Emma sich vollkommen leer. Sollte ihre Mutter noch weitere Fragen haben, wäre sie nicht der Lage, sie zu beantworten.

Auch ohne den Ursprung der Metastasierung zu kennen, war ihr bereits jetzt klar, dass keine guten Neuigkeiten auf sie warteten. Das sagte ihr ihr Bauchgefühl. Ihre Geschichte würde kein Happy End haben. Das hatten sie die ganze Zeit gewusst.

»Vielleicht gibt es noch etwas, was sie tun können. Vielleicht ist es gar nicht ganz so schlimm, wie du denkst.«

Emma hatte den Kopf auf die Knie ihrer Mutter gelegt, die ihr übers Haar strich. Es war, als wäre sie wieder ein kleines Mädchen – aber dem war nicht so. Egal, wie oft ihr ihre Mutter auch über das Haar streichen würde, davon ginge der Schmerz nicht weg.

Und da die Blase so leicht zu durchstechen war, kroch die Realität langsam hinein und überwältigte sie. Ihre Schluchzer folgten so rasch aufeinander, dass sie sich gar nicht mehr vom letzten zu erholen vermochte. Das Wissen darum, wie ungerecht das Leben war, nahm ihr den Atem. Als wäre der Kampf, der ihr selbst bevorstand, nicht schon genug, hatte sie sich nun auch noch in einen Mann verliebt, dem vielleicht nur noch wenige Monate blieben.

Mit einem Mal hatte sie das Gefühl, als wäre keine Luft mehr im Raum. Je mehr sie versuchte, Luft zu holen, desto weniger war da. Die Blase hatte keinen Sauerstoff mehr, und wenn Emma sich nicht bewegte, würde sie sterben.

Sie steuerte auf die Hintertür zu und holte draußen so tief Luft, als wenn es ihr erster Atemzug wäre – der wichtigste, der, der lebensnotwendig war.

Die kalte Luft glich scharfen Eissplittern. Nichts von alledem war neu. Es war kein Blitz aus heiterem Himmel. Und dennoch fühlte es sich so an, und es schmerzte, und es war unsinnig und gnadenlos, und das Wissen darum hinterließ ein Brennen in ihrem ganzen Körper.

Sie versuchte, sich dort draußen zu sammeln, sich nur darauf zu konzentrieren, einzuatmen und wieder auszuatmen. Doch mit einem Mal, ohne jede Vorwarnung, stieg Übelkeit in ihr auf und sie übergab sich ins Gras.

Aber sie fühlte sich immer noch nicht besser. Das Atmen fiel ihr immer noch schwer. Egal, wie viele Tage ihr noch in diesem Leben blieben, sie war sich keineswegs sicher, dass es jemals genug sein würden, um diesen Schmerz zu überwinden, den sie in diesem Moment verspürte.

Es würde niemals genügend Tage geben, um das hier erträglicher zu machen.

Nathans Tagebuch

Es kann sehr aufschlussreich sein, welche Ängste ein Mensch hat. Ich habe immer nur Angst gehabt, allein zu sein.

Das mag seltsam klingen, wenn man bedenkt, dass ich einen großen Teil meines Erwachsenenlebens allein verbracht habe. Meine Großeltern sind kurz hintereinander gestorben. Zuerst mein Großvater und dann – vielleicht an gebrochenem Herzen – meine Großmutter. Ich war achtzehn und betrachtete ihren Tod (und das Erbe) als ein Zeichen, mich der Welt zu stellen, sie zu bereisen und alles daran zu setzen, das auszuschöpfen, was mir dieses Leben zu bieten hatte. Ich bin in Neuseeland mit dem Kajak durch Stromschnellen gefahren. In Indien von einem Tempel zum anderen gepilgert. Bin zahllose Male aus Flugzeugen gesprungen. Aber all das habe ich allein gemacht. Natürlich habe ich unterwegs Leute kennengelernt, aber ich war immer allein.

Eines hat mir dieser Traum geschenkt: Furchtlosigkeit. Ich habe keine Angst vor den üblichen Dingen, bei denen anderen Leuten der kalte Schweiß ausbricht. Ob Dunkelheit, Höhe, Fliegen, Spinnen, Schlangen … All das macht mir nichts aus. Ich könnte glatt eine Party organisieren, bei der alle fünf vorkommen.

Aber der Traum hat mir auch meine Furcht geschenkt: die Furcht vor dem Alleinsein. Nicht auf die Art und Weise, wie es bei manchen

Menschen ist, die ohne Partnerschaft nicht zu existieren vermögen, sondern in dem Moment allein zu sein, wenn es passiert – wenn meine Zeit hier auf Erden abgelaufen ist. Ich glaube, dass es mir nun in diesem Lebensabschnitt gelungen ist, mich mit guten Menschen zu umgeben, und das macht mich sehr froh. Die Sorge ist nicht ganz so erdrückend, wenn man weiß, dass man geliebt wird.

Ich habe immer gedacht: Das ist es. Das ist meine einzige Angst. Und ich werde ihr ins Gesicht schauen, wenn meine Zeit gekommen ist.

Doch nun ist sie hier. Und in einer ganz anderen Form, von der ich nicht erwartet hatte, dass sie mir Sorgen bereiten würde.

Ein MRT-Scan.

Klingt sehr einfach. Sie werden ein Bild von meinem ganzen Körper machen. In dem Scan wird zu sehen sein, welche Teile von mir bereits vom Krebs befallen sind. Wie dicht das Netz ist, das der Krebs bereits gesponnen hat.

In meinem Traum bin ich nicht allein und das ist eine Beruhigung für mich. Die Vorstellung, dass niemand da ist, jagt mir Angst ein.

Ich glaube, es ist selten, dass auf dieser Welt jemand ganz und gar allein ist. Es kommt nicht oft vor, dass wir überhaupt niemanden haben, an den wir uns wenden können, auch wenn es natürlich Zeiten gibt, in denen wir dies vielleicht gar nicht möchten. Aber ich weiß, dass es Menschen gibt, die für mich da sein werden.

Vielleicht ist es an der Zeit, meine Freunde einzuweihen. Ihnen zu erzählen, wie schlecht es mir in Wahrheit geht.

Aber das wird mir bei meiner neuen Angst keine Hilfe sein. Während des Scans darf niemand bei mir sein. Keiner wird meine Hand halten. Ich werde die ganze Zeit allein daliegen, regungslos, bis es vorbei ist. Einsamer geht's nicht.

43

Siebenunddreißigster Tag

Nathan

Die Ohrstöpsel, die man ihm gegeben hatte, schützten Nathans Trommelfelle nicht besonders vor den lauten, tuckernden Geräuschen. Das beständige Pochen verursachte ein Gefühl von Übelkeit. Als befände er sich auf einem Schiff und das Auf und Ab der Wellen würde ihm zusetzen.

»Alles in Ordnung?«, ertönte die Stimme der Radiologieassistentin durch den Lautsprecher.

Es war alles andere als in Ordnung. Er lag hier und wurde auf eine Krankheit untersucht, die eigentlich zu einem viel älteren Mann gehörte, und ihm war kalt wie noch niemals zuvor in seinem Leben.

»Ich bin erst siebenundzwanzig«, sagte er, als wäre es genau das, was sie hören wollte.

»Vermutlich haben Sie nicht damit gerechnet, hier zu sein«, sagte die Radiologieassistentin. Da war Traurigkeit in ihrer Stimme. Vielleicht sah sie bereits einige Ergebnisse auf dem Bildschirm.

»Im Gegenteil, das habe ich sehr wohl. Und das ist wahrscheinlich der Grund, warum man mich so gründlich scannt.«

»Okay, also, wenn Sie bequem liegen, dann geht es jetzt los.«

Bei der Vorstellung, dass es erst jetzt beginnen würde, wo er doch gedacht hatte, dass die Untersuchung bereits im Gange wäre, wurde ihm erneut übel. »Dann bringen wir es hinter uns.«

»Drücken Sie auf den Knopf, wenn Sie irgendwelche Probleme haben. Und ich kann Sie hören, falls Sie mit mir sprechen wollen.«

»Prima.«

Aber es war alles andere als prima. Es war das Gleiche wie im Wartezimmer – nur schlimmer. Eine weitere Gelegenheit, sich den Kopf über all die Dinge zu zerbrechen, zu denen er in seinem Leben bisher noch nicht gekommen war. Dabei war diese Liste eigentlich schon lang genug und er wollte ihr nichts mehr hinzufügen.

Er versuchte stattdessen, an seine Zeit mit Emma zu denken. An ihr Zimmer, das nach ihrem süßen Parfüm und dem Kokosnussshampoo roch, das sie benutzte. Wie sie sich beim Kuscheln erst an ihn schmiegte, bevor sie liegen blieb. Und wie sie sich die Zeit nahmen, um sich leise in ihrem Bett zu lieben, ihre Körper im perfekten Einklang. Für eine Weile war es ihnen gelungen, in einer Zeit und einem Raum außerhalb des Krankenhauses zu existieren. Es war eine merkwürdige Vorstellung, dass sie sich hier zum ersten Mal begegnet waren. Mehr Zeit hier miteinander verbracht hatten, als ihnen lieb war. Er mochte gar nicht darüber nachdenken, ob sie hier auch voneinander Abschied nehmen würden.

Er musste an etwas Schönes denken – wie an den Puffin und Emmas Gesichtsausdruck, als sie ihn erblickte. Dieser eine Puffin, der auf die Rückkehr seines Partners gewartet hatte, war allen Widrigkeiten zum Trotz dort gewesen. Obwohl es eigentlich noch zu früh im Jahr gewesen war. Doch er hatte die Wetterbedingungen ignoriert und sich dort in der Wand niederzulassen, als gehöre ihm die ganze Klippe. Hatte sich nicht von ein bisschen Wind abhalten lassen. Vielleicht war das genau die richtige Einstellung, an der er sich ein Beispiel nehmen sollte. Vielleicht sollte er, sobald sie genau wussten, was los war, das volle Programm durchziehen und schauen, ob er es überleben würde. Um am Ende allen Widrigkeiten zum Trotz irgendwo zu sein, wo er eigentlich nicht sein sollte. Was wäre, wenn er aufhören würde, an den Traum zu glauben, und sich stattdessen vorstellte, wie es wäre, achtundzwanzig zu sein? Wäre es das wert, sich so etwas anzutun, um auch nur eine klitzekleine Chance zu haben, mehr Zeit mit Emma zu verbringen?

Müsste er nicht ruhig liegen bleiben, hätte er sich jetzt ohrfeigen können. Wie kam es nur, dass all seine Gedanken auf das Gleiche hinausliefen? Eigentlich sollte er über niedliche Puffins nachdenken und wie sie Emma ein Lächeln ins Gesicht gezaubert hatten.

Puffins, Puffins, Puffins. Wenn er nicht aufpasste, würden sie ihn noch auf Schritt und Tritt verfolgen – und das wäre wirklich verrückt.

»Alles klar da drin?«, erkundigte sich die Radiologieassistentin über die Lautsprecheranlage.

»Ja. Ich versuche nur gerade an Puffins zu denken, anstatt an … Na ja, es ist halt schöner, sich diese Vögel vorzustellen.« Nathan hätte es ihr beinahe ausführlicher erläutert, wäre damit aber bloß wieder bei dem Thema gelandet, auf das er sich nicht mehr konzentrieren wollte. Also: Puffins.

»Vermutlich ist es Ihnen gar nicht aufgefallen, aber Sie haben laut gesprochen. Für den Scan darf sich Ihr Mund aber nicht bewegen. Könnten Sie sich bitte beim nächsten Abschnitt ruhig verhalten?«

Hatte er wirklich laut gedacht? »Klar«, sagte Nathan. Er war sich sicher, dass er sich gemäß den Anweisungen nicht gerührt hatte.

Puffins. Puffins sind niedlich. Puffins sind süß. Emma liebt Puffins, wiederholte er in Gedanken immer und immer wieder.

Und er wiederholte die Sätze in seinem Kopf so, dass sie zum Rhythmus des Scanners passten. Es war wie ein Gutenachtlied, das ihn in den Schlaf wiegte.

Und dann war er wieder da.

Lag in einem Krankenhausbett …

Rang um Atem.

Bloß befand sich das Bett nicht in dem Zimmer aus seinen Träumen.

Und es gab kein Babyweinen.

Das hier war ein Operationssaal.

Und da war eine offene Wunde. Ein Skalpell. Ein stechender Schmerz.

Er war mitten in einer Operation aus der Narkose erwacht.

44

Emma

»Was ist denn los? Darf ich rein?«

Die Schreie waren bis in den Wartebereich zu hören und Emma wusste instinktiv, dass es Nathan war, der da schrie. Auch wenn es ganz und gar nicht nach ihm klang, sondern eher nach einem gequälten, verletzten Tier.

Sie wusste nicht einmal, wen sie ansprechen sollte. Außer der Arzthelferin war niemand zu sehen.

Emma stieß die Flügeltür auf, ohne sich um die Warnschilder und Hinweise zu kümmern, die vor dem unaufgeforderten Betreten dieses Bereichs warnten.

»Da dürfen Sie nicht rein!«, ertönte es vom Empfang.

»Dann halten Sie mich doch davon ab!«, rief Emma mit einer Entschlossenheit in der Stimme, mit der sie noch nie zuvor etwas zu einem anderen Menschen gesagt hatte.

In dem Raum herrschte Panik und ein Heidenlärm, sodass sie gar nicht in der Lage war, alles auf einmal zu erfassen. Da war ein hektischer Piepton, der scheinbar vom Bedienteil des Untersuchungsgeräts stammte. Doch dieses Geräusch wurde beinahe durch Nathans Schreie übertönt. Er stieß so schrille Laute aus, dass sie fast schon ätherisch klangen – hätte man nicht den Schmerz aus ihnen herausgehört.

Emma erstarrte. Sie kam sich vor, als hätte sie sich in eine andere Dimension hinüberbegeben. Nathan wurde gerade aus dem MRT-Gerät geholt – aber nicht von dem medizinischen Personal, wie sie es erwartet hätte. Stattdessen zerrten ihn Sicherheitsleute heraus, als wäre er dabei, Ärger zu machen. Als würde irgendjemand auf die Idee kommen, freiwillig hier aufzutauchen, um Unruhe zu stiften.

»Nicht schneiden!«, schrie Nathan, während er versuchte, gegen die anzukämpfen, die ihn festhalten wollten.

»Keiner schneidet hier, Nathan.« Eigentlich hätte es jemand vom Personal sei müssen, der ihn beruhigte, doch die Worte waren aus Emmas Mund gekommen.

»Es tut so weh.« Seine Augen glichen denen eines wilden Tiers, vermochten nichts zu fokussieren. Ganz offenbar war er nicht in der Lage, irgendetwas um sich herum zu erkennen, und wusste nicht, wer Freund und wer Feind war.

»Sie müssen rausgehen. Wir warten auf weitere Unterstützung, und dann wird er sediert, damit wir den Scan beenden können.«

Etwas an diesem Scenario stimmte nicht. Nathan würde sich normalerweise nicht so aufführen. Sein leerer Blick brachte sie darauf, wo das Problem lag.

»Sedieren Sie ihn nicht. Er ist ja gar nicht wach.« Emma wusste, dass sein Verhalten nicht seinem Wesen entsprach.

»Er kommt mir aber ziemlich munter vor.«

»Sind Sie ihm vor dem heutigen Tag denn jemals begegnet?« Emma hatte die Nase voll. Sie war diesen Mist einfach leid. »Ist er jemals Ihr Patient gewesen? Wissen Sie irgendetwas über ihn?«

Die Radiologieassistentin wirkte perplex. Es war unwahrscheinlich, dass man ihr auch nur annähernd genug zahlte, damit sie sich bei ihrer Arbeit hier mit Leuten abgab, die ausrasteten. Emma wurde sogleich von Schuldgefühlen geplagt, aber sie war dennoch nicht bereit, einfach beiseitezutreten und zuzulassen, dass sie Nathan wieder sedierten. Nicht nach dem, was beim letzten Mal passiert war.

»Spielen Sie Musik. Spielen Sie etwas von den Smashing Pumpkins. Sie müssen ihn aufwecken, nicht sedieren.« Es konnte doch nicht so schwer zu erkennen sein, dass sich Nathans Benehmen nicht etwa auf irgendeinen neuen psychotischen Zustand zurückführen ließ, sondern darauf, dass er gar nicht wach war. Er war ein erwachsener Mann, der mitten in einem Angsttraum steckte.

»Ich muss Sie bitten zu gehen.« Einer der Sicherheitsleute mischte sich jetzt in die Sache ein.

»Das werde ich ganz gewiss nicht. Jemand muss doch für Nathan eintreten, und da das niemand zu tun scheint, werde ich mich nicht vom Fleck rühren.«

»Hören Sie, Schätzchen, Sie sehen doch, wie er herumstrampelt. Dieses Gerät ist einen Haufen Geld wert, und es steht hier, um einer Menge Leuten zu helfen. Wollen Sie etwa riskieren, dass er es beschädigt und dem Krankenhaus enormen Ärger einbrockt? Wir versuchen doch nur, das Beste für alle Beteiligten zu machen, also tun Sie sich und uns einen Gefallen und lassen Sie uns unseren Job erledigen. Niemand hier möchte die Polizei einschalten, oder?«

»Sein Name ist Nathan. Spielen Sie etwas von den Smashing Pumpkins, dann wird er garantiert aufwachen.« Emma war eigentlich nicht der Typ, der sich mit Sicherheitsleuten anlegte, aber andererseits hatte es in der letzten Zeit eine Menge

Dinge gegeben, die sie vorher noch nie getan hatte. Es war schon erstaunlich, welchen Mut ihr so ein bisschen Krebs verlieh!

Nathan wand sich immer noch, während er von den Sicherheitsleuten festgehalten wurde. Hin und wieder gab er ein weiteres entsetzliches Wimmern von sich, sodass es Emma eiskalt den Rücken hinunterlief.

Der Sicherheitsmann brummte etwas in sich hinein und versuchte mehr schlecht als recht die Tatsache zu verbergen, dass er geflucht hatte. Er zog mit einiger Mühe ein Handy aus seiner Gesäßtasche und kurz darauf schaute er nach YouTube-Videos. Als er eins von den Smashing Pumpkins gefunden hatte, drückte er auf »Play«. »Jetzt können Sie wohl kaum behaupten, ich hätte mir keine Mühe gegeben.«

Selbst wenn es nicht funktionieren sollte, würde sie alles tun, was nötig war, um zu verhindern, dass Nathan sediert wurde. Es sei denn, irgendein Anästhesist tauchte hier auf, der ihr garantieren konnte, dass er dann nicht wieder ins Koma fallen würde. Aber selbst dann wäre sie nicht glücklich darüber. »Machen Sie es lauter«, ordnete sie im Befehlston an. Ihr war nicht entgangen, dass der Typ offensichtlich nicht zu allzu vielen weiteren Gesten der Freundlichkeit bereit war.

Er drückte ein paar Mal auf eine Taste. »Lauter geht's nicht.«

Emma hielt den Atem an. Sie hatte keine Ahnung, was sie sonst noch unternehmen könnte, um Nathan zu wecken. Sollte das hier nicht funktionieren, wüsste sie nicht mehr weiter.

Glücklicherweise war es das Lied, mit dem Nathan sich immer wecken ließ.

Dem Himmel sei Dank für die YouTube-Algorithmen, die wussten, welche Titel am beliebtesten waren!

Sobald die ersten Töne erklangen, verschwand der leere Blick und Nathan starrte Emma an, öffnete den Mund und sagte: »Ich weiß, was passiert.«

45

Trotz Emmas Versicherungen, dass dieses Verhalten untypisch für Nathan war, half es der Sache nicht gerade, dass er nun, da er scheinbar wach war, komische Dinge sagte.

»Wie bitte?«, sagte sie.

»Ich sehe alles.«

»Würden Sie bitte von der Dame wegtreten, Sir?«

Emma wollte nicht, dass Nathan wegging. Sie wollte, dass er zu ihr zurückkehrte. Sie hatte keine Ahnung, was sie von dem halten sollte, was er sagte.

»Sie haben sich geirrt.« Nathans Äußerungen schienen völlig zusammenhanglos zu sein. Emma hatte keine Ahnung, was er meinte.

Der Sicherheitsmann trat zwischen Nathan und sie, als befände sie sich in Gefahr.

»Wer hat sich womit geirrt?«, fragte Emma, in der Hoffnung, ihm eine verständlichere Aussage entlocken zu können.

Jetzt, wo ein Kerl von gut eins achtzig zwischen ihnen stand, war es schwierig, Augenkontakt mit Nathan zu halten.

»Würden Sie sich wieder hinlegen, damit wir die Untersuchung beenden können?« Die Radiologieassistentin schien offenbar die Hoffnung zu hegen, dass sie nun, da Nathan mit seinem Geschrei und Gebrüll fertig war, fortfahren konnten. Aber die Frau kannte ihn nicht gut genug, denn sonst wäre ihr aufgefallen, dass etwas an ihm anders war. Er war zwar wieder wach, aber es hatte etwas Beängstigendes, dass er nun Äußerungen von sich gab, die ein bisschen so klangen, als wäre er der Sohn Gottes.

»Okay, aber ich weiß schon, was dabei herauskommen wird.« Nathan ging zum Gerät zurück und legte sich hin, als hätten die letzten Minuten überhaupt nicht stattgefunden.

Emma hoffte, dass es sich nur um eine vorübergehende Störung handelte, wie es schon einmal der Fall gewesen war. Als er im Koma gelegen hatte, dachte sie, sie hätte ihn verloren, doch dann war er wieder er selbst geworden. Sie wollte nicht Zeugin davon werden, wie sich sein Charakter allmählich veränderte, sich eine Schicht nach der anderen ablöste, bis nichts mehr von dem übrigblieb, was Nathan ausmachte. Es war ohnehin schon alles viel zu viel. Sie wollte es nicht ohne ihn durchstehen müssen. Vielleicht käme sie sogar mit seiner Jesus-Nummer klar.

»Möchten Sie, dass wir hierbleiben?«, erkundigte sich der zweite Sicherheitsmann, der geholfen hatte, Nathan festzuhalten, bei der Radiologieassistentin.

»Vielleicht könnten Sie noch eine Weile in der Nähe bleiben? Für alle Fälle.«

»Sorgen Sie nur dafür, dass er nicht wieder einschläft«, mahnte Emma, als versuche sie, ihr eine geheime Zauberformel zu verkaufen.

»Sie können draußen warten«, erwiderte die Assistentin an sie gewandt.

»Hat Ihnen Ihre Mutter nicht beigebracht, ›bitte‹ zu sagen?« Emma ließ es sich nicht länger gefallen, dass man so mit ihr umsprang. Sie war kein leichtes Opfer mehr. Alles hatte sich verändert.

Die Assistentin warf ihr einen Blick zu, der Emma zu verstehen gab: *Meine Mutter hat mir beigebracht, wie man »Du kannst mich mal« sagt.* Sie verspürte eine überwältigende Versuchung, etwas darauf zu antworten.

Aber die war nicht so überwältigend, wie ihr Bedürfnis, sich zu übergeben.

Dieses Mal kam es ohne jede Vorwarnung. Sie musste einmal würgen, und schon hatte sie alles über den Sicherheitsmann verteilt. Ein weiteres Mal, und es spritzte auf die Schuhe der Radiologieassistentin.

»Ich wusste, dass das passieren würde«, sagte Nathan als sei dies alles nichts weiter als eine Komödie der Irrungen.

Aber bewies das Leben nicht immer wieder, dass niemand wusste, was vor sich ging? Nicht einmal die Verantwortlichen?

Nathans Tagebuch

Ich weiß tatsächlich, was passiert. Oder zumindest, was passiert ist. Genauer gesagt, ich erinnere mich daran, was während meiner Operation gesagt wurde. Ich hatte bereits Bruchstücke des Eingriffs wie Szenen aus einem Film irgendwo abgelegt, doch nun erinnere ich mich an das Drehbuch. »Sein Körper muss schon voll davon sein«, ist das, was mir hauptsächlich in Erinnerung geblieben ist. Das und der Schmerz, als das Skalpell durch mein Fleisch schneidet.

Wenn ich meine Augen schließe, kann ich spüren, wie das kalte Metall durch meine Haut gleitet.

Für manche mag die Vorstellung, dass ihre Zeit auf Erden begrenzt ist, zu viel sein. Vielleicht war es das für mich auch und nun arbeitet es sich allmählich aus mir heraus. Aber diese Bestätigung zu bekommen, ohne dass ich auf das Ergebnis irgendeines Scans warten muss, hat mir die Gewissheit gegeben, die ich gebraucht habe. Ich habe mich viel zu lange gefragt, ob der Traum ein Zeichen dafür ist, dass ich den Kontakt zur Realität verliere, und nun weiß ich es.

Natürlich schaut mich jeder an, als wäre ich verrückt geworden. Als hätte ich völlig den Verstand verloren. Ich bin mir sicher, dass die Parade der Medizinstudenten, die an meinem Bett vor-

beizieht, länger geworden ist – als wäre meine Erkrankung eine Art Zuschauersport.

Ich weiß, was passiert. Ich habe es schon die ganze Zeit gewusst. Ich werde diese Welt verlassen und für alle Zeit siebenundzwanzig sein, so wie ich es schon immer geglaubt habe.

Ich sterbe. Aber tun wir das nicht alle?

Sind wir nicht alle nur einen letzten Herzenswunsch vom Ende entfernt?

46

Einundvierzigster Tag

Emma befand sich nun selbst in stationärer Behandlung. Wie sich herausstellte, sah man hier nicht so leicht darüber hinweg, wenn jemand Leute vollkotzte und dabei ein leicht aggressives Verhalten an den Tag legte. Die Ärzte hatten entschieden, sie für einige Bluttests hierzubehalten, um sicherzugehen, dass es nichts war, das gegen den Beginn ihrer Behandlung sprach. Sie mochten es gar nicht, wenn jemand, der eine große Operation vor sich hatte und schon bald mit einer Chemotherapie beginnen sollte, an einer Infektion oder dergleichen litt. Sie fühlte sich allerdings wohl und flüchtete sich daher, wann immer möglich, an Nathans Bett. Es hatte gewisse Vorteile, wenn man auf derselben Station lag.

Heute war sein Halbbruder, Marcus, eingetroffen und schon zwei Sekunden nach der ersten Begegnung mit ihm war Emma zu dem Schluss gelangt, dass sie ihn nicht mochte. Als sie auf ihn zugegangen war, um ihm die Hand zu schütteln, und er sie ganz bewusst übersehen hatte, war ihr klar geworden, wie recht Nathan offenbar mit allem hatte, was er über ihn erzählte. Marcus war größer und schmächtiger als Nathan und sprach mit einem anderen Dialekt. Sie waren wie zwei Seiten derselben Medaille, die irgendwie nicht zueinander passten.

»Könnten wir zunächst für einen Moment mit Ihnen beiden sprechen, bevor wir mit Nathan reden?«, fragte Dr. Howson.

»Natürlich«, antwortete Marcus.

Das gefiel Emma gar nicht. Mit welchem Recht tauchte dieser Typ hier auf und maßte sich an, plötzlich in ihrem Namen zu sprechen? Und es gefiel ihr auch nicht, dass die Ärzte zunächst mit ihnen allein sprechen wollten, ohne Nathan einzubeziehen. Sollte man ihn nicht an allem teilhaben lassen, das mit seiner Behandlung zu tun hatte? Das schien ihr nur angemessen zu sein. Sie wäre ganz gewiss nicht glücklich darüber, wenn sie ihre Mutter auf ein Wort zur Seite nehmen würden, um über Emmas Zustand zu reden, ohne sie selbst darüber zu informieren, was vor sich ging. Das war einfach nicht richtig.

»Sollten wir nicht auf Nathan warten und es besprechen, wenn er hier ist?«, fragte Emma mit pochendem Herzen. Sie war inzwischen kein schwaches Gegenüber mehr und brachte ihre Bedenken zum Ausdruck.

»Wir möchten, dass Sie gut vorbereitet sind. Es wäre besser, wenn wir kurz miteinander reden.«

Wäre es das? Emma wusste nicht, was das Beste war, aber eins stand fest: Sie wollte verhindern, dass Marcus etwas herausfand und es dann nicht weitergab. Sie musste auch lernen, die Dinge zu ertragen, die die Ärzte zu sagen hatten, auch wenn ihr bei dem Gedanken daran schon wieder übel wurde.

Daher folgte sie dem Arzt in einen Nebenraum.

»Ich danke Ihnen. Ich möchte Sie beide vorwarnen. Wir werden Nathan in Kürze unsere abschließende Diagnose mitteilen. Ich fürchte, es sind keine guten Neuigkeiten. Das Einzige, was in seinem Fall bleibt, ist die Palliativmedizin. Es gibt noch einige offene Fragen, daher werden wir ihn vorläufig hierbehalten.«

»Was bedeutet ›palliativ‹?«, erkundigte sich Marcus, während Emma versuchte, die Worte zu verarbeiten.

»Es bedeutet, dass wir uns in seinem Fall mit dem Ende des Lebens befassen müssen. Jegliche Behandlung wird allein dem Zweck dienen, es Nathan so angenehm und erträglich wie möglich zu machen.«

»Aber es geht ihm so gut«, hörte sich Emma sagen. »Er kann doch unmöglich todkrank sein.« Das war einfach unbegreiflich für sie.

Bis zu diesem Moment hatte sie nie so recht an Nathans Vorhersagen über seinen eigenen Tod geglaubt. Er war ein Mensch mit einer unglaublichen Energie, besaß so viel Tatkraft. Es war unvorstellbar, dass ihm dies genommen werden könnte.

»Nathan hat eine sehr aggressive Krebsart, die seine Hirnhaut befällt. Das ist zweifellos mit der Grund für sein manchmal unkonventionelles Verhalten. Vielleicht hat er den Schmerz bislang ausgeblendet, aber die Anzeichen sind unübersehbar, dass ihm dies zunehmend schwerer fällt. Wir reden nicht gern über zeitliche Rahmen, da diese immer schwer vorherzusagen sind, aber ich fürchte, es geht hier um Tage und Wochen und nicht um Monate und Jahre.«

Emma fühlte sich mit einem Mal innerlich taub. Es war schwer zu begreifen, dass einem etwas von solcher Wichtigkeit wie die verbleibende Lebenszeit eines Menschen, die Zeit, die man miteinander noch hatte, auf eine so kalte und unverblümte Art und Weise mitgeteilt werden konnte.

Aber dieses taube Gefühl war gut. Es war genau das, was sie jetzt brauchte. Es bedeutete, dass sie in der Lage war, den Raum zu verlassen und Nathans Hand zu halten, ohne den Schlag der Worte zu spüren, als man sie ihm ebenfalls mitteilte. Es bedeutete, dass sie in der Lage war, nicht in Tränen auszubrechen, sondern ihn festzuhalten und zu trösten, als er an ihrer Schulter schluchzte.

Sie fühlte nichts mehr. Wusste nicht mehr, was sie tun sollte. Denn was machte ein Mensch, wenn er herausfand, dass die Liebe seines Lebens bald sterben würde? Was blieb ihm übrig, wenn einander die Hand zu halten das Einzige war, was beide noch fertigbrachten?

Nathans Tagebuch

Meningeom. So heißt das Ding, das mich umbringt. Sie sagen, ich hätte es wahrscheinlich schon seit Jahren, ohne dass irgendwelche Krankheitszeichen aufgetreten sind. Sie sagen, es hätte in mir geschlummert, aber nun ist es bösartig geworden. Meine Hirnhaut hat Krebs und es gibt nichts, was sie dagegen tun können, denn es ist bereits zu spät.

Es ist merkwürdig, denn jetzt, wo ich es weiß, kommt es mir so vor, als könnte ich es spüren. Bei jeder meiner Bewegungen ist es da. Wenn ich mich strecke, tut es weh. Wenn ich mich zu schnell bewege, tut es weh. Wenn ich gähne, tut es weh.

Dinge, die vor einem Tag noch unproblematisch waren, kommen mir jetzt wie unmögliche Aufgaben vor. Als ich vorhin meine Schuhe anzog, hat mich das unglaublich viel Mühe gekostet, sodass ich danach gar keine Lust mehr hatte, nach draußen zu gehen, wie es eigentlich meine Absicht gewesen war.

Eigentlich sollte es kein Schock für mich sein. Ich habe das alles vorhergesagt. Der Traum hat das alles vorhergesagt. Ich habe mein ganzes Leben nach dieser Überzeugung gelebt. Und nun ist es soweit. Aber in seiner ganzen Fülle ist es etwas, auf das man sich unmöglich hätte vorbereiten können.

Dinge verändern sich. Mein Leben hat sich verändert. Ich

liebe Emma und gerade, wo ich sie gefunden habe, muss ich sie auch schon wieder verlassen. Wie kann das richtig oder fair sein? Das ist es nicht. Das wird es niemals sein. Vielleicht besteht der Schock gar nicht darin, zu sterben, sondern darin, jemanden gefunden zu haben, der bereit ist, mich so zu lieben, wie ich bin. Auch wenn sich mir bei meiner Diagnose die Frage stellt, wie ich wirklich bin und wie viel davon eigentlich der Krankheit zuzuschreiben ist.

Die Ärzte reden über den Traum, als handele es sich dabei um eine Diskussion über das Henne-Ei-Problem. Es gab eine große Debatte darüber, dass das Meningeom für den Traum verantwortlich ist, und er deshalb schon immer ein Symptom dafür gewesen sei, dass ich krank war, doch es gibt auch Stimmen, die der Ansicht sind, dass der Traum das Wachstum des Krebses beschleunigt hat. Oder dass mir das Meningeom die Gabe des Hellsehens verliehen hat und ich dadurch meinen eigenen Tod vorhersagen konnte – wenn auch nicht, wie genau er vonstattengehen würde.

Wenn das wahr ist, habe ich ziemlich bescheuerte Superkräfte. Wenn ich wirklich die Fähigkeit haben sollte, in die Zukunft zu schauen, dann wäre ich lieber wie Charles Xavier, diese telepathische Marvel-Figur, um mit meiner Fähigkeit etwas Gutes bewirken zu können. Aber ein einziger wiederkehrender Traum zählt nicht als Hellsehen. Besonders dann nicht, wenn er letzten Endes überhaupt keinen Zweck erfüllt hat. Alles, was mir jetzt noch bleibt, ist zu sterben. Das ist nicht gerade die größte Erfolgsgeschichte aller Zeiten. Ich bin der Typ, der schon sein ganzes Leben lang voraussagt, dass er sterben wird. Und dann stirbt er. Ende der Geschichte.

Und die traurige Wahrheit ist, dass ich niemals wissen werde, wie sie endet. Ich werde nie erfahren, ob Emma es schaffen wird. Ich werde nie erfahren, ob ihre Therapie erfolgreich ist. Ich werde nie erfahren, ob sie einmal Kinder – unsere Kinder – haben wird oder ob das Babyweinen, das ich höre, überhaupt nichts mit uns zu tun hat. Was wird mit ihrer Mutter passieren? Wird Emma jemals wieder glücklich sein, wenn ich fort bin?

Wenn dies irgendeine Gabe wäre, würde sich der Traum verändern und mir diese Dinge zeigen. Stattdessen meldet er sich jede Nacht mit demselben alten Hinweis, dass dies meine letzten Tage sind und ich niemals die Antworten darauf bekommen werde, was passiert, wenn ich fort bin. Bloß diese Gewissheit, dass siebenundzwanzig schon immer meine Zeit zum Abtreten gewesen ist.

47

Einundfünfzigster Tag

Sie behielten Emma länger im Krankenhaus, als ihr lieb war. Bislang zwei zusätzliche Wochen. Dabei fühlte sie sich wieder gut. Ihre Selbstdiagnose lautete: »Stressbedingtes Erbrechen«. Zu der Zeit, als es passierte, war sie ganz aufgewühlt gewesen vor Sorge, da war es keine Überraschung, dass ihr Magen versucht hatte, seinen Inhalt loszuwerden. Aber offenbar hatten sie in ihrem Blut erhöhte Entzündungsmarker gefunden (so hatte es ihr der Arzt erklärt), und nun warteten sie darauf, dass die Werte wieder auf ein normales Niveau sanken. Sie ließen besondere Vorsicht walten wegen ihrer Brustamputation, die in zwei Wochen angesetzt war – sofern alles nach Plan lief.

Das Gute daran, zur selben Zeit wie Nathan hier behandelt zu werden, war, dass sie ihn sehen konnte, wann immer sie wollte. Obwohl die Schwestern nicht allzu begeistert waren, wenn sich Emma im Männerbereich aufhielt. Aber das ignorierte sie einfach.

Das Problem, auf der Station festzusitzen, bestand darin, dass sie jede Menge Zeit zur Verfügung hatten, in der sie sich irgendwie beschäftigen mussten. Leider kamen dabei so nette Sachen wie gemeinsam unter die Bettdecke zu schlüpfen nicht in Frage, und sie konnten sich auch nicht andauernd mit Büchern und Sudoku beschäftigen – Dinge, auf die sie sich eh nicht zu konzentrieren vermochten.

Emma kamen immer wieder Fragen in den Sinn, die sie eigentlich gar nicht stellen wollte. Sie versuchte sie zwar zu ignorieren, aber eigentlich würde es niemals einen wirklich guten anderen Zeitpunkt geben, um sie zu stellen. Sie wünschte, sie müsste es nicht tun. Doch dann rief sie sich in Erinnerung, dass sie lediglich pragmatisch war. Es besser wäre, die Fragen zu stellen und die Antworten zu kennen, als den Mund zu halten und raten zu müssen.

»Das klingt jetzt vielleicht ein bisschen makaber, aber ich muss dich das einfach fragen ... Hast du irgendwelche Wünsche für deine Beerdigung?« Die Worte sprudelten nur so aus ihrem Mund. Sie sagte sie ganz schnell, in der Hoffnung, dass es dadurch leichter sein würde. Aber das war es nicht. Bei dem Gedanken daran wäre sie beinahe gleich wieder in Tränen ausgebrochen. Jedes Mal, wenn sie Nathan besuchte und er wieder ein bisschen mehr von seiner Energie verloren hatte, war ihr zum Heulen zumute. Doch bislang war es ihr gelungen, dies nicht in seiner Gegenwart zu tun. Sie riss sich um seinetwillen zusammen, denn er hatte schon genug zu bewältigen.

»Darum kann sich doch mein Bruder kümmern, meinst du nicht? Ich möchte dich mit solchen Dingen nicht belasten. Du musst jetzt zusehen, dass du dich wieder erholst.«

Emma brachte es nicht übers Herz, ihm zu sagen, dass Marcus bereits wieder nach Hause gefahren war und erst zurückkehren würde, wenn sich absehen ließ, dass es mit Nathan zu Ende ging. Seine Worte. Die beiden mochten die Gene ihres Vaters in sich tragen, aber das bedeutete nicht, dass sie eine Familie waren. Marcus schien seinen Hass auf den gemeinsamen

Vater auch auf Nathan zu übertragen. Und das nur, weil dieser mit dem Vater verwandt war. Emma war furchtbar aufgebracht gewesen, als er ihr gesagt hatte, dass er wieder fahren würde, aber da sie selbst einen Bruder hatte, der ebenso nutzlos war, wusste sie, dass jeder Versuch, das Verhältnis zwischen den beiden zu verbessern, vergeblich sein würde. Wenn Marcus erst bereit wäre, ein wenig Zeit mit seinem Bruder zu verbringen, wenn der schon mit einem Fuß im Grab stand, dann war er schlicht nicht die Art von Mensch, den Emma ermutigen würde, länger zu bleiben. Da hatte Nathan Besseres verdient.

»Würdest du deinem Bruder wirklich die Vorbereitungen für die Beerdigung anvertrauen? Es wäre vielleicht besser, wenn du deine Wünsche mir mitteilst, damit ich dafür sorgen kann, dass er auch alles in deinem Sinne erledigt und nicht, wie er es sich vorstellt.« Es war schon merkwürdig, wie unterschiedlich die Leute Dinge empfanden, und so war es vermutlich von Mensch zu Mensch auch völlig unterschiedlich, welche Vorbereitungen sie für ein Begräbnis treffen würden. Man konnte niemanden wirklich zur Gänze kennen. Das war unmöglich. Auch Emma kannte den Mann, den sie liebte, nicht in- und auswendig. Nur er allein wäre in der Lage, die Lücken zu füllen, was seine Vorstellung für die Zeremonie betraf – ohne die verwässerten Beiträge aus seinem Bekanntenkreis.

»Wenn man schon so lange weiß, dass man damit zu rechnen hat, ist es zumindest ein Vorteil, dass man die Vorbereitungsarbeiten frühzeitig in Angriff nehmen kann.« Nathan griff in die Schublade des kleinen Schränkchens neben seinem Bett und holte sein Portemonnaie heraus.

»Hast du etwa schon ein Testament gemacht?« Er war besser organisiert als Emma, wenn das so war. Sie müsste sich sicherheitshalber auch einmal darum kümmern, aber andererseits wollte sie nicht wirklich daran glauben, dass sie in nächster Zeit eins benötigen könnte.

Nathan zog eine Visitenkarte hervor und reichte sie ihr. »Das sind die Kontaktdaten meines Anwalts. Wende dich an ihn, wenn es so weit ist. Er kennt all meine Wünsche. Wir müssen jetzt nicht darüber reden und uns damit belasten.«

Emma starrte auf die Karte, vermochte im ersten Moment gar nicht zu reagieren. Dieses kleine Stückchen Pappe ersparte ihnen so viel Unangenehmes, und dennoch machte es das Ganze so real.

»Emma Green, ich hätte mir denken können, dass ich Sie mal wieder hier finde.« Es war eine der Schwestern, die sie ständig dafür rügten, auf der falschen Station zu sein. Glücklicherweise hatte sie es in einem scherzhaften Tonfall gesagt, sonst wäre Emma möglicherweise auf der Stelle in Tränen ausgebrochen.

»Sie beide haben bald Ihren Termin im Kinderwunschzentrum. Wollen Sie zu Fuß hingehen, oder soll ich für einen von Ihnen einen Pfleger rufen, der Sie im Rollstuhl fährt?«

»Wir können laufen«, erwiderte Nathan. »Aber du musst Geduld mit mir haben«, sagte er an Emma gewandt. »Im Moment scheint alles doppelt so lange zu dauern.«

Emma steckte die Visitenkarte in ihr Portemonnaie. Als sie sich auf den Weg machten, kam es ihr so vor, als würde sie mit einem anderen Menschen zu dem Termin gehen. Von dem Nathan, der sie Huckepack genommen und mitten im Winter ein Barbecue organisiert hatte, mit ihr quer durchs Land gereist war und unterwegs auf sie aufgepasst hatte, war kaum noch etwas übrig. Es war ein schmerzhafter Hinweis darauf, was vor sich ging. Einer von ihnen musste sterben. Und einer von ihnen musste alles daransetzen, die Kraft aufzubringen, um zu überleben.

Es machte ihr keine Freude, so langsam zu gehen. Normalerweise hätte sie es genossen, da das Leben viel zu oft mit einer halsbrecherischen Geschwindigkeit vonstattenging, aber heute erinnerte es sie bloß daran, wie sehr sich alles verändert hatte. Nathans Bewegungen waren merklich langsamer, als ob die Diagnose sein tiefstes Inneres durchdrungen hätte.

»Lass uns über etwas Erfreuliches reden. Wir müssen uns noch ein paar Namen für unsere zukünftigen Babys ausdenken«, sagte er mit einem Lächeln im Gesicht, das alles überwinden zu können schien.

Emma, deren Gedanken um betrübliche Dinge kreisten, war froh, über etwas anderes sprechen zu können. »Hast du schon Ideen? Irgendwelche Favoriten?« Sie hatte zwar auch bereits darüber nachgedacht, dabei waren aber noch keine konkreten Namen herausgekommen. Ihrer Ansicht nach sollten sie es sich besser gemeinsam überlegen.

»Zuerst die Mittelnamen. Das ist immer leichter. Wäre es zu selbstgefällig, sich für Emma oder Nathan zu entscheiden?«

»Bei einem Mädchen möchte ich aber auch Carole als einen Mittelnamen, selbst wenn es dadurch etwas lang wird. Dann müssen wir jetzt bloß die passenden Vornamen finden.« Emma hatte den Namen ihrer Mutter schon immer gemocht und es war ihr wichtig, sie auf diese Weise zu ehren.

»Dann wäre ich aber auch noch für Juliet. Ich habe meine Mutter zwar nie kennengelernt, aber ich möchte sie auf diese Weise gern in Erinnerung behalten.«

Nathan hatte den Namen seiner Mutter nie erwähnt. »Juliet

ist ein wunderschöner Name. Eine meiner Lieblingsfiguren bei Shakespeare. Der würde mir als Vorname gefallen.«

»Das war ja leicht. Und für einen Jungen?«

»Eigentlich mag ich Romeo, aber das möchte ich keinem Kind antun. Was gefällt dir denn?« Emma bemerkte, dass sich ihr Mund zu einem Lächeln verzog. Genau das war der Grund, warum sie das hier machten: um Hoffnung in einem trostlosen, dunklen Korridor zu finden, wo es sonst keine gäbe.

»Ich mochte schon immer kurze Jungennamen. So was wie Logan oder Thor.«

»Oder vielleicht Bruce?« Emma fiel auf, dass sie beide offenbar keine männlichen Vorbilder hatten, denen sie durch die Namensgebung ihre Wertschätzung ausdrücken wollten, was wirklich schade war.

»Erwischt. Sonst noch Ideen?«

Es war schon eine ziemlich verrückte Unterhaltung, die sie da führten, als sie im Foyer an den Aufzügen ankamen. Für ihren Termin mussten sie zwei Stockwerke höher fahren. Wie viel vermochte man in einer solch kurzen Zeit zu planen? Emma, die vorging, hielt Nathan die Tür auf.

»Eigentlich gefällt mir deiner ziemlich gut. Wäre Nathan Junior ein cooler Name für einen Jungen?«

»Nathan *Thor* Junior wäre cooler.«

»Juliet Emma Carole und Nathan Thor Junior. Was hältst du davon?« Die Aufzugstüren öffneten sich, und sie betraten die Kabine.

»Ich finde, die wären perfekt«, sagte Nathan, der sich mit dem Arm an der Aufzugswand abstützte. Offenbar war er von dem kleinen Fußmarsch erschöpft.

Emma gab ihm einen sanften Kuss auf die Wange, als sich die

Türen schlossen. Einen Moment lang, als der Aufzug nach oben fuhr und sie sich in ihrer eigenen kleinen Blase befanden, schmiegten sie sich aneinander. Es war ein kostbarer Augenblick, weil es nur so wenige solcher Gelegenheiten gab.

Und auch wenn sie nur quälend langsam vorangekommen waren, war es beängstigend, wie rasch Entscheidungen getroffen werden konnten, wenn sich das Leben in einem Tempo veränderte, bei dem sie niemals mithalten konnten.

48

Der Eingriff, dem sich Emma unterziehen musste, war nicht gerade angenehm, aber im Vergleich zu ihrem letzten, der Brustbiopsie, war es wirklich nicht schlimm. Die Entnahme der Eizellen fand zwar unter örtlicher Betäubung statt und es war nicht unbedingt eine Freude, mit den Beinen in Haltebügeln dazuliegen, doch das Ganze dauerte nicht lange. Aber die Tatsache, dass dies einer der einfacheren Momente in den letzten Monaten für sie war, wollte schon etwas heißen.

Das Schlimmste dabei war, dass sie Nathan nicht an ihrer Seite hatte. Sie hatten ihn rasch weggebracht, um seine Samenprobe zu erhalten, denn diese musste bereit sein, damit sie ihre Eizellen nach der Entnahme mit seinen Samenzellen befruchten konnten. Potenzielle Embryos für die Zukunft. Mit diesem sonderbaren Fremden, der ihr Freund geworden war.

Die Annahme, dass sie ein Paar waren, hatte sie tatsächlich zu einem werden lassen. Es kam ihr so grausam vor, dass sie Nathan schon so bald verlieren sollte und ihr dann noch ihr eigener Kampf bevorstand. Sie hoffte nur, dass das, was sie heute taten, Früchte tragen würde. Dass die Zukunft mehr Hoffnung versprach als die Gegenwart.

Als sie fertig war, saß Nathan im Wartebereich. Sein Gesicht war grau, seine Hautfarbe wie weggespült.

»Ist alles gut gelaufen?«, erkundigte sich Emma, in der Hoffnung, dass das auch *»Hast du es geschafft, eine Probe zu liefern?«* einschloss, ohne dass sie es aussprechen musste. Sie hatte keine Ahnung, wie sie es sonst formulieren sollte.

»Es war nicht das Gleiche ohne dich«, erwiderte er mit hochgezogener Augenbraue.

Emma lächelte und gab ihm einen Kuss, obwohl Leute um sie herum waren. Es war nicht mehr als ein kleiner, zärtlicher Kuss zwischen zwei Menschen, die sich liebten, zwei Menschen, deren Verbindung nicht länger ungeklärt war. Emma wäre gern leidenschaftlicher gewesen, aber Nathan war offensichtlich erschöpft.

»Sollen wir Ihnen einen Pfleger für den Rückweg rufen?«, fragte eine Schwester.

»Ich würde ihn gern selbst im Rollstuhl zurückbringen, wenn das möglich ist.«

Das Pflegepersonal benötigte mindestens zehn Minuten, um die Erlaubnis zu erhalten und einen Rollstuhl ausfindig zu machen.

»Meinst du, sie führen die Befruchtung bereits durch? Dass sich unsere Zukunft gerade in einem Reagenzglas befindet?«, fragte Nathan.

»Allzu lange werden sie damit nicht warten. Sie haben es geschafft, acht Eizellen zu entnehmen.«

»Acht? Das ist ja Wahnsinn! Da haben wir vielleicht gar noch nicht genug Namen ausgesucht.«

Die Schwester näherte sich mit dem Rollstuhl, und Nathan richtete sich mit einiger Mühe auf und faltete seine große Gestalt hinein.

»Finden Sie auch zurück?«, erkundigte sich die Schwester.

»Ich bin mir sicher, dass man Sie verständigen wird, sollten wir dort nicht auftauchen.« Das war kein Scherz. Die Schwester, die sie hergeschickt hatte, führte ein sehr strenges Regiment.

Emma war froh, als sie den Aufzug betrat. Es war zwar ganz freundlich hier oben, aber es war immer noch eine Klinik. Und sie waren aus einem bestimmten Grund hier. Es war kein natürlicher Verlauf einer Beziehung.

»Wie fühlst du dich?«, erkundigte sie sich, als sie bemerkte, wie zusammengesunken Nathan in dem Rollstuhl saß.

Er hatte den Kopf in seine Hand gestützt, als litt er unter einer schlimmen Migräne, die er nicht loswurde. »Das heute hat mir ziemlich zugesetzt. Ich könnte ein bisschen Zucker brauchen, um mich aufzuputschen.«

»Dann machen wir unterwegs Halt, um etwas zu trinken.«

»Ich glaube, ich muss mich hinlegen. Könnten wir bloß ein paar Süßigkeiten kaufen? Das hilft vielleicht.«

Emma nickte und sie setzten ihren Weg schweigend fort.

Offenbar fühlte sich Nathan nicht gut, und dieser kleine Ausflug hatte ihn eindeutig viel Kraft gekostet. Es schien fast so, als hätte er alles gegeben, um sicherzustellen, dass das, was auch immer in dem Reagenzglas vor sich gehen mochte, ihre allerbeste Chance war. Ihre größte Hoffnung für die Zukunft.

Sobald sich Nathan, der eindeutig dringend Schlaf benötigte, unter der hellblauen Krankenhausdecke zusammengerollt hatte, die unterwegs gekauften Skittles ungeöffnet auf seinem Nachttisch, zog sich Emma in ihr eigenes Bett zurück. Mit jedem Tag, der verging, mit jeder Verschlechterung, jedem Abbau, den sie bei Nathan bemerkte, fiel es ihr immer schwerer, nicht vor ihm zu weinen.

Der heutige Tag war ein Wunder. Heute hatte ihr Nathan die Möglichkeit geschenkt, Leben zu erschaffen. Sie hoffte nur, dass es nicht zu sehr an seinen Kräften gezehrt hatte.

In ihre eigene Krankenhausdecke gewickelt, die Vorhänge um ihr Bett zugezogen, vergoss Emma die Tränen, die sie Nathan nicht zeigen wollte.

Sie weinte und betete. Denn obwohl sie so traurig war wie noch niemals zuvor in ihrem Leben, war sie dennoch nicht vollkommen hoffnungslos. Das, was heute geschehen war, musste doch einfach bedeuten, dass es für sie beide noch einen Hoffnungsschimmer gab.

49

Vierundsechzigster Tag

Die Tage verschwammen ineinander. Es gab keine Hinweise darauf, welcher Wochentag gerade war. Keine Merkmale, an denen sie sich orientieren konnte. Ein Montag sah genauso aus wie ein Donnerstag und es fiel Emma schwer, den Überblick zu behalten, wie viele Stunden verstrichen waren.

Nicht lange nach ihrem Termin im Kinderwunschzentrum war Emma entlassen worden. Nun stand sie jeden Morgen früh auf, um mit Beginn der Besuchszeit im Krankenhaus zu sein, wo sie den Tag über blieb und es nur mittags einmal verließ, wenn keine Besucher auf den Stationen erlaubt waren. Sie verbrachte diese Zeit allein, versuchte, irgendwo eine halbwegs gesunde Mahlzeit zu sich zu nehmen und niemandem zu begegnen, den sie kannte. An manchen Nachmittagen, wenn Besucher wieder erlaubt waren, leistete ihr einer von Nathans Freunden Gesellschaft. Für gewöhnlich Leanne oder Tim.

Es waren anstrengende Besuche. Hauptsächlich für Nathan, dem es schwerfiel, dass seine Freunde ihn so sahen: der einstige Teufelskerl, der nun Mühe hatte, ohne fremde Hilfe zu stehen.

Es war schwer, diese allmähliche Verschlechterung mitanzusehen, aber Emma wollte unbedingt an Nathans Seite sein. Selbst an Tagen, wenn er so schlapp war, dass er nur schlief.

»Emma«, flüsterte eine Stimme.

Emma drehte sich um, erwartete, jemanden vom Pflegepersonal vorzufinden, der an Nathans Bett treten wollte, um sich Notizen über seinen Zustand zu machen.

»Hallo, Süße. Ich habe Kakao mitgebracht.«

Es war Alice. Emma war so überrascht, dass sie beinahe in Tränen ausgebrochen wäre. Es war schon Wochen her, seit sie sich zum letzten Mal gesehen hatten. Emma war so daran gewöhnt, sich mindestens zweimal in der Woche mit ihrer besten Freundin zu treffen, dass ihr die fehlenden Gespräche mit ihr wie eine weitere Strafe vorgekommen war, die der Krebs über sie verhängt hatte.

Emma stand erfreut auf und umarmte sie, obwohl es ein wenig umständlich war, weil Alice immer noch die Becher in den Händen hielt.

»Ich hoffe, du hast nichts dagegen … Ich habe mit deiner Mutter gesprochen und sie meinte, es dürfte kein Problem sein, wenn ich vorbeischaue. Und das hier ist auch kein superteurer Kakao aus dem Coffeeshop, sondern den habe ich zu Hause selbst gemacht. Aber ich habe Sprühsahne und Marshmallows in der Tasche, damit wir es uns hier genauso schmecken lassen können.«

»Schön, dich zu sehen.« Es war schon komisch, dass man manchmal erst merkte, wie sehr man etwas vermisste, wenn es mit einem Mal wieder da war. In den letzten Wochen war so viel geschehen, dass Emma mit ihrem eigenen Leben überhaupt nicht hatte Schritt halten können – ganz zu schweigen vom Leben anderer Leute.

»Halt das mal.« Alice reichte Emma einen der Thermosbecher. »Wir sollten es uns für eine Weile gemütlich machen und so tun, als wären wir in einem Café und die Welt wäre in Ordnung. Meinst du, Nathan hätte etwas dagegen, wenn wir uns an seinem Bett ausbreiten?«

Nathan schlief tief und fest. Er schlief nachmittags häufig zwei oder drei Stunden, auch wenn er in der Nacht durchgeschlafen hatte.

»Ich glaube nicht, dass er etwas dagegen hätte. Wenn seine Freunde vorbeikommen, wecken wir ihn für gewöhnlich. Auf diese Weise kann er sich wenigstens weiter ausruhen.«

Innerhalb weniger Minuten hatte Alice einen zusätzlichen Stuhl besorgt und den Kakao mit Sahne und Marshmallows verfeinert. Sie hatte sogar einige von diesen eingeschweißten Karamellkeksen mitgebracht, die es immer dazu gab. »Ich muss doch sicherstellen, dass deine Kalorienzufuhr gewährleistet ist.«

Emma lächelte, aber ihr Blick wanderte zu Nathan hinüber. Zu der Gestalt im Bett, deren Kraft von Tag zu Tag nachließ. Sie wünschte, eine Überdosis Zucker würde ausreichen, ihn wieder durch das Zimmer springen zu lassen. Wenn es doch nur so leicht wäre.

»Wie geht's ihm heute?«, erkundigte sich Alice.

Emma hatte ihre Freundin mit Textnachrichten auf dem Laufenden gehalten. Aber für manche Dinge gab es einfach keine Worte. Selbst jetzt, wo er ganz in der Nähe war, fiel es ihr schwer, das alles in einen Satz zu packen. Er wurde von Tag zu Tag weniger – ein mikroskopisch kleines Schrumpfen. Der Nathan, den sie kannte, war zwar immer noch da, aber sie hatte zusehen müssen, wie das Anziehen einer Socke zu einer unmöglichen Aufgabe für ihn geworden war und wie sein Appetit nachließ, und inzwischen musste sie ihn an alles erinnern, was zu erledigen war. »Wenig Änderung.« Emma verzog ein wenig das Gesicht und neigte den Kopf zur Seite Richtung Bett.

»Immerhin«, erwiderte Alice, die begriff, dass Emma ihr damit zu verstehen gab, an seinem Bett nicht darüber zu reden.

»Danke für das hier.« Emma genoss ihren ersten Marshmallow. Es war wirklich eine nette Geste, aber es reichte nicht aus, um sie ihre Umgebung vergessen zu lassen.

»Ich freue mich, dich zu sehen. Es war komisch ohne dich. Ich dachte, wenn du nicht zu mir kommen kannst, dann komme ich eben zu dir. Unter diesen Umständen wünschte ich nur, mit Kakao ließen sich auch Krankheiten heilen.«

Emma nahm einen Schluck. »Wenigstens tut er der Seele gut.« Ihre Stimme entglitt ihr ein wenig, und sie traf nicht ganz den beabsichtigten leichten Ton.

»Deine Mutter macht sich Sorgen um dich. Sie ist der Meinung, dass du dich heute zu Hause ausruhen solltest.«

Emma stieß einen langen Seufzer aus. »Hat sie dich geschickt?«

»Nein, ich wollte ohnehin vorbeikommen. Ich bin nicht hier, um für sie zu verhandeln. Ich bin nur ein bisschen beunruhigt, dass sie recht haben könnte. Morgen ist deine OP. Da könnte es nicht schaden, wenn du dich zu Hause ausruhst. Nathan würde das verstehen.«

»Ich bleibe hier, ich lasse ihn nicht allein«, sagte Emma mit einer Heftigkeit, die widerspiegelte, dass sie sich schon geraume Zeit für ihren Standpunkt rechtfertigen musste.

»Und ich bleibe auch hier«, erklärte Alice.

»Was meinst du damit?«

»Mir war klar, dass du nicht fortgehen würdest. Und da ich deine beste Freundin bin, sollte ich immer auf deiner Seite sein, auch wenn deine Mutter sehr gute Argumente hat. Aber wenn du dich nicht um dich selbst kümmerst, werde ich das eben für dich tun.«

Emma wollte sich nicht aufregen oder über ihre beste Freundin ärgern. Im Moment war sie einfach zu müde und erschöpft und hatte keine Lust, all die Gründe anzuführen, warum sie nicht in der Lage war, darüber nachzudenken. »Ich brauche keinen Babysitter.«

»Natürlich nicht. Das behauptet auch niemand, Süße. Aber ich glaube, es ist an der Zeit, dass jemand auf dich aufpasst. Und da du Nathan so selten wie möglich allein lassen möchtest, kannst du, wenn du es möchtest, heute eher gehen, denn ich werde hierbleiben, bis sie mich rausschmeißen. Und morgen genauso. Ich halte dir deinen Platz während deiner OP warm, bis du wieder in der Lage bist, ihn selbst einzunehmen. Ich werde dich nicht nach Hause schleifen und dir sagen, was du tun sollst – ich bin mir ziemlich sicher, dass du weißt, wie du dich vorbereiten musst –, ich möchte dich lediglich ermutigen, hier etwas früher loszufahren und dir ein wenig Zeit für dich zu nehmen, damit du für morgen bereit bist. Und wenn du einfach nur ein schönes, langes Bad nimmst und früh ins Bett gehst.«

Emma schaute zu Nathan hinüber. Er gab beim Ausatmen ein leises Knurren von sich – nicht wirklich ein Schnarchen, aber ein Zeichen dafür, dass er seinen Schlaf genoss. Würde es wirklich eine Rolle spielen, wenn sie ein paar Stunden früher ginge?

Eigentlich wollte sie das nicht. Eigentlich wollte sie bei Nathan bleiben. Aber ihr war durchaus bewusst, dass es auch mit ihrem Widerwillen zu tun hatte, nun selbst an der Reihe zu sein. Das Wissen darum, was Nathan alles in den letzten Wochen mitgemacht hatte, war abschreckend genug. Sie würde lieber den Kopf in den Sand stecken, so lange es eben ging.

»Ich habe nur ein sehr schlechtes Gewissen.« Es gab so viel Unrecht, das sie gern wiedergutgemacht hätte. Das Leben war nicht fair. Nathan quälte sich ganz offensichtlich, und die Ärzte konnten nichts anderes tun, als ihm Schmerzmittel zu geben. Da war es doch widersinnig, dass Emma sich mit ihrem eigenen Versuch, gesund zu werden, derart schwertat.

»Du musst kein schlechtes Gewissen haben.« Dieses Mal war es Nathan, der mit ihr sprach.

»Wie lange bist du schon wach?« Emma war sich sicher gewesen, dass er noch schlief.

»Nicht lange. Aber lange genug, um dir zu sagen, dass du Alices Angebot annehmen solltest.« Er versuchte, sich aufzusetzen, was ihm auch ohne ihre Hilfe gelang, wobei Emma sofort bereitgestanden hatte, um ihn, falls nötig, dabei zu unterstützen.

»Hör zu, du hast so viel für mich und deine Mutter getan. Jetzt solltest du zur Abwechslung einmal an dich denken.« Nathan strich Emmas langes Haar hinter ihr Ohr zurück und seine Stirn berührte beinahe die ihre. »Versprich mir nur, dass du morgen früh noch kurz bei mir vorbeischaust, bevor es losgeht, auch wenn noch keine Besuchszeit ist.«

Emma presste ihre Stirn gegen seine und atmete seinen Duft ein, eine Mischung aus Zedernholz und salziger Haut. »Versprochen.«

Es gab nicht viel, woran sie sich derzeit festzuhalten vermochte, aber wenn sich gute Freunde um einen kümmerten, dann war das schon eine kleine Entlastung.

Denn das, was ihr bevorstand, ließ sich nicht aufhalten. Heute hatte sie eine der seltenen Gelegenheiten, sich darauf vorzubereiten. Ob sie dazu bereit war, stand auf einem anderen Blatt.

50

Emma lag in der Badewanne und betrachtete ihren nackten Körper. Für jemanden, der daran gewöhnt war, allein zu sein, hatte sie in den letzten Wochen nicht gerade viel Zeit für sich gehabt. Meistens war sie nur zum Schlafen zu Hause gewesen, hatte immer nur kurz geduscht und ihrem Körper dabei wenig Aufmerksamkeit geschenkt. Aber das hier war ein merkwürdiger Anlass. Fast wie ein zeremonielles Bad. Dies war das letzte Mal, dass sie ihren Körper in der ihr vertrauten Gestalt sah. Nach dem morgigen Tag hätten sich seine Konturen verändert.

Sie vermochte gar nicht zu beschreiben, was das in ihr auslöste. Es war nur schwer vorstellbar. Als sie es versuchte, schossen ihr die Tränen in die Augen. Aber dann rief sie sich die Gründe in Erinnerung, warum es geschehen würde. Und als sie sich mit einem eingeseiften Waschlappen über die Haut fuhr, fühlte sich die Brust, die sie ihr abnehmen würden, bereits fremd an, war doch die eingesunkene Brustwarze ein untrügliches Zeichen dafür, dass etwas nicht stimmte. Emma war zumindest froh, dass sie nicht länger mehr diesen Hinweis auf ihre Krankheit mit sich herumtragen müsste. Diese Operation würde sie auf den Weg der Genesung bringen.

Sie würde wieder gesund werden.

Sie würde es schaffen, das alles durchzustehen.

Sie würde ihre Kriegsbemalung mit Stolz tragen.

Aber für einen Moment erlaubte sie sich, ihren Tränen in der Badewanne freien Lauf zu lassen.

Sie weinte, weil sie sich so allein fühlte. Weil es so ungerecht war. Und sie weinte um Nathan und um das Leben, das sie niemals haben würden.

Nathans Tagebuch

Es ist nur schwer zu begreifen, wie schnell es passiert. Ich habe kaum noch die Kraft zu schreiben. Ich glaube, dass sich der Prozess, jetzt, da ich weiß, dass ich nicht mehr lange zu leben habe, beschleunigt hat. Ich sollte eigentlich dagegen ankämpfen. Aber aus welchem Grund? Damit Emma noch einen weiteren Tag mit ansehen muss, wie ich mich quäle und es ihr dabei das Herz zerreißt? Ich darf das nicht weiter zulassen. Sie muss sich jetzt um sich kümmern.

Ich habe mir niemals sehnlicher gewünscht, dass dieser Traum Wirklichkeit wird. Dass alles endlich einen Sinn ergibt.

Das Krankenhauszimmer …

Um Atem ringen …

Babyweinen …

Komm zu mir. Ich warte.

51

Emma

Am Tag ihrer Operation bekam Emma Nathan nur kurz zu sehen, und er war so müde, dass er gar nicht richtig wach wurde. Alice hatte ihr Versprechen gehalten und ihm am Vortag Gesellschaft geleistet. Emma war so damit beschäftigt gewesen, sich Sorgen um ihn zu machen, dass sie sich erst Gedanken um ihre eigene OP machte, als man sie in den Operationssaal schob.

Hauptsache gut gelaufen, rief sie sich immer wieder in Erinnerung, als es vorbei war. Und in Anbetracht der Umstände hielten sich die Schmerzen in Grenzen.

Am ersten Tag aß sie etwas, saß in ihrem Stuhl und ging ein paar Schritte, aber Nathan schaffte es nicht, sie zu besuchen.

Am zweiten Tag wurde ihre Drainage entfernt und sie durfte einmal die Treppe benutzen, um zu sehen, ob sie bereit war, bald entlassen zu werden, aber Nathan schaffte es nicht, sie zu besuchen.

Da sich die chirurgische Station am entgegengesetzten Ende des Krankenhauses befand, kam es ihr so vor, als lägen Welten zwischen Nathan und ihr.

Am dritten Tag, als sie entlassen werden sollte, erhielt sie endlich die Erlaubnis, zum anderen Ende des Krankenhauses zu laufen, um ihn zu sehen. Sie hatte sich sehnlichst gewünscht, sich selbst davon zu überzeugen, wie es ihm ging. Die Textnachrichten von Nathan und die Updates von ihrer Mutter hatten ihr nicht ausgereicht.

»Lass dir Zeit, mein Schatz«, sagte Emmas Mutter neben ihr.

»Ich fände es immer noch besser, wenn du mich auf deinem Schoß sitzen ließest. Dann wären wir viel schneller.«

»Ich muss mich erst noch an diesen Rollstuhl gewöhnen. Ich glaube kaum, dass ich gut lenken kann, wenn ich nicht sehe, wo ich hinfahre. Außerdem ist die Zeit lange vorbei, in der du auf meinem Schoß gesessen hast.«

»Das will ich doch hoffen.« Emma streckte sich ein wenig und ging bewusster, als sie es normalerweise tat. Sie spürte, wie sich ihre Wirbelsäule aufrichtete, spürte den Zug der Muskeln und wie sie ihre Füße auf den Vinylboden aufsetzte. Seltsam, welche Auswirkungen eine einzige Änderung an ihrem Körper auf ihr Gleichgewicht hatte.

Und als sie den Flur mit ihrer Mutter neben sich entlangging, freute sie sich über diese Änderung. Zu wissen, dass es Veränderungen in ihrem Körper gab, die sich in vielerlei Hinsicht als positiv erweisen würden. Bei dem Gedanken daran richtete sie sich noch ein wenig mehr auf. So als würde sie versuchen, Charles Darwins Evolutionstheorie zu veranschaulichen.

Sie benötigte all ihre Kraft dafür und spürte dabei ein Ziehen in ihrem Brustkorb, aber nichts vermochte sie jetzt noch aufzuhalten. Egal, wie weit sie auch laufen musste, sie ließ sich nicht davon abhalten, Nathan zu sehen. Und sie ließ sich von keiner Krankheit unterkriegen, sondern würde wieder gesund werden. Würde die Ziellinie erreichen, wo auch immer diese sein mochte.

Als sie schließlich auf Nathans Station ankamen, war es dort irgendwie anders. Das Licht war intensiver, und es kam ihr alles klarer vor, als würde sie zum ersten Mal eine Brille tragen und alles schärfer sehen.

Nathan saß im Aufenthaltsraum der Station. Es war ungewöhnlich, ihn dort zu sehen, kam ihr irgendwie inszeniert vor. Er war dünner, seine Wangen bleich. Eine Decke war über seine Knie gebreitet, wie bei einem alten Mann.

Emma benötigte einen Moment, um sich wieder zu fangen. Sie warf einen Blick auf die Plastikpflanze und die zerlesenen Zeitschriften auf dem Tisch und fragte sich, wie irgendetwas davon real sein konnte. Dies war unmöglich derselbe Mann, den sie vor gar nicht so langer Zeit in einem Wartezimmer kennengelernt hatte, oder?

Aber natürlich war er das. Egal, welche Veränderungen es auch geben würde, in welche Richtung es auch gehen würde, sie blieben immer Nathan und Emma.

Sie nahm auf dem Stuhl neben ihm Platz, während ihre Mutter ein Bücherregal durchstöberte.

»Scheint so, als müsste ich dir meine Ausgabe von *Robot Wars Monthly* leihen«, sagte Emma.

»Ich habe dich vermisst.« Nathan lächelte und lehnte sich vorsichtig nach vorn, um ihr einen Kuss auf die Wange zu geben. »Du hättest nicht zufällig Lust, mich hier rauszuschmuggeln?«

Sie wünschte, sie könnte es. Das hier war vermutlich eine der letzten Gelegenheiten, so mit ihm zusammenzusitzen.

Die traurige Wahrheit war, dass sich einer von ihnen auf den Weg machte, das Krankenhaus zu verlassen, während der andere nie wieder hier rauskommen würde. Und es war nur zu offensichtlich, wie viel sich in den letzten Tagen verändert hatte. Hätte sie nicht schon mit dem Wissen gelebt, wie schlecht es um Nathan stand, wäre es ihr jetzt mit Sicherheit schmerzlich bewusst geworden.

52

Achtundachtzigster Tag

Meinungsstreitigkeiten waren schon in guten Zeiten keine angenehme Sache. Die Überzeugungskraft aufzubringen, für die eigenen Ansichten einzustehen, erforderte eine mutige Herangehensweise, zu der nicht jeder fähig war. Und es war noch schwieriger, wenn man sich von einer Operation erholte. Die letzten Wochen waren die schwersten in Emmas Leben gewesen, und auch jetzt war sie sich nicht sicher, ob sie mit ihren Überzeugungen wirklich richtig lag.

»Er sollte hierbleiben.« Das war nicht gerade ein überzeugendes Argument, wenn man sich mit einem ganzen Team von medizinischen Fachleuten konfrontiert sah. Nathans Zustand schien sich schneller zu verschlechtern, als irgendjemand von ihnen erwartet hatte.

»Das Hospiz bietet eine angenehmere Umgebung und ist besser ausgerüstet, um diese Phase zu bewältigen. Ich habe mit Nathans Bruder gesprochen, der einverstanden ist. Wir halten es für das Beste und hätten auch gern Ihre Zustimmung. Sobald ein Bett verfügbar ist, werden wir ihn für die Verlegung vorbereiten.«

Natürlich hielt Nathans Halbbruder das Ganze für eine gute Idee. Er hatte ja keine Ahnung. Er würde sich vermutlich nicht einmal sofort herbemühen, da er gar nicht miterlebt hatte, wie dramatisch sich die Lage verschlechtert hatte.

»Aber er hat nie den Wunsch geäußert, in ein Hospiz zu gehen. Er war zufrieden hier. Ich glaube nicht, dass diese Veränderung gut für ihn wäre.« Emma konnte schlecht den wahren Grund nennen, warum er seine letzten Stunden im Krankenhaus verbringen sollte. Die Ärzte glaubten, dass die Ursache für seinen Traum in seiner Krankheit zu suchen war und würden es schwerlich so sehen wie Emma.

Der wahre Grund, warum sie nicht wollte, dass er verlegt wurde, war der, dass in seinem Traum kein Hospiz vorkam. Auch wenn sie eigentlich alles in ihrer Macht Stehende tun sollte, damit sich der Traum nicht bewahrheitete, war sie sich dennoch bewusst, dass es Nathan irgendwie ein Trost wäre, wenn sein Ende so war, wie er es erwartet hatte. Er war kaum mehr bei Verstand, aber sie wollte, dass all die Dinge, von denen sie wusste, dass er daran geglaubt hatte, so waren, wie man es von ihm kannte. Ihr war klar, wie albern das im Grunde war. Der Traum hatte wohl nichts Hellseherisches an sich, wenn Emma das Leben so zurechtbog, dass es zu dem passte, was er geträumt hatte. Aber sicherlich würde er Trost aus dem Vertrauten schöpfen. Wenn es so geschah, wie er es immer geglaubt hatte, wäre das auf dem letzten Stück seines Weges nicht weniger belastend für ihn?

So herzzerreißend es auch war, leider war Nathan so weggetreten, dass er seine Meinung dazu nicht zu äußern vermochte. Wenn Emma seinen Namen sagte, drehte er den Kopf in ihre Richtung, seine Lider flatterten, und er öffnete kurz die Augen, aber zu mehr war er nicht in der Lage. Wenn sie seine Hände hielt, spürte sie, wie rau seine Haut war, und alles an ihm kam ihr gebrechlicher vor. Seit seiner Diagnose waren gerade einmal ein paar Wochen vergangen, und es war erschreckend, wie rasch sein Verfall voranschritt.

Wenn sie doch nur dafür sorgen könnte, dass es aufhörte. Sie rieb ihm die Hände mit Feuchtigkeitscreme ein, damit sie ihm nicht wehtaten. Strich Vaseline auf seine Lippen, die rissig zu werden begannen, und half ihm beim Trinken, als er nicht mehr imstande war, den Becher zu halten. Mit jedem Tag bewegte er sich weiter weg von dem, was sie miteinander gehabt hatten. Weiter weg vom Leben.

»Es ist wirklich der beste Ort für ihn. Und Sie können ihn dort jederzeit besuchen.«

Emma musste die Nächte zu Hause verbringen, wo sie nur wenig Schlaf fand. Sie wich am Ende der Besuchszeit immer nur schweren Herzens von Nathans Seite. Sie wollte nicht, dass er allein war, wenn das Ende kam. Da dies seine größte Angst war, war es ihr wichtig, dass es nicht passierte. Sie hatte geschworen, dafür zu sorgen, dass es nicht dazu kommen würde.

»Schlafen Sie doch eine Nacht darüber. Dann sehen Sie es morgen früh vielleicht anders.«

Das war eigentlich nur eine nette Art und Weise, über ihre Meinung hinwegzugehen, aber ehrlich gesagt war sie furchtbar müde und zu keinem klaren Gedanken mehr fähig, sodass sie gar nicht mehr mit Sicherheit zu sagen vermochte, was wirklich am besten wäre.

In den letzten Wochen war es schön gewesen, zu ihrer Mutter nach Hause zu kommen. Nun, da für ihre Pflege gesorgt war, kam es Emma nicht länger so vor, als würde sie zur Arbeit zurückkehren. Mittlerweile war es oft der Fall, dass sie zu Hause ihr Herz ausschüttete.

Die Abendpflegerin hatte ihre Mutter bereits zu Bett gebracht. Möglicherweise schlief sie schon, aber Emma schlüpfte wie immer ins Wohnzimmer, um noch einmal nach ihr zu sehen. An den Abenden, an denen ihre Mutter noch wach war, erzählte sie ihr vom Stand der Dinge. Das ermöglichte ihr, sich zwischendurch einmal richtig auszuweinen, wenn ihr danach war, ohne dass Nathan es mitbekam.

»Wie sieht's aus?«, fragte Carole, bevor Emma überhaupt ganz zur Tür hineingeschlüpft war.

»Nicht gut.«

»Inwiefern?« Ihre Mutter bewegte sich im Bett, sodass sie ihrer Tochter besser zuhören konnte.

»Sie wollen ihn in ein Hospiz verlegen.«

»Ach, mein Schatz. Glauben sie wirklich, dass das schon notwendig ist?«

Emma ließ sich in einen Sessel fallen, weil sie plötzlich merkte, dass sie viel zu erschöpft war, um auch nur noch eine Sekunde länger aufrecht zu stehen.

»Er wird einfach immer nur noch schwächer. Ich glaube, er hat heute nur dreimal meinen Namen gesagt. Das war alles.«

»Glaubst du, dass es gut wäre, ihn in ein Hospiz zu verlegen?«

Das war das Tolle an Müttern. Manchmal musste man gar nicht aussprechen, was falsch lief, denn sie hatten es bereits durchschaut.

»Ich weiß es nicht, Mum. Es mag albern klingen, aber er hat immer gesagt, dass er in seinem Traum in einem Krankenhauszimmer gestorben ist. Mir ist klar, dass das alles nur Fantasie ist, aber ich glaube dennoch, dass es tröstlicher für ihn wäre, wenn sich zumindest einige Elemente des Traums bewahrheiten würden.«

»Aber ist denn ein Zimmer im Hospiz so viel anders als ein Krankenhauszimmer? Würde er den Unterschied überhaupt bemerken?«

Emma zuckte mit den Schultern. Sie war noch nie in einem Hospiz gewesen und hatte keine Ahnung, wie die Zimmer dort aussahen. »Also findest du, dass ich zustimmen sollte? Sein Bruder hat es bereits getan.«

»Ich finde, du solltest dir überlegen, wann und wo es sich zu kämpfen lohnt. Und an dieses Thema solltest du deine Kräfte vielleicht nicht verschwenden.« Carole griff nach der Hand ihrer Tochter und Emma ließ es nur zu gern zu.

Angesichts der großen Last auf ihren Schultern gab sie einen lauten Seufzer von sich. »Es ist einfach nicht richtig, dass es so enden muss.« Trotz des Traums und allem, was darin vorkam, aber Nathans Leben wurde so rasch ausgelöscht. Wie konnte ein so helles Licht nur auf solche Weise sein Strahlen einbüßen?

»Ich weiß, was du meinst, mein Schatz. Nathan ist etwas Besonderes. Ich kann verstehen, warum du dich in ihn verliebt hast.«

Ja, das hatte sie wirklich und wahrhaftig. Dabei hatte sie nie an Schicksal geglaubt. Das war etwas, was nur in den Büchern vorkam, die sie las. Doch dann war sie Nathan begegnet. Er hatte sich zu einem Zeitpunkt in ihr Leben hineingezwängt, als sie ihn dringend nötig gehabt hatte, und es war eine unerträgliche Ungerechtigkeit, dass er es so schnell wieder verlassen musste. »Ich bin nicht bereit, ihn gehen zu lassen.« Ein Schluchzer ließ sie kurz innehalten. »Noch nicht.«

»Ich glaube nicht, dass wir uns jemals auf solche Dinge vorbereiten können. Gerade wenn jemand noch so jung ist und voller Leben. Wir müssen auf das Positive schauen. Wann immer möglich, müssen wir beide auf das Positive schauen.«

»Was kann daran noch positiv sein?«

Emmas Mutter verlagerte ihr Gewicht im Dunkeln und das Laken gab dabei ein raschelndes Geräusch von sich. »Vielleicht kannst du dafür sorgen, dass das Zimmer im Hospiz Nathan an all die Dinge erinnert, die er liebt. Du könntest Bilder aufhängen und die Musik spielen, die er mag.«

»Das ist alles so ...« Emma wollte nicht die Bezeichnung »blöd« verwenden. Ihre Mutter gab sich wirklich Mühe, um zu helfen und sich etwas einfallen zu lassen. »So ... armselig irgendwie. Das reicht einfach nicht. Er war so viel mehr, als er jetzt ist. Ich wünschte, ich könnte ihn zu einem letzten Fallschirmsprung mitnehmen. Vermutlich würde es ihn umbringen, aber da der Traum offensichtlich Unsinn ist, bin ich mir sicher, dass er so etwas vorziehen würde.«

»Warum tust du es dann nicht?«

»Wie bitte?«

»Nimm ihn zu einem letzten Abenteuer mit. Wenn du dich dazu entscheidest, werde ich dir helfen. Dieser Junge hat dir und mir mehr gegeben als so manche unserer Lieben, die mit uns verwandt sind. Er verdient es, dass wir ihm etwas zurückzugeben versuchen. Er hat es für mich getan, und ich bin mir sicher, dass wir es für ihn tun können.«

Ihre Mutter hatte recht. Er hatte ihnen glückliche Momente geschenkt. Er hatte versucht, so vielen Menschen wie möglich ihre Herzenswünsche zu erfüllen. Da konnte Emma zumindest versuchen, ihm im Gegenzug etwas zurückzugeben, das ihm Freude bereiten würde.

Es war kein Happy End in Sicht, aber sie würde alles in ihrer Macht Stehende tun, um Nathan einen Abgang zu ermöglichen, der seine Handschrift trug.

53

Neunundneunzigster Tag

Positiv zu bleiben war immer eine größere Herausforderung, wenn man es auf allen Seiten mit Neinsagern zu tun hatte. Nathans Kollegen musste Emma nicht zweimal bitten, sie waren alle gern bereit, ihr zu helfen. Das Ganze würde dieses Mal nicht einmal eine geheime Aktion sein. Allerdings ging es auch nicht um einen Fallschirmsprung, wie Emma es sich erhofft hatte, aber selbst sie sah ein, dass ein Mann, der die meiste Zeit nicht bei Bewusstsein war, keinen guten Kandidaten abgab, um durch die Luft zu sausen. Stattdessen hatten sie vereinbart, Nathan einen letzten Flug zu ermöglichen. Auch wenn er nicht aus der Tür des Flugzeugs springen konnte, so würde er zumindest auf seiner Krankenwagenliege dort oben zum letzten Mal den Wind auf seinem Gesicht spüren.

Es waren die Ärzte, mit denen sie sich herumquälte, weil die sich weigerten, die nötigen Papiere zu unterschreiben, und langsam verlor sie die Geduld mit ihnen. »Welchen Schaden kann es schon anrichten, wenn er doch ohnehin sterben wird?« Es war Emma egal, wie laut ihre Stimme wurde. Sie war sicher, dass sie jeder, der die Unterhaltung mitbekam, unterstützen würde.

»In diesem Fall geht es nicht darum, was das Richtige oder

Falsche ist. Sondern darum, ob wir in der Lage sind, das nötige Personal zur Verfügung zu stellen, um Sie beide zu begleiten. Ich bin mir nicht sicher, ob wir die Genehmigung für so etwas erhalten werden, da es nicht der üblichen Vorgehensweise entspricht.«

»Ich werde die beiden begleiten«, sagte einer der Assistenzärzte. »Ich kann es in meiner Freizeit tun, wenn die Finanzierung das Problem sein sollte.«

»Ich mache auch mit«, sagte der Student, der sich zu Beginn von Nathans Diagnose nicht an seinen Namen erinnert hatte. »Ich begleite Nathan.«

Halleluja, sagte sich Emma im Stillen. Vielleicht bestand ja doch noch Hoffnung, wenn es Menschen gab, die bereit waren, einem anderen Menschen einen solchen Gefallen zu erweisen.

Nach diesen ersten netten Gesten folgten in rascher Folge weitere. Andere Menschen boten ihre Hilfe an. Als die Reservierung für den Transport erfolgte, hatten die Fahrer nichts dagegen, auf dem Weg zum Hospiz unterwegs einen außerplanmäßigen Halt einzulegen, und die Ärzte erklärten sich bereit, länger zu bleiben und ihre Arbeit später am Tag zu beenden.

Als sie bei AirFly eintrafen, standen sämtliche Mitarbeiter im Gebäude auf beiden Seiten der Tür Spalier bis hinaus zum Flugzeug. Es war wie eine Ehrenwache und Emma musste für einen Moment stehen bleiben, um ihre Fassung wiederzugewinnen. Obwohl nun vielleicht die Zeit gekommen war, ihre Tränen nicht länger vor Nathan zu verbergen. Sie war sich ziemlich sicher, dass es ihm nichts ausmachen würde.

Tim und Leanne waren die Ersten, die sie begrüßten, und man sah ihren Gesichtern an, wie erschreckend Nathans Veränderung war. Jeder seiner Freunde begrüßte ihn – die, die

Emma vom Fallschirmsprung ihrer Mutter kannte, und andere, denen sie zuvor noch nicht begegnet war. Alle sprachen sie mit Nathan, als er auf seiner Transportliege an ihnen vorbeikam, und Emma kam es in gewisser Weise wie eine Beerdigung in umgekehrter Reihenfolge vor. Nathan bekam noch zu Lebzeiten die Worte zu hören, die sonst vielleicht erst nach seinem Tod gesagt worden wären: was für ein toller Freund er war, was für ein witziger Kerl, was für ein tapferer Mensch. Mit etwas Glück nahm er all diese lieben Worte – Fußnoten seines Lebens – in sich auf.

Die freiwilligen Helfer aus dem Krankenhaus schoben die Transportliege und nachdem seine Freunde ihren Teil gesagt hatten, halfen sie dabei, die Liege bis zu dem wartenden Flugzeug zu bringen. Dieses Bild erinnerte so stark an Sargträger, die ehrfurchtsvoll einen Verstorbenen zu Grabe trugen, dass Emma erneut stehen bleiben und eine Hand auf ihren Mund pressen musste, um ein Wimmern zu unterdrücken.

Welch ein Kontrast, ihn so hier zu sehen, auf dieser Liege. Es war, als würde man einen Blick auf ein völlig anderes Leben werfen. Es schien nahezu unmöglich, dass dies derselbe Mann war, der noch vor einigen Wochen mit ihrer Mutter aus einem Flugzeug gesprungen war und Rudis Indoor Skydiving organisiert hatte. Die Erschütterung über diesen Unterschied war den Gesichtern all der Menschen hier anzusehen. Und Emma steuerte auf einen Zusammenbruch zu, war sich nicht mehr länger sicher, ob sie stark genug sein würde, um das hier durchzustehen.

Leanne kam ihr zu Hilfe. »Vielen, vielen Dank, dass du ihn zum Abschiednehmen nach Hause gebracht hast. Du kannst dir gar nicht vorstellen, wie viel es ihm und uns allen hier bedeutet.«

Leanne zückte ein Taschentuch und wischte Emma die Tränen weg, als wären sie beste Freundinnen. Was sie hoffentlich werden würden. »Und jetzt geh zu ihm.«

Emma atmete tief durch. Das hier war nicht der richtige Moment für einen Zusammenbruch. Sie musste bei ihm sein. Vielleicht hatte Leanne recht, vielleicht war das hier – zumindest in spiritueller Hinsicht – Nathans Zuhause und sein Platz würde immer dort oben am Himmel sein.

Die Liege in das Flugzeug zu laden, erforderte einiges Manövrieren, aber es waren genug Leute da, sodass es sich problemlos bewältigen ließ. Als sie schließlich an Ort und Stelle stand, blieb nur noch Platz für wenige Leute. Die Vorschriften erforderten, dass ein Arzt dabei war und aus Sicherheitsgründen auch noch Tim. Damit blieb nur noch ein einziger Platz für Emma übrig. Und auch wenn sie ihre Gefühle zu überwältigen drohten, würde sie sich nicht davon abhalten lassen, diesen einzunehmen.

Die Liege war in der Kabine so platziert, dass Nathan den besten Blick hatte, auch wenn seine Augen gar nicht geöffnet waren. Tim und der Arzt, die als Freiwillige ihre Zeit einbrachten, um dabei zu sein, saßen weiter hinten, was Emma und Nathan ein bisschen Zeit und Raum für sich ermöglichte.

Als sich das Flugzeug über die Startbahn bewegte, entschied sich Emma, mit Nathan zu reden, als wären sie allein. Einen intimeren Moment wie diesen würde sie mit ihm vermutlich nicht mehr erleben.

»Ich weiß nicht, ob dir das bewusst ist, aber du hast ein kleines Wunder in meinem Leben bewirkt«, flüsterte sie. Wie schwer es doch war, auszudrücken, was sie ihm begreiflich machen wollte. »Nein, streich das, kein kleines Wunder, sondern ein verdammt großes Wunder. Und ich glaube, dass es durch dich vielen Menschen so ergangen ist. Du schaffst es irgendwie, den Leuten das Gefühl zu geben, lebendig zu sein. Du hast mir das Gefühl gegeben, lebendig zu sein.«

Das Flugzeug hob vom Boden ab und begann seinen Steigflug in Richtung der weißen Schleierwolken, die einem handgestrickten Pullover glichen, durch den blaue Flecken schimmerten.

»Was ich dir eigentlich zu sagen versuche, ist, dass du nicht denken solltest, dass du dieses Leben zu früh verlässt, auch wenn es sich so anfühlen mag. Du hast in deinen siebenundzwanzig Jahren mehr bewirkt als die meisten Menschen in ihrem ganzen Leben. Und ich werde alles daransetzen, um sicherzustellen, dass das, was du begonnen hast, fortgesetzt wird.«

Nathan streichelte ihre Finger. So viel Reaktion hatte sie seit Tagen nicht mehr von ihm erhalten, und sie wusste, dass sie diesen Moment niemals vergessen würde.

Sie wünschte sich so sehr, dass da noch mehr käme, doch es war offensichtlich, dass es ihn schon all seine Kraft kostete, auch nur zu atmen.

»Du sollst wissen, wie froh ich bin, dass du in mein Leben getreten bist. Ich habe keine Ahnung, was mich erwartet, aber ich verspreche dir, dass ich mit aller Kraft kämpfen werde. Dass ich mein Bestes geben werde, um mindestens siebenundzwanzig weitere Jahre zu leben und sie mit der Begeisterung anzunehmen, die du mich gelehrt hast.«

Sie waren nun oben in den Wolken, und das Flugzeug flog horizontal, sodass die Seitentür geöffnet werden konnte. Unter ihnen gewährte die große Weite der Salisbury Plain einen meilenweiten Blick auf flache grüne und gelbe Felder. Wenn Nathan es doch nur ebenso genießen könnte wie Emma. Sie nahm alles für einen Moment in sich auf … den Klang des ungestümen Windes, das Blau des Himmels und die Erde, die aus dieser Höhe so still erschien.

Nathans Lider flatterten, als ihn der Wind traf. Was für ein Gefühl das war. Hoffentlich verstand er, dass sie ihm mit diesem Flug das zurückzugeben versuchte, was er für sie getan hatte. So wie er für ihr Glück gesorgt hatte, tat sie es nun für ihn und zwar auf die für sie einzig erdenkliche Art und Weise: indem sie ihn hergebracht hatte.

Es war ein Erlebnis, so hoch oben zu sein, während sich die Luft in jeden Winkel presste. Einer solche Erfahrung hatte sie sich in ihrem Leben bisher noch nie ausgesetzt. »Wer weiß, vielleicht riskiere ich am Ende doch noch einen Fallschirmsprung, um Spenden zu sammeln. Ich glaube, ich wäre nach allem mutig genug, es zu tun.«

Die wie Flickenteppich wirkenden grünen Felder mit ihren winzigen Häusern da unten wirkten gar nicht mehr so beängstigend, wenn man erst einmal hier oben war. Im Grunde war die Versuchung, sich ein Hobby mit einem solchen Nervenkitzel zuzulegen, aus dieser Perspektive durchaus nachvollziehbar.

Der Wind fuhr durch Nathans Haar, aber das gelegentliche Zucken seiner Lider blieb nun aus. Und Emma war nicht sicher, ob sich seine Hand nur deshalb kühler anfühlte, weil sie den Elementen ausgesetzt war.

»Ich liebe dich«, sagte sie, denn ihr wurde bewusst, dass dies ihre letzte Chance war, es zu sagen.

Nathan drückte kaum merklich ihre Hand. Es war keine Einbildung, dessen war sie sich sicher. Doch sie wusste auch:

Damit war es vorbei. Diese winzige Geste hatte ihn das letzte bisschen Kraft gekostet, was er noch zu geben hatte.

Sie verharrte für eine Weile in diesem Moment. Spürte immer noch die Wärme in seiner Hand, obwohl sie wusste, dass er gegangen war. Sie war noch nicht bereit, ihn loszulassen, doch wenn es die Seele wirklich gab, musste die Tür noch für diese eine Berührung geöffnet bleiben. Wenn dies der letzte Sprung war, benötigte Nathans Seele Zeit, sich auf den Weg zu machen.

Dem Himmel wohnte in diesem Moment mit seinem strahlenden Blau und den wie von Kinderhand gemalten weißen Schäfchenwölkchen eine Schönheit inne, die den Beginn des Frühlings, Neuanfang und Hoffnung verhieß. Eine Zeit für Veränderung.

Emma war nicht dafür bereit. Das würde sie niemals sein. Niemand war in der Lage, sich diesen Moment auszusuchen und jemals damit fertigzuwerden. Aber so, wie sich die Dinge entwickelt hatten, schien das hier irgendwie zu passen.

Es war kein Krankenhauszimmer. Es war nicht so geschehen, wie Nathan es sein ganzes Leben lang geträumt hatte. Aber es war besser als das. Es war an dem Ort, den er sein Zuhause nennen konnte. An dem seine Seele Ruhe finden würde. Er war endlich frei.

Nathan

Ist es nicht furchtbar traurig, dass manche Worte niemals niedergeschrieben werden? Dass ich dir nicht mitteilen kann, was mit mir passiert ist?

Mein Name ist Nathan Foxdale. Ich werde im Alter von siebenundzwanzig Jahren sterben. Das habe ich schon mein ganzes Leben lang gewusst. Aber ich habe nie damit gerechnet, dich zu treffen, Emma. Ich hatte keine Ahnung, dass mir in meinem Leben die Liebe begegnen würde. Wenn ich doch nur jetzt mit dir reden könnte!

Es ist wirklich hart, dass ich mir mit einer solchen Gewissheit darüber im Klaren war, wann ich sterben werde, bloß um dann festzustellen, dass der Traum überhaupt nicht das war, was ich geglaubt hatte.

Das mit den Deutungen ist so eine Sache.

Krankenhauszimmer: Ich bin krank.

Um Atem ringen: Ich sterbe.

Babyweinen: Ich bin Vater?

Dies waren so lange die Grundpfeiler meines Lebens, dass ich zu keiner anderen Wahrnehmung mehr imstande war. Und doch bin ich wieder hier. Allerdings nicht in meinem Traum, sondern in der Realität.

Krankenhauszimmer: Ich werde geboren.

Um Atem ringen: Meine Mutter stirbt.

Babyweinen: Meine Mutter ist tot. Ich weine nach meiner Mutter.

Denn der Traum ist niemals das Ende gewesen. Sondern immer schon der Anfang. Ich hatte siebenundzwanzig Jahre zu leben. Und ich habe jede Stunde davon gut gelebt. Achte darauf, dass du es auch tust.

Ich werde auf dich warten.

Epilog

GoFundMe zugunsten von »Herzenswünsche erfüllen«

Mein Name ist Emma Green, und ich habe Nathan Foxdale, dem Gründer der Hilfsorganisation »Herzenswünsche erfüllen«, ein Versprechen gegeben: älter zu werden als siebenundzwanzig und mutig zu sein.

In der kurzen Zeit, die uns vergönnt gewesen ist, hat mir Nathan beigebracht, das Leben voll auszukosten. Am 26. März 2023 werde ich meinen ersten Tandem-Sprung machen. Ich wünschte von ganzem Herzen, er wäre der Fallschirmlehrer, an dessen Brust ich festgeschnallt sein werde, während ich durch die Luft sause, aber ich bin mir sicher, dass er mir auf meinem Weg nach unten begegnen wird. Und unsere kleine Tochter scheint das auch zu glauben.

Alle Spenden kommen der Hilfsorganisation zugute, die er ins Leben gerufen hat. Sein ganz eigener Herzenswunsch.

Nathans Tagebuch

Emma

Touchdown. Ist das der Fachausdruck? Der Augenblick, wenn die Füße den Boden berühren und man wieder eins wird mit der Erde.

Ich dachte, ich würde am meisten an dich denken, während ich durch die Luft schwebe. All die Male, die du aus einem Flugzeug gesprungen bist, und dann komme ich daher, wohl wissend, dass ich es nur ein einziges Mal tun werde. Bei den ganzen Phasen, aus denen ein Fallschirmsprung besteht, war mir die Landung die liebste … nach Hause zu kommen.

Ich habe dein Tagebuch nicht gelesen. Einige Dinge sollten privat bleiben, aber ich hoffe, dass mein Eintrag hier eine Verbindung zu dir schafft, wo auch immer du sein magst. Es gibt so viele Dinge, die ich dir gern erzählen würde. All die umwerfenden Neuigkeiten und auch den ganzen banalen Kram.

Aber erst einmal zu meinem Fallschirmsprung!

Ja, du hast richtig gehört, ich bin aus einem Flugzeug gesprungen!

Wäre ich jemals auf die Idee gekommen zu kneifen, hätte ich nie erfahren, wie viel Spendengelder dadurch zusammengekommen wären – eine sechsstellige Summe für »Herzenswünsche erfüllen«! Aus unserer Hilfsorganisation ist so viel mehr geworden, als wir uns jemals hätten vorstellen können. Wir haben einen Vorstand und Büros und konnten bereits so vielen Menschen helfen. Leanne und Tim haben inzwischen die Leitung übernommen. Und sie tun es in deinem Namen und mit der gleichen Begeisterung wie du. Es ist wirklich großartig mitanzusehen.

Mum und ich sind umgezogen. Ihr Zustand hat sich in den letzten Jahren nicht verschlechtert, und wir haben beschlossen, dass es an der Zeit ist, dass ich ein eigenes Haus habe. Aber da wir einfach zu sehr aneinander gewöhnt sind, hat sie einen Granny-Anbau bekommen, wie es sich für eine echte Granny gehört.

Du glaubst nicht, was für ein Glück wir haben. Juliet ist so ein süßes, liebes Kind! Sie hat weiches, braun gelocktes Haar und deine grünen Augen. Sie ist achtzehn Monate alt und tapst überall herum und richtet Chaos an. Sie ist absolut furchtlos und sie summt, wenn sie glücklich ist. Damit bringt sie mich besonders zur Frühstückszeit zum Lächeln, wenn ich noch nicht so richtig wach bin … Ihr zufriedenes Lächeln, mit dem sie freudig eine Scheibe Toast mit Honig vertilgt, vermag selbst den finstersten Tag zu erhellen. Manchmal wünsche ich mir so sehr, dass du sie einmal kennenlernen könntest, doch wenn ich sie dann sehe, sehe ich dich in ihr. Sie bringt dich immer und immer wieder zu mir zurück.

Und es gibt noch andere Dinge, die in mein Leben zurückgekehrt sind, wenn auch auf eine andere Art und Weise. Ich habe jetzt eine tätowierte Brustwarze! Sie ist irgendwie genial. Sie sorgt für einen 3D-Look, aber sie nervt mich nicht, wenn es kalt ist.

Rudi ist bereit für seinen Fallschirmsprung in einem halben Jahr. Sein Sponsoring schießt immer weiter in die Höhe, und er ist so stolz darauf, dass er den Sprung machen kann.

Du siehst … es gibt so viel zu berichten.

So viel zu erzählen.

Aber eigentlich möchte ich vor allem eins: dir danken. Dieser Traum, der deine Gedanken erfüllte, ist der Grund, dass wir jede Stunde, die uns vergönnt war, zu schätzen wussten. Und es hat dazu geführt, dass die Träume vieler Menschen in Erfüllung gingen.

Ich sehne mich nach dem Tag, an dem ich in einer Endlosschleife von dir träumen kann.

Bis dahin …

… werde ich dem Wind lauschen, wenn er weht, und zusehen, wie sich die Erde bewegt.

… werde ich in Juliets schallendes Lachen einstimmen und vielleicht sogar schon beim Frühstück summen.

… werde ich uns unsere Lieblingsgerichte kochen, die wir draußen im Sonnenschein essen. Sogar im Winter.

… werde ich winzige Tierchen beobachten, die unter Steinen hervorkrabbeln, und aufpassen, dass unsere Tochter nicht zu viele davon in den Mund steckt.

Ich werde lieben.

Ich werde lachen.

Und vor allem werde ich leben. Jeden Tag. Eine Stunde nach der anderen.

Ein Brief von Catherine

Liebe Leserinnen und Leser,
es bedeutet mir unendlich viel, dass die Worte, die ich geschrieben habe, gelesen werden. Ein großes Dankeschön an Sie, dass Ihre Wahl auf *99 Tage mit dir* gefallen ist. Dieser Roman ist von Herzen geschrieben, und ich hoffe, dass er nun einen Platz in *Ihrem* Herzen finden wird. Wenn Sie gern über meine neuesten Veröffentlichungen informiert werden möchten, dann melden Sie sich bitte unter folgendem Link an. Ihre E-Mail-Adresse wird nicht weitergegeben, und Sie können sich jederzeit abmelden.

www.bookouture.com/catherine-miller

Mehr Infos finden Sie auch hier: https://www.randomhouse.de/Verlag/Diana-Verlag/31000.rhd

Wenn Ihnen *99 Tage mit dir* gefallen hat, schreiben Sie doch bitte eine Bewertung. Jede einzelne ist willkommen! Ich bin sehr an Ihrer Meinung interessiert und es wäre eine große Hilfe für Leserinnen und Leser, die meine Bücher bislang noch nicht kennen.

Sie können auch gern über meine Facebook-Seite oder über Twitter mit mir in Kontakt treten – ich freue mich immer, von meinen Leserinnen und Lesern zu hören.

Und zu guter Letzt, nehmen Sie doch die Stimmung dieses Buches mit in Ihren Alltag, und stellen Sie etwas mit dieser Stunde an … Lassen Sie sich endlich das Tattoo stechen, das Sie schon immer haben wollten. Füttern Sie die Enten. Tun Sie das, was Sie glücklich macht.

Ziehen Sie los, leben Sie Ihr Leben ohne Reue, und sagen Sie, ich hätte Sie geschickt.

Alles Liebe, viel Glück und Dankeschön

Catherine x

Twitter: katylittlelady
Facebook: katylittlelady.author

Dank

Dies ist das erste Buch, von dem ich behaupten kann, dass ich nicht Monate, sondern Jahre daran geschrieben habe. Die Geschichte von Nathan und Emma hätte sich ohne die Unterstützung meiner Agentin, Hattie Grunewald, vermutlich niemals über eine bloße Idee hinaus entwickelt. Mit dieser Story hat sie mich angenommen, und diese Story habe ich ihr versprochen zu schreiben – aber ohne ihren Beitrag wäre nie der Roman daraus geworden, der er geworden ist.

Ein riesengroßes Dankeschön an Christina Demosthenous und die ganze Bookouture-Familie dafür, dass sie sich ebenfalls in diese Story verliebt und sie auf die nächste Ebene gebracht haben, damit sie ihre Leser findet. Ausdrücklich bedanken möchte ich mich auch bei meiner treuen Unterstützerin, Kim Nash.

Was die Recherche-Elemente dieser Story betrifft, gilt mein besonderer Dank Alison Keen, Head of Cancer Nursing, University Hospital Southampton NHS Foundation Trust. Mein Dank geht auch an meine Freundinnen Tracie Gledhill (The Girl With The Boobs Blog) und Di Dilly, die ihre Therapieerfahrungen mit mir geteilt haben. Ohne ihren Beitrag wäre die Story nicht so menschlich, wie sie ist. Jegliche Änderungen, die vorgenommen wurden, um sie der Handlung anzupassen, gehen auf mich als Autorin zurück. Bedanken möchte ich mich auch bei YouTube für die vielen Skydiving-Clips, die ich mir angesehen habe. Ich muss gestehen, dass ich wie Emma lieber mit beiden Füßen auf dem Boden bleibe!

Ich kann mich wirklich glücklich schätzen, eine so tolle Familie zu haben, und diese Danksagung wäre nicht komplett ohne sie. An erster Stelle geht mein Dank an meine wundervollen Töchter, Eden und Amber. Ihr macht mich unglaublich stolz, und ihr seid der Grund, warum ich schreibe. Ein großes Dankeschön auch an meine Mum und an meine Nan, die zweihundertvierzig Kilometer entfernt gewohnt haben und extra hergezogen sind, in meine Straße, um mir das Leben leichter zu machen. Und da es im wahren Leben ebenso weitergeht wie in Romanen, durfte ich Ben in unserem Leben willkommen heißen – dank ihm lächeln wir nun alle viel häufiger. Danke auch an den ganzen Thomson-Clan, dass er uns so freundlich aufgenommen hat. Ich wünsche allen, dass sie so viel Glück haben im Leben und es ein Happy End für sie gibt.

Ein großer Dank geht an all meine Freunde, die damit klarkommen, dass ich meinen Kopf die Hälfte der Zeit in den Wolken habe und ohne deren Freundschaftsfähigkeit ich nicht annähernd so ausgeglichen wäre.

Zu guter Letzt möchte ich mich bei all den Lesern und Bücher-Bloggern bedanken, die mich während meiner Karriere unterstützt haben. Ich habe es eurer kontinuierlichen Unterstützung zu verdanken, dass ich sie überhaupt als solche zu bezeichnen vermag. Danke. Danke. Danke.

9 Fragen an die Autorin von »99 Tage mit dir«

1. Liebe Catherine Miller, würden Sie uns Ihren Roman kurz vorstellen?

»Nathan wird nur 27 Jahre alt werden. Das weiß er schon sein ganzes Leben lang. Ist es für ihn also zu spät, sich zu verlieben?«

Diese drei Sätze waren das Erste, was ich als Idee für dieses Buch notiert habe, und sie stimmen immer noch. Normalerweise wissen wir ja alle nicht, wie lange wir leben werden, aber wir können uns bemühen, unser Leben so großartig wie möglich zu gestalten.

2. In »99 Tage mit dir« geht es um zwei Menschen, die versuchen ihren Platz im Leben zu finden. Denken Sie, diese Suche ist der Kern jeder Geschichte?

Ich stelle mir gerne vor, dass es unser Schicksal ist, den richtigen Platz im Leben zu finden, doch bei manchen Menschen dauert das länger als bei anderen. Ich mag den Satz »Alles passiert aus einem bestimmten Grund« und dieses Motto findet sich in meinen Geschichten wieder.

3. In Ihrem Roman lernen wir Emma und Nathan kennen. Die beiden sind sehr verschieden, doch sie haben eine furchtbare Sache gemeinsam. Haben Sie sich beim Schreiben einer dieser beiden Figuren näher gefühlt als der anderen?

Ich konnte mir beide von Anfang an sehr gut vorstellen. Die Idee zu Nathan kam mir, als ich im Bus saß und jemanden sah, der trotz des schrecklichen Wetters kurze Hosen trug. Ich wusste sofort, genau so etwas würde auch Nathan tun – das Leben in vollen Zügen auskosten, auch wenn das bedeutet, sich ein bisschen seltsam zu verhalten. Emma ist mir sehr ähnlich in ihrer eher zurückhaltenden Art. Außerdem lebt auch meine Mutter – ebenso wie Emmas – mit einer Behinderung. Das gab mir die Idee zur Figur von Emmas Mutter Carole und die Schwierigkeiten, die ein Leben mit solchen Einschränkungen mit sich bringt.

4. Was können Emma und Nathan voneinander lernen?

Sie sind in vielerlei Hinsicht das genaue Gegenteil voneinander. Nathan zeigt Emma, wie man ein wenig draufgängerischer wird, und sie vermittelt ihm, auch mal über die eigenen Ziele hinauszudenken. Trotz – oder gerade wegen – ihrer Unterschiede ergänzen sie einander.

5. Die niedlichen Papageientaucher, die wir auch schon vom Cover des Buches kennen, spielen eine wichtige Rolle in der Geschichte. Warum haben Sie gerade dieses Tier ausgewählt? Haben Sie einen persönlichen Bezug zu ihm?

Ich liebe Puffins und habe schon als Kind im Fernsehen gesehen, dass man sie in Großbritannien in freier Wildbahn beobachten kann. Und tatsächlich ist genau das ein Punkt auf meiner Bucket List. Eines Tages werde ich wilde Puffins sehen – genau wie Emma!

6. Viele Menschen sind in ihrem Alltag zwischen Job, Familie und Verpflichtungen sehr eingespannt. Haben Sie vielleicht einen Tipp, wie man etwas zur Ruhe kommen und wahrnehmen kann, was einem im Leben wirklich wichtig ist?

Ich habe einen Tipp, auch wenn er vielleicht nichts für jeden Tag ist. Man könnte sich hin und wieder an Nathan ein Beispiel nehmen und sich die Frage stellen: Was würde ich tun wollen, wenn dies mein letztes Jahr, mein letzter Monat oder mein letzter Tag wäre? Das kann helfen, die Perspektive auf die Dinge zu ändern und zu erkennen, was wirklich wichtig ist. Was auch immer dann ganz oben auf der Liste steht, sollte man so schnell wie möglich in die Tat umsetzen.

7. Was machen Sie gerne, wenn Sie nicht gerade schreiben?

Ich habe siebenjährige Zwillingsmädchen, mit denen ich wahnsinnig gerne etwas unternehme. Sie werden viel zu schnell groß …

Ansonsten lese ich gerne, restauriere alte Möbel und bin draußen unterwegs.

8. Wie und wann haben Sie bemerkt, dass Sie ein Talent fürs Schreiben haben?

Ich schreibe schon, seit ich vierzehn bin, doch da ich Legasthenikerin bin, habe ich nie daran gedacht, dass »Autorin sein« eine Berufsmöglichkeit für mich ist. Im Jahr 2010 bin ich einer Schreibgruppe beigetreten. Dort gab es einen Wettbewerb, an dem ich teilgenommen habe. Alle vier Texte, die ich eingereicht habe, haben entweder den ersten oder zweiten Platz der jeweiligen Kategorie gemacht. Das war der Punkt, an dem ich erkannte, dass die Legasthenie vielleicht doch kein Hinderungsgrund ist, meinem Traum zu folgen. Und so fand ich dann auch den Mut, mich an Romanen zu versuchen. Fünf Jahre später habe ich meinen ersten Autorenvertrag unterzeichnet, und seitdem schreibe ich.

9. Was bedeuten Ihnen Literatur, Lesen und Schreiben?

Genau wie Emma bin schon ganz lange ein Bücherwurm. Da ich anfangs wegen der Legasthenie Schwierigkeiten hatte, zu lesen, brauchte es erst ein spezielles Training. Dann aber ging es von »Ich kann gar nicht lesen« zu »Ich liebe das Lesen«. Ich lese eigentlich jeden Abend ein paar Kapitel. Es entführt mich in andere Welten und an andere Orte. Ich bin allen Leser*innen so dankbar, die ihrerseits mit meinen Geschichten auf Reise gehen und bin sehr glücklich, dass ich meine Ideen durch das Schreiben mit ihnen teilen kann.